フランケンシュタインの世紀

The Age of *Frankenstein*
Bicentenary Essays

日本シェリー研究センター　編

大阪教育図書株式会社

執筆者

阿尾　安泰
相浦　玲子
鈴木　里奈
宇木　権一
新名　ますみ
廣野　由美子
阿部　美春
アルヴィ　宮本　なほ子
Kasahara Yorimichi
Dr. Sebastian Bolte
Prof. Dr. Christoph Bode

© National Portrait Gallery, London

メアリ・シェリー肖像画

はじめに

　本書は、メアリ・シェリーの『フランケンシュタイン——現代のプロメテウス』誕生（1816）と出版（1818）から二百年の節目にあたる2016年から2018年、日本シェリー研究センターが開催した講演とシンポジウムを中心に、記念企画「1816年夏シェリー・バイロン・サークルの文学的交流の領域横断的研究」の成果をまとめたものである。センターの活動についてはあとがきに譲り、ここでは、立案の前提となった『フランケンシュタイン』受容史と、本書に収めた三年間の成果を紹介したい。

　フランケンシュタインと言えば、怪物の名前と思われているが、実は、怪物を創造した科学者の名前である。文学史では、18世紀から19世紀初頭に一世を風靡したゴシック小説（恐怖小説）とジャコバン小説（社会批判小説）を水脈に、科学とテクノロジーに対する不安や懐疑、恐怖を描くSF（サイエンス・フィクションからスペキュラティヴ・フィクションまで多様な含意）の元祖と位置づけられる。

　物語が誕生したのは、産業革命、アメリカ独立革命、フランス革命、奴隷制廃止運動、生産と交通網の飛躍的拡大という歴史の大転換期であった。ヨーロッパは拡大と発展の街道をひた走り、その街道の脇には、数多の負の遺産が生み出された時代でもあった。新人類の創造主になろうとしたフランケンシュタインの名は、狂気と瀆神の科学者の代名詞となり、さらには制御不能の破壊的力、創造主に対する脅威の謂いとして、今日に至るまで知識探求の陥穽、とりわけ歯止めなき科学とテクノロジーの暴走を警告するアイコンとして流布することになった。たとえば1997年クローン羊ドリー誕生の年、雑誌『ニューヨーカー』の表紙を飾ったのは、雷による生命創造のチャンスを待つ科学者と、パートナー誕生の期待に胸ふくらませる怪物だった。

　マッドサイエンティストと怪物は、19世紀以来、ポップカルチャーで人気を博し続けてきたが、正統派文学作品として認知されるのは、20世紀後半のキャノン見直しを経てであった。その嚆矢は、ブライアン・オールディスのSF史『十億年の宴』（1973）である。『フランケンシュタイン』をゴシックの継承者にして、科学と人間の在り方を問うSFの元祖と位置づけ、ポップカルチャーのアイコンにとどまらない評価の先鞭をつけた。シェリー『詩の擁護』の一節「未来が現在に投げかける巨大な影…」をエピグラフにおくSF史は、1816年夏ジュネーヴ湖畔でのイギリス・ロマン派第二世代の文学的交流に、新たなジャンルの「種の起原」を見出し、20世紀後半の『フランケンシュタイン』再評価の道を開いた。

　同じ1970年代には、エレン・モアズの『女性と文学』（1976）、サンドラ・ギルバートとスーザン・グーバーの共著『屋根裏の狂女』（1979）をはじめとするフェ

ミニズム批評は、重層的な語りの深層に、「影響の不安」では説明できない——「女性であることの不安」や「書くことの不安」を跡づけた。それによって『フランケンシュタイン』は、新たな文学規範による文学史の中に位置づけられることになった。さらに1980年代、90年代の「メアリ・シェリー・ルネサンス」と呼ばれる研究進展期には、ガヤトリ・スピヴァクやダナ・ハラウェイをはじめ、西洋的主体の普遍性に疑問を投げかける「ポスト構造主義」を経た文学批評が、西洋文化の二項対立や他者表象の矛盾を浮き彫りにするテクストとして、『フランケンシュタイン』に新たな意味を見いだしていった。これらの批評は、西洋文化の二大起原神話（ギリシア神話と創世記）を経糸に、西洋近代の拡大と発展の神話を緯糸にしたとされるテクストの怪物表象に、神話の呪縛の犠牲者、あるいは批判者の視点を読み解き、研究の大きな潮流をつくった。

　今回の二百周年記念企画では、こうした『フランケンシュタイン』受容史をふまえ、今一度、作品誕生の原点に立ち返り、文学にとどまらず、時代・社会・文化的背景を領域横断的に解明することをめざした。企画にあたっては、シェリー研究者のみならず、他分野の専門家を招聘し、新たな視点からの検討をめざした。
　2016年は、「1816年夏ジュネーヴ湖畔におけるシェリー・バイロン・サークルの文学的交流」というテーマのもと、バイロン研究者相浦玲子氏と18世紀フランス思想の専門家阿尾安泰氏を招聘して講演とシンポジウムをもった。本書に収めたのは、その成果を発展させたものである。
　阿尾安泰の「18世紀からみた『フランケンシュタイン』」は、18世紀から19世紀への連続性を自明とする視点からは見えてこなかった変化の兆しを浮かび上がらせる。化学者フランケンシュタインによる生命創造と怪物の言語獲得に、知識獲得や認識をめぐる枠組みの変化を、怪物の家族願望が恐怖として描かれるところに、新たに形成されつつあった国民国家による支配の浸透、内面の規律化の悪夢を読むなど、「現代のプロメテウス」を副題とするテクストに時代の刻印を辿る。
　相浦玲子の「ディオダーティ荘における集い——恐怖小説の二つの系譜の始まりと、隠された関係——」は、1816年夏ジュネーヴ湖畔での交流のもうひとつの成果、バイロンとジョン・ポリドーリの手になる「ヴァンパイア」とその系譜、さらにシェリーの死後も続いたバイロンとメアリの交遊を辿り、1816年夏ロマン派第二世代の文学的交流の、スキャンダルにとどまらない、成果とその背景にある「人間模様」を浮かび上がらせる。
　2017年のシンポジウムは、二百周年企画以前に計画されていたのだが、時代の「科学」に焦点を当てたテーマにおいて、期せずして『フランケンシュタイン』誕生の時代・社会・文化的背景の検証とゆるやかな関連を持つものとなった。本書に収め

たのは、「The Scientific Shelleys——「パーシー＋メアリ＋科学」の新たな解答」というテーマで行われたシンポジウムから、鈴木里奈「『フランケンシュタイン』における自然科学と決定論」、宇木権一 "The Tempest of the Shelleys – A Wind of Lucretius' Atomism"、そして新名ますみ「拡大する循環—— Shelley と Mary の科学観に普遍性を求めて」である。これら三編は、科学と人間の対立から調和への可能性と契機を、ふたりのシェリーの作品に辿る点で通底する。

鈴木は、『フランケンシュタイン』を、ゴドウィンの『政治的正義』に対する批判的再考察の試みとして読み、創造物が存在の根源と意味を探求するところに、理性を至上とする啓蒙思想や自然科学が排除した神の意志、「必然の鎖」の「最初の輪」回復の物語を読み解く。

宇木は、ルクレティウスの「自然の本質について」の詩形式と Clinamen（垂直に落下する原子が、ある瞬間にわずかに軌道から逸れる性質）の概念を手がかりに、シェリーの『クイーン・マブ』とメアリの『フランケンシュタイン』の孕む、詩と科学、決定論と自由意志、創造主と創造物の一見矛盾と対立に見える関係に、両立と調和の契機を読み解く。

新名は、フランケンシュタインと怪物の憎悪の循環に対して、シェリーのプロメテウスが憎悪と傲慢という不毛な循環から自らを解放し、"sympathetic love" によって Asia との新たな循環に転換する過程を辿り、そこに、対立と調和を繰り返しながらダイナミックに拡大する、人間と科学の理想的関係のアナロジーを読み取る。

出版から二百年の 2018 年は、ドイツからロマン派の専門家クリストフ・ボード氏を、国内では 19 世紀イギリス小説の専門家、廣野由美子氏を招聘し、ボード氏による講演 "Germany in *Frankenstein*" と、シンポジウム「プロメテウス・カルトと『フランケンシュタイン』」を持った。本書に収めたのは、それらを発展させたものである。

廣野由美子の「「現代のプロメテウス」とは何か？——『フランケンシュタイン』再読」は、プロメテウス神話の起原であるヘシオドス、アイスキュロス、オウィディウスに立ち返り、メアリの「現代のプロメテウス」を読み直す。隷属を嫌い、精神の自由を希求する神話のプロメテウスが、フランケンシュタインではなく、むしろ彼に抗う破壊的怪物に重なるところに、理想像として描かれたロマン派のプロメテウスとのずれ、神話の大胆なパロディー化を指摘し、メアリの「現代のプロメテウス」の先見性と独自性を明らかにする。

阿部美春の「苦悩するプロメテウスの後裔——ロマン派女性詩人のプロメテウス」は、これまで着目されてこなかったロマン派女性詩人・作家のプロメテウス表象を検証し、男性詩人の、絶対者に抗う理想の自画像としてのプロメテウスに対して、

苦悩を通して共感関係を結ぶプロメテウスを跡づける。理性の火をもたらすプロメテウスの嚆矢をメアリ・ウルストンクラフトに、苦悩を通して共感を喚起するプロメテウスを、ポスト・ウルストンクラフト世代の女性詩人レティシア・エリザベス・ランドンに跡づけ、時代のプロメテウス・カルトのもう一つの側面を明らかにする。

　アルヴィ宮本なほ子の「7つ目のC ──「モダン・プロメテウス」への批判的応答──」は、レスポンスとして、廣野と阿部のプロメテウス論を西洋文化の伝統の中に俯瞰するのみならず、それらの継承者をヴィクトリア朝女性詩人エリザベス・B・ブラウニングのプロメテウス翻訳に跡づける。さらに本庶佑氏（2018年度ノーベル化学賞）が創造的科学者の資質として挙げたCuriosityとCompassionの変遷を歴史に辿り、Curiosityゆえに災を招いたフランケンシュタインと、CompassionでCuriosityに手綱をかける可能性をウォルトンに跡づけ、21世紀のプロメテウスへの橋渡しをする。以上が日本語による論考である。

　ボードの "Germany in *Frankenstein*" は、従来ドイツ的なものの影響として挙げられてきた、ドイツの幽霊小説のフランス語版『ファンタスマゴリアーナ』、インゴルシュタット大学、1818年の序文で言及された「ドイツの生理学者」等の影響関係を精査した上で、恐怖はこれら外在的なものではなく、人間存在の根源を問う内在的なものにあり、その「魂の恐怖」こそドイツ的なものであると論じる。余談だが、氏が教鞭をとってこられたルートヴィヒ・マクシミリアン大学ミュンヘンの前身は、フランケンシュタインが生命創造に没頭したインゴルシュタット大学である。1410年創設の大学は、1826年に移転・改称し現在に至るのだが、二百年の時を越え、図らずもフィクションと現実が交錯することになった。

　笠原順路とセバスチャン・ボルテの "Story of a Provençal Maiden Narrated by a German Lady: A Source Hunting of an Apollophile Who Raved Herself to Death" は、『フランケンシュタイン』誕生の時代・社会・文化的背景の領域横断的な解明の一環として行われた日独の研究者による合同研究の成果である。笠原は、バイロン『貴公子ハロルドの巡礼』第4巻（1818）の「アポロ像に恋して狂死したニンフ」に、ロマン派第二世代の怪物あるいは「非＝常人」への関心を指摘、その起原がドイツ人ハスター夫人による「アポロ像に恋して狂死したフランス乙女」にあることを突き止め、ハスター夫人の正体と出典調査をドイツ人研究者ボルテに依頼した。本書に収められたのは、その成果、19世紀以来、現代のマクガンに至るまで、バイロン注釈者が未解明であった一節解明の詳細な記録である。これらの論考を通して、「フランケンシュタインの世紀」を垣間見ていただけるならば、望外のよろこびである。

はじめに

　時代を経て多様な読みを可能にする『フランケンシュタイン――あるいは現代のプロメテウス』は、しばしば怪物的テクストと言われる。それは、フランケンシュタインとその創造物の悲劇が、人間と知識探求、愛と疎外という普遍的テーマを孕み、神話のプロメテウスが時代の画期に新たな姿で甦り思索を促すべく、時代の新たな読みへと読者を誘うからである。

　21世紀、科学とテクノロジーへの不安と懐疑がいや増す時代、「フランケンシュタインの誘惑　科学史　闇の事件簿」(NHK) をはじめ、フランケンシュタインはその負の遺産や警告を語る代名詞として生き続けている。また、愛と共感を求めながら疎外される怪物の悲劇は、ますます深刻化する現実である。時代を先取りするファッションブランド、プラダの2019年秋冬コレクションは、フランケンシュタインの怪物を、疎外と社会不安のアイコンとして使っている。誕生と出版から二百年を経た現代もまた、新たな「フランケンシュタインの世紀」と言えるのかもしれない。

　2015年の立案から本書の刊行まで、4年におよぶ企画のさまざまな段階で、お力添えをくださいました皆様に心より感謝申し上げます。メアリのひそみに倣うならば "We bid our progeny go forth and prosper. We have affection for it, for it was the offspring of support and cooperation by many people."

　最後になりましたが、本書の出版を快くお引き受けくださり、つねに辛抱強く見守りながら助言を下さいました横山哲彌社長をはじめ大阪教育図書の皆様に、厚く御礼申し上げます。

令和元（2019）年夏

　　　　　　　　　　　　　　　　　　　日本シェリー研究センター会長　阿部美春

本書は、独立行政法人日本学術振興会平成28年～平成30度科学研究費助成事業（学術研究助成基金助成金）の助成を受けたものである。（課題番号 16K02473）

目　次

はじめに ……………………………………………………………………………… i

18世紀からみた『フランケンシュタイン』………………… 阿尾　安泰 …… 1

ディオダーティ荘における集い
　　──恐怖小説の二つの系譜の始まりと、隠された関係──
　　……………………………………………………………… 相浦　玲子 …… 15

『フランケンシュタイン』における自然科学と決定論 ……… 鈴木　里奈 …… 31

The Tempest of the Shelleys─A Wind of Lucretius' Atomism─
　　……………………………………………………………… 宇木　権一 …… 45

拡大する循環──ShelleyとMaryの科学観に普遍性を求めて
　　……………………………………………………………… 新名　ますみ …… 59

「現代のプロメテウス」とは何か？──『フランケンシュタイン』再読
　　……………………………………………………………… 廣野　由美子 …… 77

「苦悩するプロメテウスの後裔──ロマン派女性詩人のプロメテウス」
　　……………………………………………………………… 阿部　美春 …… 91

7つ目のC──「モダン・プロメテウス」への批判的応答
　　……………………………………………………… アルヴィ宮本なほ子 …… 111

Story of a Provençal Maiden Narrated by a German Lady:
　　A Source Hunting of an Apollophile Who Raved Herself to Death
　　…………………………… Kasahara Yorimichi, Sebastian Bolte …… 131

Germany in *Frankenstein* ……………………………… Christoph Bode …… 147

あとがき ……………………………………………………………………………… 165

索引 …………………………………………………………………………………… 167

執筆者紹介 …………………………………………………………………………… 179

18世紀からみた『フランケンシュタイン』

阿尾　安泰

はじめに

　『フランケンシュタイン』（*Frankenstein ; or, The Modern Prometheus*）という作品は、副題にも『現代のプロメテウス』とあり、「現代」という文字が書き込まれ、19世紀以後の世界を射程にしているように思われる。作品をめぐる読解においても、現代への影響の大きさが語られることが多い。もちろんそうした解釈も重要であろうが、それだけで満足するならば、逆にこの作品の持つ可能性を限定してしまう恐れがないとはいえない。

　例えば、風間は、この作品に対する解説の中で「今や最も凡庸になってしまった」解釈として、心理学的な解釈と科学的な解釈をあげている。前者はこの作品を「凡百の〈善と悪との戦い〉の寓話」と矮小化してしまうし、また後者もこの物語を科学の進歩に対する警鐘ということに主題を集約することで、「「説教物語」のひとつ」にしてしまうというのである[1]。

　確かに現代という視点を唯一の根拠として、この物語を遡及的にながめるならば、こうした矮小化は避けがたいのかもしれない。現代的な視点が成立する過程自体を問うことが少ないからである。現代にまで至るプロセスを前提とした上で、作品に向かっていこうとすれば、「自己」、「疎外」、「認識」などの極めて現代的な概念を、明確な検討を経ずに使用することが多くなるだろう。しかし、求められるべきは、そうした概念の導入の正当性の検討であり、既得のものとなってしまった認識の枠組みをあらためて問い返すことではないだろうか。現代の我々の思考の構造を他者化する姿勢が求められているように思われる。

　そうした方向からのアプローチを考えていくとき、新たな方向が見えてくる。この作品には、19世紀以前の状況を踏まえた上で書かれているとみなされる部分が少なくない。19世紀以降の新たな方向が生み出される前の、18世紀的な部分が見られるのである。そうした古い部分がいかに乗り越えられようとしているのかに焦点を当てながら、作品の持つ新しさを18世紀的なものと比較することで、読解していきたい。

1：化学という問題

　ヴィクター・フランケンシュタイン（Victor Frankenstein）は、初めから現代的な知識に触れたわけではない。むしろ、最初に接したのは、すでにその論理が完璧に論破されているようにみなされているコルネリウス・アグリッパ（Cornelius Agrippa）などの古い学問であった。しかし、その後は、指導者にも恵まれ、新たな知識を獲得していく。彼が踏み入るのは、化学の領域である。彼の指導を担当するヴァルトマン教授（Professor M. Waldman）は次のように語る。

　　　弟子ができるのはうれしいですね。あなたが自分の才能に見合う努力をすれば、成功は間違いないでしょう。化学は自然を研究する学問の中でも偉大な業績があった分野ですし、今後もその期待が持てます[2]。

　こうした箇所を元に、作品の読解において、科学一般への批判という観点からアプローチを展開して行く研究も少なくない。ただそうした方向に向かう前に、何故化学における偉大な業績が言及されるのか、他の領域と比較して特に成果をあげているように語られるのかに注目すべきではないだろうか。この分野がそのように特筆される理由は何だろうか。近代化学誕生の経緯を考慮しなければ、そうした問いに答えることは難しいだろう。

　近代の自然に関する探求において、重要な発見の一つにアイザック・ニュートン（Issac Newton）による万有引力の法則の発見がある。この法則により、二つの物体間の運動が、小さな粒子から、果ては天文学における恒星の関係までも規定できるようになった。これは物理学における決定的な一歩であった。ここにおいて、粒子の間に働く力の問題に明確な解答が与えられることになった。

　ただこの発見は、全面的な解決というよりは、探求の深化に道を開いて行くものであった。そもそも自然界の事物が全て、単純な粒子の関係に還元できるわけではない。様々な粒子が混合している場合もあるであろうし、そうした混合体の関係を規定する法則を考える必要があるだろう。全てを粒子間の問題に集約しようとする近代物理学とは異なるアプローチが求められることになる。

　そうした探求が、新たに化学に求められていく。思えば、化学は中世においては、錬金術的な試みに終始していた。物質の変換を求めるあまり、夢想的な性格が目立っていた。そうした傾向は、18世紀に入るに及んで、変化した。近代化学は荒唐無稽な方向とは決別するとともに、物理学とは異なるアプローチを選択していくことになった。そこには力に対する当時の二つの視点が関係している。物理学は主として、複数の物体間に働く外的な力関係を扱うことを選択した。それに対し、内的とも呼べるような力の存在が考えられた。事物自体に内在する力である。それが

事物の変化の過程、例えば発酵などの現象を起こすと思われた。発酵においては、熱が発生する場合がある。この熱はどこから来るのだろうか。また燃焼という問題もある。いかなる条件でこの現象は生じるのであろうか。そのプロセスで生じる高熱及び光はどこから生まれるのであろうか。更にそうした複雑な問題の先に、生命誕生という大きな課題が控えている。どのようにして生命は出現するのだろうか。こうした変化を考えようとしたとき、当時の人々は、物理的な外的な力とは異なる内的な力の関与を想定して、解決しようとした。発酵、燃焼、生殖などの生成変化に関係するような力、いわば活力とでも呼べるような力の問題を、まだ今日で言うような生物学が誕生していない状況で、当時新しい形を取っていく化学が、自らの責務として引き受けようとしたのである。実際ダランベール (d'Alembert) などは、むしろそうした課題を避けることで、物理学的、数学的な厳密性が保持されるとも考えていた[3]。

こうした点から見れば、ヴィクター・フランケンシュタインが化学者として生命の問題に挑んだのは不思議ではないし、近代化学が新たな段階に達する中で、そうした方面に研究を展開することで、さらなる発展を目指していたことも理解できる。化学とともに生命という問題が新たな光のもとに登場してくるのである。

ただヴィクターのアプローチの仕方は、詳細に見ると、今日の我々の目からすると少し不思議な印象を与える。

> こうして私は、腐敗の原因と進み具合を調べるために、昼も夜も納骨堂や遺体置き場で過ごす羽目になりました。普通の人間の繊細な感情にはとても耐え難いものにも、<u>すべて注目しました</u>（・・・）
> そしてしばし休んでは、生から死へ、死から生へと変化する因果の過程を<u>細かいところまで調べて分析するうちに、この闇の中から突如として一筋の明かりが見えてきました。その明かりは輝くばかりの美しさを持っていました</u>が、それでいて<u>極めて単純なもの</u>だったので、これに照らされた未来の広大な広がりに目も眩む思いがする一方で、驚きも感じました。これまであれほど多くの天才がこの分野を研究してきたのに、わたしだけがこれほど驚くべき秘密を発見するとは[4]！

一見すると、ドラマティックな発見の過程が描写されているように見える。しかし、よく考えると、ここで問題となっている認識の枠組みは、現代の我々のものとは異なる、18世紀的な形態を帯びているように思えて来る。そこにあるのは、可視性と論理性の結びついた思考の構造である。ヴィクターは、腐敗の現象に現れる全ての事象をあますところなく見ていこうとする。そこには徹底した可視性の追求

がある。可視性を極めていく先に明解な原理の発見があるというわけである。それは、あらゆる症状を見落とすことなく見ていけば、病の本質に到達できると考えた18世紀の医学の認識と通底するものである。例えば、ミシェル・フーコー（Michel Foucault）は18世紀の医学の本質を当時の医学者の言葉を引用しながら、次のように述べている。

　　（・・・）真理が根源的に姿を表すその形態とは、浮きぼりが現れ、同時に消滅する表面なのである。――すなわち肖像画である。「病気の歴史を記す者は（・・・）どんなに興味うすくみえようとも、病気の明らかで自然な諸現象を注意深く観察せねばならない。この点、肖像画を描く画家たちを真似るが良い。画家たちは、彼らの描く人物たちの顔にある最も小さなものや特徴までしるすように気をつけるものである」[5]

　視線の注意深さが、獲得する真理の確かさを保証してくれる。ヴィクターの場合も、器具の媒介もあるかもしれないが、肉眼をもとにした直接的とも言える視覚が中心となっているように思える。それに対して、19世紀以降急速に発展していく現代的な諸科学においては、直接的な視認とは異なる測定分析が現れてくる。電磁気、X線、赤外線などをはじめとする事象は、直接的に肉眼では見ることのできないものである。そこでは不可視のものを用いて、可視化するという逆説的とも言うべき状況が出現している。そうしたことを思えば、相違は少なからぬものがあると言える。ヴィクターの姿勢の根底にあるのは、透徹した視線のもとでは、どんなものでもその真実の姿を現わすということである。逆に言えば、真実とは、最終的に明確な、単純とも言えるような姿で透徹した視線の前に登場するのであり、明晰なものは、目に見える形をとらなければならないし、明瞭な形であらわれたものには、堅固な論理構造があるというわけである。可視性と論理性が結びついた独特の構造がある。そうした探求においては、プロセスそのものよりは、そうしたプロセスを統括する原理の抽出とその確認が重要なものとなっているように思われる[6]。

2：言語からの問いかけ

　今日の我々から見て、独特と思えるのは、ヴィクターの研究態度だけではない。彼によって生み出された怪物が行う言語習得のプロセスである。怪物は、かなりの速さで、言語を学んでいく。誕生においては、ほぼ無に近い状態でありながら、隠れた場所から人々の話す姿を見たり、声を聞きながら、学習していく。そして、「二ヶ月ほどで、隣人たちの話す言葉のほとんどがわかるようになった」[7]と語る。そのあまりの速さを問題にしようとは思わない。むしろ、そうした過程が前提とし

ているものを考えて見たい。その習得図式の背景にあるのは、18世紀の知の枠組みである。刺激的なフランケンシュタイン論の著者であるルセルクル（Lecercle）は、以下のような指摘を行なっている。

> まず、モンスターの置かれている状態そのもの、すなわち彼の孤独、その特異な性格は、この時代にはさほど目新しいものではない。彼は、現実にはあり得ないが、啓蒙期の哲学が絶えず夢見ていた実験、すなわちタブラ・ラサの実験を具象化しているのである[8]。

ルセルクルによれば、この怪物はゼロ状態という文明の起源における存在なのである。その変化をたどることで人類の進歩の状態を測定できるような特権的な実験材料である。いわば論理化に至るための思考モデルだ。怪物が認識を深めていくプロセスは、コンディヤック（Condillac）が示す展開を思わせる。コンディヤックは、大理石の石像を想定し、この石像に感覚が付与されていくプロセスを想定することで、認識の誕生を考えようとした。

> （・・・）内部は我々と同じような組織を持ち、そして精神を備えた彫像を考えた。ただ思考はまだ全く持たないものとした。さらに彫像は自分からは外部世界を感覚で捉えることはできず、我々だけが、感覚への回路を開き、我々の望むように様々な印象を、この彫像に与えることができるという想定を立てた[9]。

このアプローチの根底にあるのは、感覚を通じて、様々な印象が導入され、その構成を通じて、最終的には複雑な事象が把握されるという図式である。感覚が認識において大きな役割を果たすという点に、18世紀哲学の特色をみることができるだろう。実際怪物は、最初の知覚について以下のように語っている。

> 生まれてすぐの頃を思い出すのは、ずいぶんと骨の折れることだな。出来事が全て混乱して、おぼろげに見えるのだ。妙な感覚が次々と襲ってきて、俺は一瞬にして見たり、触れたり、聞いたりした。実際、さまざまな感覚の働きを区別できるようになるまでには、かなり長い時間がかかったものだ[10]。

そこでは、感覚の働きかけによる認識の枠組みの形成が述べられている。このような前提をもとに、18世紀には教育論も書かれていった。そうした運動の延長上に、このメアリー・シェリー（Mary Shelly）の作品を考えていくことができるだ

ろう。ただ注意すべきは、ここで書かれていることが、単なる前世紀の反復ではないことである。18世紀においては、こうした知識獲得は幸福をもたらすと考えられていた。しかし、この『フランケンシュタイン』においては、怪物は知識を獲得しても、幸福になることはない。知識を用いても、他の人々と暖かいふれあいを実現することはできなかったし、得られた情報は、己の特異性を深く意識させることになり、そうした異者を忌避する共同体からの拒絶を怪物に痛感させることになる。この違いにおいてこそ、18世紀と19世紀以降を隔てるものがあるのではないだろうか。

3：18世紀からのずれ

　これまで『フランケンシュタイン』という作品がもっている18世紀的な枠組みについて述べてきた。ただ、そうした枠組みがあるからといって、この作品が18世紀的な物語の単なる反復ということにはならない。言い換えれば、18世紀的な展望で捉えようとするとき、どうしてもそこから逃れるものが存在しているのである。ここからは、この作品が切り開いている新しい地平に焦点を当てて考えていきたい。
　例えば、作品中で述べられるラセー（Lacey）一家の物語を考えて見よう。陰謀によって不幸に陥るこの一家の物語は、極めて18世紀的な構造を有している。謀略による災難という筋立ても、よく見られるものであり、また登場人物の中に、ヨーロッパ以外の人間を配することで、異国趣味を掻き立てるということも当時しばしば用いられる手段であった。そして、語りの手法も独特である。この一家の状況は、隠れて観察する怪物の目を通して、報告されるという形をとる。作者が登場人物を直接描写するという19世紀以降に一般的となる形に対し、18世紀においては、むしろ資料の発見者、翻訳者、あるいは編者が登場人物たちに関する情報を読者に提供していくという間接的な語りの方が多く見られた。こうした語り方を取ることで、述べられていることの事実性、信憑性が高まると考えられるとともに、読者の臨場感を掻き立てることができるとみなされていたようである。この作品でも怪物が間接的な語り手として情報を伝えている[11]。
　では、なぜこの作品において、このような古いタイプの物語が挿入されているのだろうか。怪物が迫害されるのを示すのであれば、他にも語り方はあったかと思われる。色々な理由が考えられるかもしれないが、少なくとも言えることは、この物語が、そのすぐ後に展開されることになる、怪物とヴィクターの対決と著しい対照をなしているということである。ウィリアム（William）殺害を告白した怪物はヴィクターに自分のために伴侶を作ってくれと頼む。この予想外の提案にヴィクターは驚く。

この両者の対話は内容もさることながら、独特の位相を持っていることに注意したい。ヴィクターの相手である怪物は、彼の生み出したものであり、いわば彼の分身とも言えるべき存在である。そこで怪物との対話は、自己との対話ともいうべき側面を呈してくる。自分の行動の責任などに考えを巡らすうちに、対話はいつしか自己への問いかけとなり、自己の内面との語りが始まっていく。ここにおいて怪物という他者との対話が内面の追求という地平を切り開き、語りが自己言及的な形を取っていくのである。そして、ヴィクターはこの対話をへて、自己の位置を人間よりは、怪物に近い方に置いていく。

　　（・・・）追放の身になったような気持ちで、自分には彼らの同情を得る資格はない。二度と再び仲良くすることなどできない——そう思ったのです[12]。

　このように語りが内面に向かって、いわば垂直方向に進展することが、この小説には見られる。18世紀の物語が、様々な人物を作品に登場させたり、筋を多層的に展開することで、語りの世界を水平的な方向に豊かなものにしていこうとするのとは対照的に、自己への言及を通じて、新たな方向を見出していこうとするのである。実際、ヴィクターが見る、エリザベート（Elizabeth）が死んだ母に変わっていく悪夢の中にも、こうした内部の意識の葛藤がすでにあらわされていた。
　ただそうした内面の登場が、この作品においては、なぜ悪夢であったり、共同体からの追放の意識と結びつくのだろうか。この作品が恐怖小説であるためであろうか。そうした点もあるかもしれないが、そこに、19世紀における認識の枠組みにおける根本的な変化を読み取るべきではないだろうか。内面は監視のシステムと新たに結びつくのである。ここで、フーコーが『監獄の誕生』で語っているパノプティコン（Panopticon）のことを思い出しておこう。この監獄システムは、円形の建物で中心部に監視塔が配置され、檻房はその周りに円状に配置される。檻房へは光が差し込むが、囚人からは中央にいるであろう監視員の姿は見えない。囚人たちは、いるはずの監視員の姿を絶えず意識して、自分の行動の規律化に努めることになる。実際の監視員というよりも、意識の中の監視員の存在が重要な働きを果たすことになるのである[13]。
　このように内面による規律化の動きが、この作品においても機能している。では、この内面は何に向けて整序化を図ろうとするのであろうか。そこに家族という問題が現れてくる。ヴィクターとの対話において、怪物が求めたのは、自分とともに生きる伴侶であった。怪物は、家族を持ちたいという希望を語る。なぜこれほど家族にこだわらなければならないのだろうか。怪物ほどの力と知恵があれば、人間を支配していくことを考えてもいいのではないだろうか。しかし、彼はそうした道

は選ばない。伴侶とともに、地の果てで暮らしていくという。そこに安定の基盤を見出そうとする。しかし、そうした展望とは裏腹に、この作品は、家族が壊れていくドラマの連続とも言える。母の死から始まり、数々の人々を死に巻き込み、不幸の渦を作りながら、ジュネーヴ（Genève）の名門であるフランケンシュタイン家は崩壊していく。家庭を持とうとした怪物でさえ、その望みは叶えられない。読者が目にするのは、家族破滅の物語である。逆に言えば、それだけこの目標に重点が置かれている作品であるとも言える(14)。

　ただそうした結末に騙されないようにしよう。悲劇的結末は家族の否定ではない。否定されるべき家族の反対側に、理想とされるモデルが想定できるのである。家族という形態は昔から存在してきたが、この作品で問われようとしているのは、19世紀以降その存在が問題となっていく新たな形ではないだろうか。ヴィクターが怪物からの願いを拒否するのは、以下のような考えが浮かぶからである。

　　　たとえ、二人がヨーロッパを去り、新世界の荒野に住んだとしても、あの悪魔が願ってやまない他人の共感を得るとしたら、その結果、まず子供が生まれることになる。そうなれば、やがて悪魔の一族がこの地球上にはびこって、人間の存在そのものを脅かし、途方もない恐ろしさを与えるかもしれない(15)。

この増殖の恐怖は、増殖の希望の反転であろう。自分たちの望むことを、おそるべき対象がそのまま真似ようとするとき、それは驚くべき恐怖に変わる。逆に言えば、恐怖には、欲望が刻み込まれている。理想的な人々による家族の形成とその発展は実に望ましい。しかし、それがおそるべき人々によって、悪の連鎖が拡大しようとするとき、同じような運動が今度は恐怖に変貌する。増大への願いが逆転された形で、この作品には描かれている。「悪」に染まった世界が描かれているが、その世界を導く原理は驚くほど「善」の世界のものに似ているのである。目指されているのは、新たな家族原理による拡大である。ここにおいて18世紀末あたりから19世紀にかけて現れてくる新たな権力の形態を考えるべきであろう。それまでの抑圧型の支配形態から管理型の支配形態が生まれてくる。従来のように王侯貴族が人民を支配して行く形ではなく、国民を基盤として統制して行く国民国家が出現する。この新しい国家は、核家族的構造を中心として、国民を管理していこうとする。18世紀の教育論において、注目されるようになった子供という対象を両親たちが配慮して、「立派な」国民へと育成していくような家族モデルが基本的なものとして構想される。家族を介することで、国民国家の支配が末端にまで浸透していく。内面の規律化が家族内で完徹されることで、家族の秩序が維持されるとともに、そ

の安定を通して、国家の存続が確保されることになるのである(16)。

　秩序を保つために、この機構は「悪」の検知を第一の努めとする。あるべき姿を直接的に述べるよりは、禁止条項を明確に規定することで、目標を明らかにしていこうとする。より正確に言うならば、「悪」と言うよりは「異常」の検知であろう。怪物の家族というイメージは、「正常」を浮かび上がらせるための、「異常」を現しているとも言える。そうした「異常」さの意識は、19世紀以降本国に流入してくる外国人たち、あるいは都市の拡大に伴い、貧富の格差増大に伴って出現してくる貧民群などを目にする中で、一層危機的なものに高まったかもしれない。実際19世紀以降においては、こうした規範からの逸脱への関心が高まっていく。例えば、犯罪者たちの顔写真を収集し、その膨大な集合の中から犯罪者特有の形の検出を企てたり、精神病院に収容されている患者の写真を分析することで、精神病特有の兆候を見出そうとする試みが存在した。特に、衛生学、医学はこうした異常性の検知に努め、そうした逸脱から人々を守ると言う目的の下に、権力機構と協力する場合も少なくなかった(17)。

　それでは、この作品における異常性はどこにあるのだろうか。人造人間のどこが衝撃的なのだろうか。神をさしおいて生命を創出したと言う宗教的次元とは異なる点から考えてみよう。そこに生命の問題が現れてくるだろう。ただ問題なのは、生命自体ではなく、その扱い方ではないだろうか。生命の管理ということであれば問題はないが、それを作り出すという方向がスキャンダルなわけである。そもそも生命という観念が非常に重要なものとなってくるのは、19世紀以降のことなのである。フーコーは、古典主義時代においては、生物学が成立できなかったと述べ、18世紀末までは、生命というものは実在せず、ただ生物があるのみだとしている。つまり、博物学などは、目にする生物をこと細く分類することはできる。そして、その過程を通じて、自然の豊かさを語ることもできる。しかし、その生物を生物たらしめるもの、生物化する力のようなものを認識の枠組みの中に入れることができなかったのである(18)。

　19世紀以降探求されていくのは、そうした生物学的エネルギーとも呼べるような存在である。シェリーの作品もその流れの中にある。ただ目指す方向が異なる。19世紀以降の国民国家が目指したのは、そうした力の総体を確保し、喪失を避け、増大を目指すことである。具体的には、民衆の健康の確保であり、病気などに陥らないようにする衛生学の発達などが挙げられるであろう。そうした好ましい状況があればこそ、生産性も向上し、発展が目指せるのである。

　『フランケンシュタイン』という作品が衝撃を与えるのも、この見取り図を侵犯するからである。生命を扱うにしても、制度化された管理ではなく、個人による生命力の創出という逸脱した形であり、さらにその生命を生み出すのが母体としての

女性ではなく、ヴィクターという男性なのである。ここにおいて女性を通しての出産管理という図式とは異なるものが姿を現している。その異常性の対極にあるのが、出産を通して形成されるべき家族の正常な姿である。子供を愛する優しい母、両親の配慮に素直に応える健康な子、母子を支え、家庭を守る尊敬すべき父親という三極の家族構造を確立することで、安定した権力支配の基盤を確立しようとしたのが19世紀以降の国家ではなかっただろうか。正常な生殖活動と人造人間の対立は、実際の性行為と近接しながらも、その不毛性故に危険視されたオナニズムのことを思い起こさせる。実際反オナニズム運動は19世紀においても、大きなキャンペーン活動を展開してきた[19]。

「悪」の姿は、反転して「正常」な世界の存在を映し出す。メアリーの描いた物語は、その悪夢たる姿を通じて、彼女が身を置いた時代において形成されつつあった認識の枠組みの姿を明らかにしている。18世紀的な部分を残しながらも、その作品には、新しい時代の徴が刻まれているのである。

終わりに

『フランケンシュタイン』という作品をめぐっては様々な解釈があるのは、周知の事実である。ここでは、その読解のうちで、最も説得力があるのがどれかを論じようとしたわけではない。むしろ、そのような多様な解釈が可能となる理由を考えようとした。それは、多様な解釈が登場する19世紀以降の時代の構造の一面を描くことに、この小説が成功しているからである。そうした評価をめぐっては、そこに恐怖小説家における思想の進歩性などを論じようとしたり、メアリー・シェリーの家庭環境とその波乱に満ちた生涯から説明を試みようとする向きもあるかもしれない。しかし、ここでは、そうした方向性は取らず、あくまでも作品を読む中で浮かび上がってくることを中心に考えることにした。少なくともテクストは、他の人々が無自覚に受け入れていた図式を、表現している。この作品にはこれから形成されて行く時代の骨組みが書き込まれている。19世紀の文学空間を疾走しながら読者を導いていく『フランケンシュタイン』は、駆け抜ける足下に時折、見慣れぬ大地の姿を垣間見せてくれる。

注

(1) 風間賢二「モンスターとしての作品」、メアリー・シェリー 『フランケンシュタイン』角川文庫、1994年、296-297ページ。
(2) メアリー・シェリー 『フランケンシュタイン』光文社古典新訳文庫、2010年、91ページ。この文庫本の訳文を本論文において使用するが、論旨の都合上、変更

した場合もある。
(3) 18世紀の化学に関する状況については、以下参照。
川村文重「物質と精神のあいだ」『百科全書の時空』法政大学出版局、2018年、299-324ページ。
また特に百科全書派と化学との関係については、下記の雑誌特集号参照のこと。
Corps, revue de philosophie, no.56, 2009, CNL et l'Université Paris Ouest Nanterre La Défense.
(4) メアリー・シェリー 『フランケンシュタイン』光文社古典新訳文庫、2010年、95-96ページ（強調は引用者）。
(5) ミシェル・フーコー 『臨床医学の誕生』みすず書房、2011年、32ページ。
(6) 18世紀の認識の枠組みについては、以下の拙論参照。
阿尾安泰 「『ピグマリオン』から『フランケンシュタイン』へ：近代から現代に向けての歩み」『比較社会文化』九州大学大学院比較社会文化学府8号、2002年、155-163ページ。
阿尾安泰 「18世紀、語られるもの、語られないもの」『比較社会文化』九州大学大学院比較社会文化学府19号、2013年、1-9ページ。
また当時の科学一般の状況については、以下参照。
レン・フィッシャー 『魂の重さの量り方』新潮社、2006年。
(7) メアリー・シェリー 『フランケンシュタイン』光文社古典新訳文庫、2010年、214ページ。
(8) J＝J. ルセルクル 『現代思想で読むフランケンシュタイン』講談社、1997年、48ページ。
(9) Condillac, *Traité des sensations*, Fayard, 1984, p.11.
また言語の問題から作品の分析を試みたものとして、以下参照。
武田悠一 「「起源」への問い――『フランケンシュタイン』と〈共感〉の哲学」『増殖するフランケンシュタイン』（武田悠一、武田美保子編著）彩流社、2017年、157-196ページ。
言語習得の際に使われた文献に注目した研究としては、以下参照。
Maureen N. McLane, *Romanticism and Human Sciences*, Cambridge University Press, 2000, pp.84-108.
(10) メアリー・シェリー 『フランケンシュタイン』光文社古典新訳文庫、2010年、188ページ。
(11) 18世紀小説の特徴については、以下参照。
Henri Lafon, *Espaces romanesques du XVIIIe siècle 1670-1820*, Presses Universitaires de France, 1997.

(12) メアリー・シェリー 『フランケンシュタイン』光文社古典新訳文庫、2010 年、267 ページ。
(13) ミシェル・フーコー 『監獄の誕生』新潮社、1977 年、202 ページ以下参照。
(14) 『フランケンシュタイン』を家族崩壊の物語として分析するものとしては、以下参照。
中村晴香 「『フランケンシュタイン』のおぞましい家族」『増殖するフランケンシュタイン』(武田悠一、武田美保子編著) 彩流社、2017 年、83-103 ページ。
父権主義的なあり方への反抗に注目した研究としては、以下参照。
Anne Williams, *Art of Darkness, A Poetics of Gothic*, The University of Chicago Press, 1995, pp.175-181.
(15) メアリー・シェリー 『フランケンシュタイン』光文社古典新訳文庫、2010 年、295 ページ。
(16) 権力形態の変化については、フーコー前掲書の他に、以下参照。
小野俊太郎 『フランケンシュタインの精神史』彩流社、2015 年。
またそうした恐怖の源泉の一つとしてフランス革命に言及したものとして、以下参照。
Chris Baldick, *In Frankenstein's Shadow*, Clarendon Press, 1987.
(17) 「異常」の検知については、以下参照。
ジョルジュ・ディディエ=ユベルマン (Georges Didier-Huberman)『ヒステリーの発明――シャルコーとサルペトリエール写真図像集』リブロポート、1990 年。
Michel Foucault, *Les anormaux, Cours au Collège de France, 1974-1975*, Gallimard, 1999.
梅澤礼 『囚人と狂気 一九世紀フランスの監獄・文学・社会』法政大学出版局、2019 年。
また病気の恐怖と作品を関連づけたものとしては、以下参照。
山崎僚子 「語られなかった物語――『フランケンシュタイン』と「梅毒」」『増殖するフランケンシュタイン』(武田悠一、武田美保子編著) 彩流社、2017 年、59-82 ページ。
また植民地主義の観点から、この作品を論じたものとして以下参照。
浅田えり佳 「脅かす子供:『フランケンシュタイン』における擬似家族と植民地主義」『九大英文学』54 号 九州大学大学院英語学・英文学研究会、2012 年、1-15 ページ。
(18) ミシェル・フーコー 『言葉と物』新潮社、1974 年、183 ページ。
(19) 反オナニスム運動については、以下の拙論を参照。
阿尾安泰 「18 世紀のオナニスムーティソを中心として」『言語文化論究』25 号

九州大学大学院言語文化研究院、2012年、53-63ページ。
また制度的な家庭においては、許され難い母への危険な欲望から作品にアプローチしたものとして以下参照。
角田信恵 「カロリーヌの影のもとに ── 『フランケンシュタイン』における欲望のありか」『増殖するフランケンシュタイン』（武田悠一、武田美保子編著）彩流社、2017年、137-154ページ。
さらに性のあり方が多様化していく中で、新たな状況から作品を考えようとするものとして、以下参照。
François Ansermet, "Traces de la destructivité, entre Frankenstein et Prométhée", *Le Carnet Psy*, No. 207, 2017, pp.45-49.

Frankenstein et le XVIIIe siècle

AO Yasuyoshi

Frankenstein, publié en 1818 par Mary Shelly, ouvre toujours de nouveaux horizons pour diverses interprétations comme celles psychologiques et celles scientifiques. La plupart de ces lectures sont poursuvies du point de vue moderne, comme le sous-titre de « The Modern Prometheus » nous le montre bien. Mais ce roman contient des éléments qui proviennent du XVIIIe siècle. *Frankenstein* est écrit sous l'influence de la philosphie sensualiste et de la chimie au XVIIIe siècle.

Dans ces condsitions, pour bien situer la modernité de cette œuvre de Mary Shelly, il faudrait détecter ce qui appartient aux âges précedents, avant de le comparer soigneusement aux autres parties de ce texte. Cette comparaison nous permettra de compredre les notions dont l'importance s'agrandira à partir du XIXe siècle, comme la famille, la santé, et la vie. L'anaylse de ces notions nous montrera le procesessus de naissance de l'épistèmè qui se développe avec l'apparition d'un nouvel type de pouvoir.

ディオダーティ荘における集い
── 恐怖小説の二つの系譜の始まりと、隠された関係 ──

相浦　玲子

　今からちょうど200年前の1816年夏に、スイスのディオダーティ荘というレマン湖畔の別荘に数人の男女が集った。しかし、その集いのメンバーは当時のごく平均的な若者とは言い難く、さまざまな内面を持つ人々で、彼らの織りなす関係性はこの場限りに終わらないものを後世に残した。その最たるものは当時弱冠19歳であったメアリ・シェリーの『フランケンシュタイン』であろう。

　その年は、"the year without a summer" とか "poverty year" と呼ばれるように、世界的に見ても異常な気象の年であった。前年1815年4月のインドネシアのタンボラ山（Mt. Tambora）の火山噴火によって、北半球全体が薄暗くなり、嵐や雷も多く、雨の多い気象を招いていた。異常気象によって凍死者が出たり、作物が育たないため食料不足も深刻になった。このような被害を引き起こした噴火は、紀元180年以来最大規模であった。まずは、そのように想像もつかない異常に暗くて寒い夏を想像する必要がある。

　現代の我々は、普段なら真の闇に触れることはあまりあるまい。また屋内に閉じ込められる不自由さは、多くの人にとってテレビ、コンピューター・ゲームなどで簡単に解消できるようになっている。しかし、1816年にはそれらは存在していなかったために、若者にとっての娯楽は「語り合うこと」などが中心になったであろう。あるいはろうそくの灯りの元に誰かが朗読するというくらいしかなかった。このような昼間も薄暗い状況は、館の周りにあまり人がいない寂しい環境の中、人々の心に微妙に影をさしたのではないだろうか。また、古くから文学の原型の一つである「語り部」の伝統を彷彿とさせる状況が生じたのではないだろうか。

　バイロンが借りていた別荘ディオダーティ荘には、彼の侍医のポリドーリのほか、パーシー・ビッシュ・シェリー、メアリ・ゴドウィン、クレア・クレアモントが集まってきた。毎夜、皆が集まると文学談義などが始まった。ある夜、コールリッジの『クリスタベル』をバイロンが朗読してシェリーが恐怖に苛まれて叫んで部屋を出た、という逸話もある。ここに集っていた十代の女性たちにとっても恐怖の体験であったことは想像に難くない。みんなでドイツの恐怖小説『ファンタスマ

ゴリアーナ』のフランス語版を読んだりしていたというが、ここからヒントを得たバイロンの発案で、ある夜、各人が恐怖のストーリーを作ろうということになった。メアリの『フランケンシュタイン』への二度目の序文となる1831年の序文には「四名」が集っていたと書かれている。これから察すると、クレア・クレアモントはその場にいなかったものと推定される。少なくとも彼女が何か後に残るような作品を書いたという記述はない。

[人間模様]
　シェリーは最初から社交界とは隔絶して いたが、バイロンは社交界の寵児で何をしても人々の関心を集めやすい存在であった。スキャンダルにまみれたバイロンはこの年４月に、その前年に結婚したばかりの妻と別居して自己追放するかのように英国を去って大陸に向かった。一方、パーシー・B.シェリーは妻ハリエットを置いて、駆け落ちしたメアリ・ゴドウィンと大陸に向かった。
　バイロンは年若い従医のポリドーリを伴い、シェリー「夫妻」は、メアリの義理の姉妹でメアリと同い年のクレア・クレアモントを伴っていた。この二つのグループはスイスで合流し、最初はホテルに滞在する。
　当時、ホテルに宿をとるには詳細な身元を書くことが要求されていたが、このような権威主義的な強制を嫌うシェリーとバイロンは、反発して思い思いの嘘を記入した。バイロンは、セシュロンのオテル・ダングルテールの宿帳に年齢を「百歳」と記入し、シェリーはその後シャムニで、「民主主義者、人類愛者、無神論者、目的地は地獄」などと書き込んだ。バイロン一行は悪路で到着が遅れていたが、クレアは既にこの春から関係のできていた恋人バイロンに会いたくて一日千秋の思いで一行の到着を待っていた。宿屋の記帳でその名と百歳の年齢を見つけて、「...あなたはあまりにゆっくりなので二百歳になったのではないかと思いましたよ」などと書いた。しかし、バイロンはそのとき既にクレアに対しての感情が冷めていた。
　そもそもパーシー・ビッシュ・シェリーは、妹の学友ハリエットの父親があまりに厳格なことに同情するあまり19歳で結婚し、21歳で父親になる。しかし、そのうちにイタリア詩を教わっていたコーネリアという女性と恋仲になったこともあるが、1814年には妻ハリエットに対して、メアリ・ゴドウィンを愛していると宣言して彼女も一緒に三人で暮らすことを提案したりする。バイロンは、異母姉や後の首相夫人キャロライン・ラムとのスキャンダルがあり、女性遍歴で有名であるが、シェリーも次々に恋人をつくることにおいては負けてはいまい。
　メアリ・シェリーの父の再婚相手の娘であるクレア・クレアモントは、パーシーとも付かず離れずの恋人であったようであるが、バイロンが大陸に渡る前に巧妙に

バイロンに近づき、その恋人になっていた。クレアは、興味を示したメアリにもバイロンを紹介していた。不思議なことにクレアはメアリにバイロンを紹介しただけでなく、バイロンの関心をメアリに引こうともしている。メアリは 詩人としてもスキャンダルにおいても有名な バイロンに会う前は、もっと理不尽 な人物を想像していたようだが、初対面のバイロンに好感を覚え、クレアに大陸での連絡先を聞いておくように頼んだという。シェリーたちが最初訪問先としていたイタリアではなく、バイロンが向かおうとしているジュネーヴに変えたのはこの二人の意思が強く働いたと思われる。

　シェリーは旅に備えてイタリア語を学んでいたのではあるが、敬愛するルソーとゆかりのある土地を訪れることに異論はなかったであろう。このようにして二人の詩人のスイスでの出会いは準備されていった。パーシーよりも5歳年上のバイロンはすでにイギリスで有名であり、シェリーはまだ詩人としては名が出てきたばかりであった。二人の詩人はジュネーヴで始めて対面するが、それは予想以上に実りのあるもので、二人は一気に親しくなり文学や哲学を常に語り合う仲となった。

　本論では特にメアリとバイロンに主軸をおいて、なぜこのような若者がディオダーティ荘に集まって語り合ったことが「フランケンシュタイン」や、読み物としての「ヴァンパイア」小説を生み出す記念すべき年になって後世に繋がっていったのか、またメアリが後の作品の中に重要人物として夫パーシーと共に登場させたバイロンとの関係 について 論じたい。

[ヴァンパイア伝説の存在]
　まずバイロンの大陸旅行に医師として随行したポリドーリの人物像について述べる前に、ディオダーティで恐怖小説を実際に作り出して皆の前で話したのは誰かということであるが、バイロンは「ヴァンパイア」の断片のみ、パーシー・B. シェリーはストーリーを完成せず、ポリドーリも人々を恐怖に陥れるほどの話は作れなかった。つまり、メアリ・シェリーのみが後世に残る完成度の高い恐怖の話を語ることができたと言える。ただ、バイロンの断片「ヴァンパイア」は、スラヴ地域のローカルなストーリーから、のちのイギリスにおける「ヴァンパイア」小説の伝統の骨格となるものを作り出していくきっかけにはなった 。つまりヴァンパイアが貴族であったりするという伝統はこのバイロンのストーリーの断片から出発した。この偶然の集まりの中から、後世に残ったのは「フランケンシュタイン」と「ヴァンパイア」であるが、その二つがこの暗い寒い夏の経験――同じ環境の中から誕生したというのは興味深い事実である。メアリの序文によると、シェリーとバイロンは、「・・・様々な哲学的学説を話し合っていたものだが、ある時ふと、生命の原理へと話が及び、それを見つけ出し移し替えることは可能か、という話になったこ

とがあった。・・・ガルバーニ電流が示している通り、死体が生命を取り戻す可能性はあるのかもしれない。生命を形づくるそれぞれの部位を創り、それを組み合わせて命を吹き込むことはできるのかもしれない。」(『フランケンシュタイン』12)。このような会話を聞いていた人々――メアリとポリドーリ――がフランケンシュタインの怪物と近代のヴァンパイアを作り出したのであるから、シェリーとバイロンの解逅による貢献は大きい。

吸血鬼に類する話は古今東西、古代ギリシャから古代中国に至るまで存在するが、ここではそれまでのヨーロッパのヴァンパイアとはなんであったのか、少し見ておきたい。

現在のハンガリー、ルーマニアのトランシルヴァニア地方。ヴァンパイア(Vampire)は、スラヴ系の語源。"Nosferat" = "plague carrier" という意味で、これはメアリ・シェリーの滅びゆく人類で最後に残された人を描く *The Last Man* との符合を感じさせる。というのは、中世のルーマニアでは、若くて元気な人の命を簡単に奪うということでペストはヴァンパイアがもたらすと考えられていた。また、スラヴの伝統では「ヴァンパイアは血を吸う」とされていた。キリスト教の聖体拝領や聖餐式は、パンをキリストの身体、赤いワインをイエス・キリストの血の象徴として信者がなんども礼拝の節目に飲んで、確認することによって人類への愛情から磔刑の死を迎えたキリストに思いを致す、キリスト教の重要な儀式である。宗教の根源にあるイエス・キリストの自己犠牲、つまりキリストの受難と復活の象徴であり、救済された人類の永遠の命を約束するものである。

それに対して、ヴァンパイアリズムは反キリスト教的、生贄と暗黒の永遠の命の象徴である。バイロンはこれらの地域を巡った時にヴァンパイアのストーリーに触れている。ルーマニアにはかつて、トランシルヴァニア、モルダヴィア、ワラキアという三地域が存在した。中でもトランシルヴァニア地方は西にローマン・カトリック、南にオットマン(オスマン)トルコのイスラム勢力と地域を接していた。ギリシャ正教では、異邦人・異教徒は清められない墓地では大地が遺体を受け付けないので、腐ることなく土に還れない、とされた。しかし、ローマン・カトリックでは逆に、遺体が腐らないのは聖人の印とされている。ペストによって人口が激減する中、小さな地域に三つの宗教が三つ巴になって色々な憶測や迷信が蔓延し、非難の応酬がヴァンパイア伝説に寄与したと考えられる。

また中世にペストが流行って、ヨーロッパの人口を激減させた時、人々は昨日まで元気だった人が亡くなる病気を恐れて、時には病人を無造作に生き埋めにすることもあり、そのような場合には墓地から死人が蘇るという不気味な出来事も起こり、人々を恐怖のどん底に突き落としたことであろう。死がまさに生と隣り合わせに存在していた時代であった。また謀反人を串刺しにするなどその残忍さで知られる実

在のドラキュラ公も話に拍車をかけて行った。バイロンが東方への訪問でこのような土地の伝説を聞いていたことは想像に難くない。

　ヴァンパイアはもともと、農村のコミュニティーに流布していた。それは現代の我々がハリウッド映画などからイメージする見かけがスマートな貴族的なドラキュラのものとはかけ離れていた。バイロンは、ジュネーヴでの歴史的な集いの前に、まだ出版されていない原稿のコールリッジの『クリスタベル』を読んでいて、これによってもヴァンパイアのイメージを膨らませたとも考えられ、また先の大陸旅行で訪れた東方の旅での見聞も手伝ったことであろう。ちなみにコールリッジに『クリスタベル』の出版をすすめたのはバイロンであった。彼は、この二回目の大陸旅行に先だって『ジアウア』(Giaour) を発表しているが、この中でヴァンパイアについて語っている。

> But first, on earth as Vampire sent,/ Thy corse shall from its tomb be rent:/ Then ghastly haunt thy native place,/ And suck the blood of all thy race;/ There from thy daughter, sister, wife,/ At midnight drain the stream of life . . . . (ll.755-760)

　バイロンのヴァンパイアの断片はバイロンの実生活に似せていて、この小説の一人称はバイロンではなく、ポリドーリなのである。そのためストーリーはポリドーリの視点から書かれていることになる。語り手の "I" は、主人公ダーヴェル (Darvell) から決して友情を得られないと思っている。ポリドーリはバイロンとパーシーの間に築かれた友情の中にはどうしても入れてもらえなかったので、疎外感を感じていた。そこでバイロンは自身のイメージをヴァンパイアとして、ダーヴェルと同一化した。バイロン自身が自らをヴァンパイアとしたことは興味深く、"love, remorse, grief" に苛まれているという下りは現実とかさなり、告白のようである。ナレーター "I" に対する悪意はこの小説からは読み取れないし、ダーヴェル を描くバイロンは冷静である。

　ナレーターは語る、「トルコの死の都（つまり墓地）は、我が友の唯一の慰めの地であるようにおもわれた」。この光景は、バイロンの親友ホップハウスによると、本当にあったことであった。それは、ガイドを雇い、街からそれほど遠く離れていなかったのに、嵐の日にトルコの街で道に迷いなんども同じ道をいったりきたりした挙句、トルコの墓地にいきあたった時、稲妻が墓地を異様に照らし出した光景と似ているという話をバイロンから聞いたのだということである。お供していた従僕フレッチャーが混乱し、恐怖のあまり叫び声をあげたという。

　バイロンの「断片」にはこの内容が反映されている。ポリドーリと目される "I"

は、ダーヴェルが水を欲しがった時に、異国の、異教徒の墓地で水の在り処がわかるはずないと思ったが、ダーヴェルが的確に井戸の位置を言い当てたことから、"I" は、ダーヴェルがここを以前から知っているのではないかと疑った。ダーヴェルは、これが旅の終わりであると遺言し、これから渡す指輪を決められた時間と場所に放り込んで欲しいといった。

　ここには、アーサー王を彷彿とさせる類似がある。バイロンもアーサー王も異母姉と関係を持ち、そこから婚外子が生まれている。ダーヴェルの名は、オーガスタス（Augustus）であり、バイロンの姉の名はオーガスタ（Augusta）であることも興味深い。

　"I" は、口に蛇を咥えたコウノトリが近くの木に止まっていることに気づく。ダーヴェルは、その木の元に自分を埋葬するように "I" に依頼する。蛇もコウノトリもたくさんのイメージを持った生き物である。コウノトリのシンボリズムから、バイロンは二人の娘たちのことや、年老いた盲目のオイディプスを介助するアンティゴネーにも思いを馳せたかもしれない。

　ダーヴェル の死後、"I" は驚愕する。ダーヴェルの顔がみるみるうちに黒く変色していったのだ。このことはバイロンがトランシルヴァニアに伝わる吸血伝説を聞いたり、その元にあったペスト＝黒死病についてもこの地域の記憶に残っていることを知っていたからだと考えられる。

　バイロンのダーヴェル は、トランシルヴァニア地方の吸血鬼と異なり、大学出の貴族という設定であるが、これをもとにして『ヴァンパイア』を書き上げたポリドーリの主人公は Lord Ruthven という貴族で、この名前はバイロンが実生活で不仲となった借家人の名前でもあった。

［ポリドーリ］
　ポリドーリは 21 歳の医師で、エディンバラ大学医学部を優秀な成績で卒業したばかりの若者であった。法体系や医療制度がスコットランドと異なるイングランドでは、26 歳になるまで正式の医師になれない決まりがあり、スコットランドからイングランドに移ったポリドーリは、バイロンが大陸旅行に出るにあたって彼の個人的な侍医として同行することになる。世の関心の的であったバイロンにつよい興味があり、ジョン・マレーの出版社からは詩人の行状についての日記をつけるという名目で 500 ポンドのお金を受け取っていた。バイロンにとって今回は二度目の旅であり、スキャンダルで地に落ちた失意の、自己追放の旅であったが、その人物についての人々の関心は廃れていなかったようである。

　ポリドーリの両親はイタリア系イギリス人で、彼の妹はのちにロゼッティ家に嫁ぎ、その子供たちは詩人 Dante Gabriel Rossetti と Christina Rossetti であり、ポリ

ドーリの甥・姪にあたる。ポリドーリは 8 人兄弟の長子で父親の期待を一身に担って、父に絶対服従する若者でもあった。ポリドーリは、バイロンとのひと月ほどの旅の後、シェリーの一行とジュネーヴで合流した。有名なディオダーティ荘の夜の集いではポリドーリは、メアリ・シェリーによると、骸骨の頭をした女性の荒唐無稽な幽霊話を披露したという。

先ほど述べたバイロンがこの時書いたヴァンパイアの断片は、ポリドーリが利用しつつ、ポリドーリ自身が『ヴァンパイア』という名前で出版にこぎつけている。ポリドーリはそれをバイロンが与り知らないところで、ポリドーリの名前ではなくバイロンが書いたものとして発表したという奇妙なものであった。

バイロンはそれに先立つ 1812 年に、ファンと自称する名家の人妻キャロライン・ラムと関係を持つが数ヶ月で破綻する。彼女の夫は、メルボーン卿（後にヴィクトリア女王に仕えたラム首相）であった。しかし、キャロラインはバイロンのことが忘れられず、このことは上流階級の社交界でのスキャンダルに発展した。キャロラインは復讐の意図もあって、1816 年に『グレナーヴォン』（*Glenarvon*）という小説を出版して、そのなかで夫や自分も登場させて、バイロンをヴァンパイアと思しき人物に仕立てあげた。つまりポリドーリはこのストーリーも織り込んで、バイロンを悪者に仕立てあげたのである。

バイロンはキャロラインのこの作品をディオダーティの集いの後、八月にスタール夫人から本を渡されて初めて読んだという。ポリドーリとバイロンの関係は、ポリドーリが背伸びしてもバイロンに相手にしてもらえず、シェリーと意気投合したバイロンにやきもちを焼いていたこともあろうし、このスイスの旅をもってお役御免にされたことに恨みを持ったことも大きかったであろう。ポリドーリにしてみれば唐突に解雇された思いがあったが、バイロンは帰国費用や数ヶ月分の慰謝料は支払っているので、ポリドーリの振る舞いに耐えかねて雇用を打ち切ったというのが真相であろう。その後、イタリアでも事件に巻き込まれて、結局はバイロンが助けていることを見ると、子供っぽくて父親の権威の殻を破りきれず破滅したと考えられよう。帰国してから数年後にポリドーリは若くして自殺する（Massie 170）。

このように、バイロンはディオダーティ荘での夜、ヴァンパイアについて話したが断片的なものにすぎなかったし、ふたりの偉大な詩人はその後、散文の作成には身が入らず、まとまったストーリーとして実を結ぶに至らなかったが、この集いはのちに生まれる作品の可能性や、また人間模様の展開にも貢献するものとなった。

[メアリとバイロン]

メアリ・シェリーがバイロンに初めて出会ったのは、バイロンが世間からスキャ

ンダルで槍玉に挙げられて疲弊していた時期であった。それでもクレアやメアリは彼に興味を抱いて近づいたが、バイロンの方はメアリの才能は認めても心惹かれる相手とまではいかなかったようだ。むしろ、夫を亡くしてからのメアリに対しては妹に接するかのように終生思いやりを示した。メアリは、しかし、もっと早い時期——ディオダーティで親しく接するようになってから、またスイス滞在中に、書き下ろされたばかりの『チャイルド・ハロルド』の第3巻に触れてバイロンに心惹かれていったようであった。メアリは、バイロンの詩の清書をひき受けて、彼の詩を読むことを楽しみにしていたという。世間ではとかく噂の絶えないバイロンが、夫にはない優しさで接してくれたことをメアリは、スイスでの「生涯で一番楽しかった」（[メアリが後にバイロンの伝記作家の一人ムア（Moore）にこのように語っていた]、Lovell, Jr. 37）という記憶と共に決して忘れることができなかった。またバイロンは夫の良き友であり、自身も友を失った失意の中、浜辺で夫を荼毘に付し、失意のメアリを労ってくれた、一生忘れることのできない人物となった。

　その他にもメアリとバイロンにはいくつかのつながりが見られる。一つには『フランケンシュタイン』の本題の前に置かれている、イングランドのサヴィル夫人への手紙を読むとバイロンが異母姉オーガスタに宛てて書いているかのような錯覚に陥る箇所がいくつかあるからである。姉に向かって、もう二度と会えないかもしれない、あるいは無事に帰れれば会えるかもしれない、と、心が揺らいでいる。『マンフレッド』の中に現れる心の葛藤、姉との関係をどのように清算するのか、できるのか、ということなどでバイロン数悩んでいた時期であった。もちろん、兄弟愛は普遍的で、この二人でなくても通じるものがあるのかもしれないが……。もう一つは、メアリは義理の母との折り合いが悪く、しばらくスコットランドのダンディー近くの知人の家で暮らしていたことと、バイロンもスコットランド、アバディーンで暮らしていたこと。そしてこの小説が「海」を舞台に始まり、『チャイルド・ハロルド』の第3巻も海のイメージで始まること。バイロンの父親は船の船長であった。このように両者の生涯には海のイメージが大きく存在する。

　メアリの日記を見て最初に驚くのは、その内容の希薄さであろう。メアリの日記として出版されているのは、1814年から1844年の間のもので、特に最初はパーシーと共同日記として始められ、のちに日記の記入はメアリの役割になっていき、メアリ単独で続けられた。そのこともあって初期の頃にはどちらもが各々の心に秘めた感情まではこの日記に描ききれなかったのかもしれない。メアリもパーシーも自由恋愛主義を掲げてはいたが、プライバシーには敏感であった。読者が最も知りたい情報——たとえばハリエット・シェリーの自殺や、シェリーが役所に出生届けを出したエレーナ・アデレイドのことや、クレアモントやバイロンのことも多くは

書かれていない。メアリは時にヒステリーに陥ることもあり、また時に冷たいと言われることもあったが、自身の複雑な家庭環境やシェリーとの複雑な関係もあったためか、日記らしい心情の吐露や秘めごとなどを書くことはほとんどなく、非常に慎重に言葉を選び、抽象的に書いているので、日記を読むことによってもっと作家の内面を知りたいと思う読者はがっかりすることになる。(これはバイロンが書き残していた回想録が、死後に不名誉をもたらすようなさらなるスキャンダルを恐れた親友たちによって、彼の死の直後に焼き捨てられているのと対照的で、逆にこのバイロンの回想録にはそれほどまでの心情が表されていたものと推測される。)

メアリの日記の編集者フェルドマンたちの (Paula R. Feldman and Diana Scott-Kilvert) の序文によると、メアリの慎重さは、有名人ウィリアム・ゴドウィンとウルストンクラフトを親にもった故であるとしている。なぜならゴドウィンが、母親の死後たった一年で、母のアメリカ人の元恋人のギルバート・イムレイへの赤裸々な手紙を公刊したというショッキングな出来事も影響しただろう。その中には、恋人のこと、自殺未遂のことなどもあからさまに書かれていて、メアリは迂闊に書物を残すと死後、このようなことが待ち受けていることに懸念を抱いたことであろう。パーシーもプライバシーの公表には消極的であった。"Shelley himself, though less reserved than Mary, shared her conviction of the importance of personal privacy . . . he wrote . . . 'I never will be a party in making my private affairs or those of others topics of general discussion . . . .'" (II. 66) と書かれている。

バイロンとメアリの関係について、アーネスト・J・ラヴェル、ジュニア (Ernest J. Lovell, Jr., 1919-1975) は、『キーツ・シェリー・ジャーナル』の中の「バイロンとメアリ・シェリー」(Lovell, Jr. 35-49) の中で深い洞察力を持って論じている。ラヴェルはアメリカに生まれ、テキサス大学に長く在籍したロマン派、特にバイロンに造詣の深い学者で、バイロンに関しての幾つかの著作があるが、56歳の若さで亡くなっている。おそらくバイロンとメアリ・シェリーの関係は1950年代から取り上げられるようになったようであるが、それはラヴェルの影響も強いのではないかと思われる。二人の関係はいわゆる恋愛関係ではないので、それほど大したことではない、という風にラヴェルの説に否定的な論文もあるが、筆者にはラヴェルの説は説得力があるように思われる。

ラヴェルは、「バイロンとメアリ・シェリー」の中でメアリとバイロンの実人生における交流とメアリの著作におけるバイロンの登場について確信に満ちた描き方をしているので、読者としてはやや身を引く面もあろう。しかしそのそれぞれが資料などの根拠に基づくものであり、説得力もある。それまで、あえてそれについて触れられることがなかったようであるが、メアリとバイロンの関係──必ずしも恋

人という意味ではなく、またその関係には濃淡もあったが — は1816年の夏以前にはじまり、それ以降バイロンの死まで続く。バイロンは当時28歳であり、メアリは18歳であった。初めて会ったのはロンドンであったが、すでに文学界においてもスキャンダルにおいても名を馳せていた有名人バイロンに会いたいというのは若いメアリにとって不自然なことではない。この時の出会いの印象をメアリは次のように言っている、「想像していた人物とは異なり穏やかで優しい……。」とクレアに漏らし、大陸でのバイロンとの再会を望んだという。

　クレアは、メアリとパーシーが恋仲になってからもパーシーと関係を持ち続け、そのことはメアリを悩ませたと言われているが、クレアは自分にとっての二人の仮想恋人（Byron and Shelley）をスイスで引き合わせる舞台をつくりだした張本人と言える。さきほどのメアリの用心深い日記は前半、そして特にディオダーティ荘でのことなどについて読者として期待するところであるが、その記述があまりに少なく、失望感を覚える。当時の様子については、メアリその人からより、むしろバイロンの複数の伝記作家の記述などから窺い知れることが多い。メアリの日記はまた、記号や暗号のようなものや略語も多い。バイロンについては夫と隠語を共有し、L.B.（=Lord Byron）と書いたり、Albe（バイロンが訪れた「アルバニア」から来ている）と書いたりしている。

　バイロンの数ある恋人の中で最後の女性は、イタリア貴族の若い妻テレーザ・グイッチョーリで、イタリアでのバイロンを知るブレッシングトン伯爵夫人に言わせると、テレーザは彼の "the Last Attachment" であった。つまりバイロンの最後の恋人と言えるということである。テレーザとメアリは、メアリがイタリアにいる間、バイロンを介して行き来があり、バイロンがギリシャ独立戦争に参加するためにイタリアを出発するときに、テレーザは船まで見送りたかったが、バイロンはそれを受け入れず、彼女に対してその時刻にはメアリと共に時間を過ごすようにと頼んだ（Origo 381ff.）。

　メアリとバイロンの関係は、経済的に困窮していたメアリのおねだりが原因と思われる疎遠な時期もあったが、全く途絶えるということはなく、脈々と続いていたと考えられる。バイロンにはテレーザという個性の強い恋人もいたのでメアリに対する恋愛感情は書物からは読み取ることができないが、メアリは、初対面の時からバイロンに対して少なからず憧れをいだいていたようだ。

　バイロンがイタリアからギリシャ独立戦争に参加するためにギリシャへ出発したのち、メアリはイタリアからイングランドに帰国する。メアリは夫の死に遭遇しながらも楽しい思い出が詰まったヨーロッパから帰国した心境を次のように日記に記したが、それは「バイロン死す」の知らせが届く1日前の記載であった、

May 14th, 1824

This then is my English life! And thus I am to drag on existence! No-I must make up my ~~made~~ [sic.] mind to break through my servitude and go—I cannot—cannot live here. . . .

Italy—dear Italy—murderers of those I love & of all my happiness . . . .

The last man! Yes I may well describe that solitary being's feelings, feeling myself as the last relic of a beloved race, my companions, extinct before me—. . . .

. . . .

To be here without ↑you↓ [Shelley] is to be doubly exiled—to be away from Italy, is to lose you twice—Dearest—why cannot I study & become worthy of you?

. . . .

I do not remember ever having been so completely miserable as I am tonight—(475-477)

この日記の文章からは、メアリがいかに孤独に苛まれて絶望的になっているかが窺い知れる。パーシーが亡くなった時、メアリと夫の仲は必ずしも良くなかったが、それを以って愛がなかったとは言えない。メアリがパーシーのとてつもない才能を深く尊敬していたことは確かである。メアリは、酷なことにそれを夫の死後、さらに強く感じたようだ。奇しくもこの日記を書いた次の日に、バイロンの死が報じられ、メアリは次のように日記に記した、

May 15th, 1824

This then was the "coming event" that cast its shadow on my last night's miserable thoughts. Byron has become ↑one↓ of the people of the grave—that innumerable conclave to which the beings I best loved belong. I knew him in the bright days of youth, when neither care or fear had visited me: before death had made me feel my mortality and the earth was the scene of my hopes--Can I forget our evening visits to Diodati—our excursions of the lake when he sang the Tyrolese hymn—and his voice was harmonized with winds and waves?—Can I forget his attentions & consolations to me during my deepest misery? –Never.

Beauty sat on his countenance and power beamed from his eye—his faults being for the most part weaknesses induced one readily to pardon them. Albe—the dear Capricious fascinating Albe has left this desart world

What do I do here? Why ~~and~~ am I doomed to live on seeing all expire before me? God grant I may die young—A new race is springing about me—At the age of twenty six I am in the condition of an aged person—all my old friends are gone—I have no wish to form new—I cling to the few remaining—but they slide away & my heart fails when I think by how few ties I hold to the world—Albe, dearest Albe, was knit by long associations.... (477-479)

突然のバイロンの死の知らせがもたらしたのは、メアリがそれまで隠してきたアルベ（Albe）つまりバイロンに対する真情を誰はばかるともなく吐くことであった。ディオダーティ、悲しみのどん底にいた時に救ってくれたアルベ、すなわちバイロンは、メアリから見ると早逝した夫パーシーが果たし得なかった夫の役割、さらに兄のようなまた父のような役割を担ってくれる人になっていたことが日記から読み取れる。

　1824年4月19日にバイロンはマラリアに罹患してギリシャのミソロンギで死亡していた。その知らせはイングランドにひと月遅れで届き、メアリはバイロンの遺骸と面会を果たしたごく限られた友人の一人であった。もしメアリの中でバイロンへの感情がそれほど強くなければ、そのような行為は避けていたのではないだろうか。メアリのバイロンに対する感情が記されているものを集めてみると、彼女は終生、バイロンに対して特別な思いを持っていたことが浮き彫りになる。そのつもりになって読まなければ、見落とすような曖昧な描き方で、メアリは自らの作品の中にバイロンの面影を随所にはめ込んでいる。もちろん彼女自身も、夫パーシーも含めて、ストーリーに断片的に登場しているのが特徴で、脈略が読めないところに現れて訝しく思っても、決してすぐさまバイロンにはこの筋は合わない、と決めつけるわけにはいかない。メアリの登場人物はギリシャ神話の変形譚のように巧みに姿をかえるので、ある時は彼女かと思われるような人物が男性として現れることも多々あり、同じ人物がいくつかの登場人物に分散して現れることもある。

　これは、メアリの日記に見られるように、非常に用心深く深層に存在する真実を隠し、カモフラージュしていることからもよくわかる。そのため、「そのつもりで」読まなければ、バイロンは時折、ひょっこり姿を見せているだけで、一般の読者にとってはどうでもいいことかもしれない。しかし、メアリの研究者にとっては見過ごすことのできないことではないだろうか。

　1816年の短い夏のバイロンとの邂逅は、パーシーにとってもメアリにとっても計り知れない収穫があり、パーシーとバイロンとの関係が成立し、シェリーの死後はバイロンとメアリとの関係が成立し、逆にバイロンとクレアとの関係は、アレグラの死後、決定的にネガティヴなものとなった。バイロンはクレアがジュネーヴに来る前からクレアを拒絶していたので、二人の関係はディオダーティ荘においても

とても冷たいものであったと思われるが、メアリにとっては、逆にここで初めてクレアの存在が疎ましいものでなくなったとも言える。

なぜならクレアはメアリの恋人パーシーと出歩くことも多く、メアリの不安材料になっていたが、バイロンがこの三者の間に現れることによって、その関係性に変化が起こったのである。メアリにとってのパーシーは、良き伴侶であったと同時に、時には御し難いことも多かった。夫（当時はまだ恋人）とクレアの関係、その他にも女性関係の疑義はあった。1816 年にはまだ夫でなかったパーシーをできれば独占したかったが、クレアという邪魔があった上に、パーシーの理想において「独占する」という発想は否定されていた。しかし、クレアにはバイロンという恋人がいて、そのぶん、パーシーはメアリのものと主張できた。ただ、バイロンはクレアに興味を失っていて、パーシーとバイロンは意気投合していて他の者がその二人の関係に割って入るのは難しい雰囲気があった（Lovell, Jr.）。

それでも、メアリはお天気が少しいい時にパーシーやバイロンとともに湖に漕ぎだしたり、夕刻にバイロンの館を訪れたりして、「温和で温厚な」バイロンと生活の多くをともにすることに喜びを感じていた。後にメアリが回顧するが彼女にとってこの夏は、人生の中で最も充実し、楽しいものであった。そしてそれは、バイロンという存在がパーシーの魅力を最大限に引き出すことを可能にしていて、バイロンという要素がそこに存在していたことの意義は大きい。

バイロンがディオダーティ荘にいた間の様子は、伝記作家の記述をつなげて浮き彫りになる。あまり朝の早くないバイロンはゆっくりと朝食をとり、シェリーたちのところに向かう。夕方の 5 時ごろバイロンは 1 人で気ままに夕食をとるのが好きで、そのあと、シェリーと湖に出かけたりした。シェリーとバイロンは共同でボートを手に入れていて自由に使うことができた。夜にはバイロンのディオダーティ荘にみんなで集まって、時には夜明けまで話がはずむこともあって、話の種は尽きなかったという。雨の晩などは、ディオダーティ荘に泊まって行くこともあったようである。この期間の生活はバイロン、メアリ、パーシーのいずれにとっても夢のように牧歌的な生活であったと考えられる。メアリにはこの後、次々と不幸が襲い掛かるので、メアリは終生、この時のことを懐かしく思い出している……。この後、メアリとパーシーは、イングランドに戻り、12 月にパーシーの妻、ハリエットが自殺した知らせを受けた。そしてその後、二週間後には結婚するのである。

1822 年にパーシー、メアリ、クレアはイタリアに再渡航するが、それはクレアとバイロンの間の娘、アレグラをバイロンに引き合わせるためであった。バイロンは、日々の世話はできずとも自分によく似た、言語にも敏感で利発な小バイロンのアレグラを彼なりに愛していた。彼女は父親としばらく暮らしたのち、ヴァニャカバロの修道院に預けられ、チフスに感染してあっという間に命を落としてしまう。

そしてその数ヶ月後にはパーシーが、一時メアリと親しかったウィリアムズと、船を整備する若者とともに難破して溺死してしまう。なんという多くの死が短期間のうちにメアリとバイロンの周辺で起こったことだろう。リー・ハントの一家を迎えに行くために、嵐が予想されているにもかかわらず船を出して嵐に襲われてしまうという出来事であった。数日後に波打ち際に打ち上げられた遺骸は魚に喰われて顔の見分けもつかないほどであったが、ポケットに会ったキーツの詩集からシェリーであることが判明したという。衛生上の理由から遺骸を市街の墓地に運ぶことが許されず、一旦砂浜に埋めてのち、トレローニやバイロンらが浜辺で荼毘に付したという。まずはウィリアムズ、そして続いて次の日に、シェリーが焼かれたが、いつもならお酒が入ると陽気になるバイロンでさえ何も言えないくらい友人たちは一様に肉体的にも精神的にも大変な衝撃を受けていた（Allan Massie 169 ほか）。

その後、バイロンは未亡人となったメアリに寄り添い、彼女を精神的、経済的に支えたので、メアリはバイロンを頼り、彼に対して常にいい感情を持ち続けた。そして彼女がイタリアに住んだ時の家は、バイロンの別荘であった、もっともバイロンが一緒に住んでいたわけではないが。後にムア（Thomas Moore）は『バイロン回想』を書くにあたってメアリに取材した折、メアリは珍しく防御を解いて、ありのままを率直に語ろうとしたという。夫パーシーの評判を守ってきたが、一方で批判するべきところは批判して、バイロンとパーシーの違いを際立たせた。バイロンとシェリーは1816年に友情を築くが、シェリーの側は必ずしも無批判にバイロンを受け入れたわけでないことは、書簡から読み取ることができる。例えばパーシーは、「バイロンは興味深い人物だが、俗っぽいところがある……」というようなコメントをピーコックに宛てている。メアリはバイロンを夫とは違った感情で見ていたようである。

メアリは未来小説『最後の人間』（*The Last Man*）について、『フランケンシュタイン』を書き終えた1817年5月28日の日記に、すでに死を（全ての終わり）を予見しながら、ディオダーティ荘の集いを懐かしく思い出し、心情を吐露している。

May 27, 1817

I am melancholy with reading the 3rd Canto of *Childe Harold*. Do you not remember, Shelley[,] when you first read it to me? One evening after returning from Diodati. It was in our little room at Chapuis—the lake was before us and the mighty Jura.——

Dear Lake! I shall ever love thee. How a powerful mind can sanctify past scenes and recollections—His is a powerful mind . . . . I think of our excursions on the lake. how we saw him when he came down to us or welcomed our arrival with a good humoured smile. . . .We may see him again & again-enjoy his society but the time will also arrive when that which is now an anticipation will be only in the memory—death will at length come and in the last moment all will be a dream. (171-172.)

　特異な気候とスイスの絶景、稀有な才能を持った一握りの若者、そしてディオダーティ荘という閉じられた空間の組み合わせが後世にいかに大きな影響を及ぼしたかを考えると、1816年7月は、文学史上忘れることのできない時として刻まれている。

参考文献

Lamb, Caroline. *Glenarvon*. Everyman, 1995.
Lovell, Jr., Ernest J. "Byron and Mary Shelley" in *Keats-Shelley Journal*. 2 (January 1953).
MacDonald, Lorne. *Poor Polidori*. University of Toronto Press, 1991.
Massie, Allan. *Byron's Travels*. Sidgwick & Jackson, 1988.
Shelley, Mary. *The Journals of Mary Shelley*, edited by Paula R. Feldman and Diana Scott-Kilvert. The Johns Hopkins University Press,1995.
Shelley, Percy Bysshe. *The Letters of Percy Bysshe Shelley* (two vols.), edited by Frederick L. Jones. Oxford University Press. Published in print: 1964.
Origo, Iris. *The Last Attachment*. Helen Mark Books, 2000.
メアリー・シェリー　『フランケンシュタイン』田内志文訳　角川文庫　2015年

ABSTRACT

The Gathering at Villa Diodati
— The Start of Two Lines of Horror Stories and a Concealed Relationship —

AIURA Reiko

Just two centuries ago a remarkable handful of young adults gathered at Villa Diodati besides Lake Leman in Switzerland. The group included Lord Byron, the poet Percy Shelley, Mary Godwin, her step-sister Claire Clairmont, and John Polidori, a young doctor of Italian descent. Byron had become embroiled in scandal, and he exiled himself from England; the Villa Diodati was his refuge. Shelley left his wife Harriet, and took Mary Godwin to Geneva. Relationships in the group were not always easy, but together these people were remarkably productive; one evening they produced some of the landmarks of fiction.

In the evenings they often discussed literature. Byron suggested that each person should tell a horror story. The meeting took place in a year of vile weather following the eruption of an Indonesian volcano. The terrible, dark, stormy weather was perfectly conducive to the atmosphere of "Gothic" horror. Of the tales resulting, two gave rise to two enduring fictional characters. The two great achievements which arose in their evening story-telling were Mary Godwin's (later Shelley's) story of "Frankenstein" and Byron's vampire story, which was later adopted by John Polidori to create the new genre of aristocratic vampire, quite different from the previous Eastern European peasant image.

Byron and Shelley enjoyed long and often passionate discussions on various topics including philosophy and science, and soon became close friends. Relationships within that small group were complex. Mary Shelley remembered that summer ever after as most special and happy. Mary and Percy, in their shared diary, started to refer to Byron "Albe" for secrecy. We can detect their special closeness to Byron, and later Mary's adoration for Byron after Percy's death, as Byron supported her emotionally and financially when possible.

Here I discuss two topics: Polidori's background and life, and a concealed relationship—the relationship between Mary Shelley and Byron; their friendship lasting later, even years after Percy Shelley's unexpected death.

『フランケンシュタイン』における自然科学と決定論

鈴木　里奈

はじめに

　メアリー・シェリー（Mary Shelley, 1797-1851）の『フランケンシュタイン』（*Frankenstein; or The Modern Prometheus*, 1818）が、彼女の父親ウィリアム・ゴドウィン（William Godwin, 1756-1836）の啓蒙哲学思想、特に彼の『政治的正義に関する考察』（*Enquiry Concerning Political Justice*, 1793）において展開された思想の影響を強く受けた作品であることは広く認められている。[1]『クォータリー・レヴュー』（*Quarterly Review*）を始め、同時代の書評には、『フランケンシュタイン』をゴドウィン思想の所産と見做し、そこに敷衍されるゴドウィン哲学の精神に言及するものが多い。[2] しかし、近年の批評家が指摘するように、メアリーは決してゴドウィン思想の純粋な信奉者として『フランケンシュタイン』を書き上げたわけではない。この小説では、ゴドウィン思想の批判的再評価が試みられ、ゴドウィンの急進的な社会思想に対する反駁と同時に、メアリー自身の哲学的探求が認められる。ゴドウィンの理性至上主義的啓蒙思想への反駁は顕著であるし、また、彼が人間の理性と悟性に絶対的な信頼を寄せて打ち立てたユートピア的共産社会の理想に対する懐疑的な思想も読み取れる。

　『フランケンシュタイン』の執筆中にメアリーがゴドウィンの『政治的正義』や小説を繰り返し熟読していた事実から、彼女が物語の哲学的要素の豊かさを彼の哲学思想に負っていることは明白である。しかし、より正確には、その豊かさは、ゴドウィン思想の受容とそれに対するメアリーの果敢な反駁に根差している。十九世紀前半のナポレオン戦争とその結末、英国における社会改革思想の更なる衰退、そして、彼女の人生経験が、『政治的正義』におけるゴドウィンの理想主義的な啓蒙改革思想に対する疑念をメアリーに抱かせた。彼女はそれを小説に投影させ、ゴドウィン哲学に対する批判的再考察を展開しつつ、社会改革の可能性と人間の本性に対する彼女自身の思想の構築を試みる。

　本稿では、『フランケンシュタイン』において批評的再考察を受けるゴドウィンの哲学思想の中で、啓蒙思想の発展と共に大きな進歩を遂げた自然科学、特にゴドウィンを含む十八世紀の啓蒙主義思想家が「人間科学」（the science of man or the science of human nature）と呼ぶものに焦点を当て、メアリー自身の哲学的思想を考察する。[3]

一　啓蒙思想と科学

　啓蒙改革思想の全盛期であった十八世紀後半のヨーロッパにおいて、自然科学の進歩と産業の発展は、理性に基づく人間の悟性の無限の可能性を証明するものであった。「理性」を基本原理とする「科学」の発展は啓蒙改革を推し進める上で必須の条件とされた。急進的啓蒙思想家であるゴドウィンにとって、「科学」とは、彼が『政治的正義』で展開した人間の「完全可能性（perfectibility）」論、すなわち、理性の啓発、啓蒙によって人間は知的、道徳的に無限に進歩、改善するという論を支えるものであった。同時に、科学の進歩によって発見され始めた様々な自然の法則は、『政治的正義』の中心思想である「決定論」（necessitarianism）の土台であり、「この世界の事象が全て必然性に支配されている」（*PJ* 337）ことを証明する論拠となるものであった。自然界の普遍的法則の発見は、啓蒙主義思想家たちに自然の支配という夢を抱かせた。さらに、人間の内にある普遍の法則を発見することによって、人間と社会をも支配し得るという途方もない信念を彼らは抱いたのである。

　自然科学の進歩に支えられた啓蒙改革の大きな目標の一つが「人間科学」の追究であった。啓蒙主義思想家たちは人間を科学的に理解するための新しい研究プログラムを実行しようとした。そこでは、人間を精緻な機械と捉え、その医科学的な生理学を発展させようとする試み、人間の思考過程のメカニズムを解明しようとする試み、そして人間と社会システムの相互作用のメカニズムを分析しようとする試みが推進された。思想家たちは、徐々に明らかにされていく自然の法則と同様の、人間の本性に関する単一の普遍的な法則の発見を目指し、ゴドウィンもまたその一人であった。

二　ゴドウィンの「決定論」

　啓蒙主義思想家たちが唱えた「決定論」とは、人間の行為を含めて、この世界のあらゆる事象、出来事がその先行する原因によってあらかじめ決定されているとする論である。ゴドウィンの「決定論」は、自然の因果法則を決定因とする機械論的決定論と、経験に基づく法則を決定因とする経験論的決定論をそれぞれ採用している。[4]

　ゴドウィンはその「決定論」において、物質界の運動法則と同様の必然的因果の法則を人間の精神と道徳の領域にも追究した。自然と人間を支配する必然の法則を森羅万象のすべてを紡ぐ「必然の鎖」と表現し、その「最初の輪」を除くすべては

因果によって繋がっているとした (*PJ* 347)。ゴドウィンによると、人間の精神の世界も物質界と同じ唯物論的な因果法則に支配されているため、人間は環境の産物である。つまり、物質的環境が人間の精神と道徳に決定的な影響力を持つとし、人間の精神作用とそれに伴うすべての行為は外的環境の影響から生じる必然の産物であると主張した。

> In the life of every human being there is a chain of events, generated in the lapse of ages which preceded his birth, and going on in regular procession through the whole period of his existence, in consequence of which it was impossible for him to act in any instance otherwise than he has acted. (*PJ* 351)

重要な点として、ゴドウィンの「決定論」は人間の「自由意志」(free will)を否定する。人間は自由意志を持っているかのような感覚を享受するが、実際は、人間の意志はそれに先行する知覚、印象、経験によって必然的に決定されるため、自由意志と感じるものは実は幻想である。したがって、人間の意志はある特定の行為を選択する根源的要因とはなり得ず、人間の精神は外的な力によって動かされる機械のようなものである。ここでゴドウィンは十七世紀の自然哲学者が唱え始めた「人間機械」という観念、すなわち、人間を物理的な因果律によって作動する自動機械であるとする思想を取り入れている。この「決定論」が、外的環境――特にゴドウィンが重視するのは政治と教育である――を改善することによって、人間の理性と悟性はどこまでも向上し、その無限の知的、道徳的成長を助けるという人間の完全可能性論の基盤となっている。

人間の精神を支配する因果の法則を見つけ出す手段は、アイザック・ニュートン (Isaac Newton, 1642-1727) を始めとする自然科学者が天文学や物理学、化学、解剖学の分野で採用した科学的な方法であるべきだと啓蒙主義思想家たちは信じた。同時代の哲学者ヒュームと同様に、ゴドウィンもまた、「道徳科学のニュートン」(Olson 436) になろうとした。その科学的な方法とは、事象の観察、観測、収集、分類、例外の排除、そして一般的観念の組み立てという実験的、実証的アプローチである。

ゴドウィンは、人間の精神をメカニズムと捉え、科学的アプローチによって、あらゆる精神の働きをも根本原理へと整理することができると強調した。科学的手法によって、多様な精神の現象を整理し、人間の心の作用の規則性、因果性を把握することができれば、また、精神と道徳の世界における普遍的な「必然の法則」(the law of necessity) を確立することができれば、人間はそれを用いることでさらに意識的、理性的、且つ社会的な存在となれる。これが、ゴドウィンが追求した「完全可能性」を体現する「新しい人間 (the new man)」像である。精神と道徳を支配する必然の法則を用いることで、人は、自己と他者の心の作用、それに基づく

未来の行為までも予測、管理、コントロールできるようになる。ゴドウィンによれば、「新しい人間」はあらゆる精神的、道徳的欠陥を克服することができ、理性と科学のさらなる進歩と発展によって、やがては肉体的欠陥、弱さ、病気までも克服し、死を限りなく遠ざけることも可能となる。

三 『フランケンシュタイン』における「人間科学」と「決定論」[5]

　啓蒙思想に基づく自然科学とゴドウィンの「決定論」が『フランケンシュタイン』におけるメアリーの哲学的思想の土台を形成している。『フランケンシュタイン』では、人体の仕組み、空気の性質、雷や地震に関する発見、ニュートンの法則など、啓蒙改革時代の科学的発見に関する言及が数多く見られる。数々の進歩的な実証実験の試みが、物語の重要な構成要素として、北極探検、生命の創造、また実験的教育などに描き込まれている。そして、メアリーは、自然科学の様々な分野に加えて、ゴドウィンが追究した「人間科学」を積極的に取り上げ、批評的再考察を展開している。

　ヴィクター・フランケンシュタインは「自然科学におけるニュートンの後継者」（*F* 39）となることを決意し、人間の体から病を追放し、人間を不死にすることを夢見る。彼はやがて「新しい種族」（*F* 54）の創造に取りかかる。ヴィクターによる人間創造は、ゴドウィンら啓蒙主義思想家たちが「人間科学」の追究に用いたのと同じ科学的アプローチを採用している。ヴィクターは、観察、分析、解剖、収集、分類、排除、組み立てというプロセスを経て「完全な人間」（*F* 55）の創造を試みるのである。

　しかし、ヴィクターが作り出した被造物はゴドウィンが描いた「完全可能性」を体現する「新しい人間」の夢を破壊する存在である。なぜなら、それは、社会的存在として手の施しようのないほどの欠陥を持った被造物であったからである。ゴドウィンは、環境の産物である人間の知的、道徳的あらゆる欠陥は決して修正することのできない神秘的な原因に根差すものではなく、「抵抗不可能な運命の所産ではない」（*PJ* 110）と強調する。理性的存在である人間は、必然的に自らの環境を改善しようとする生き物であり、その理性と悟性の向上は、知的、道徳的欠陥の克服と「完全可能性」の実現を必然とする。しかし、被造物は超自然的奇形という欠陥を与えられ、これが彼の道徳的成長にとって決定的な障害となる。

　自然科学を駆使して創造された被造物は、自然の普遍的法則を逸脱した存在であるという大きな矛盾を孕んでいる。その矛盾が彼の怪物的な姿に投影され、彼はその醜さのために社会的逸脱者として拒絶される。しかし、その知的、道徳的成長のプロセスにおいて、被造物は皮肉なまでに、ゴドウィンが提唱した「完全可能性」を体現する「新しい人間」への必然の鎖を辿る。

被造物の回想では、創造されたばかりの頃は、「白紙状態」(tabula rasa) であったこと、その後、徐々に知覚に目覚め、印象を受け、経験を重ね、外的環境によってその人格や性質、習慣が段階的にプログラミングされたことが語られる (*F* 102-3)。人間が「白紙状態」で始まるという考えは、ジョン・ロックが提唱し、ゴドウィンが採用したもので、「決定論」と「完全可能性」論を支える重要な思想の一つである。被造物はその後、啓蒙されたフランス人一家から間接的に受けた教育を通して理性を向上させ、知性と美徳を養う。しかし、その知的、道徳的無限の成長を導く必然の鎖は、彼が生まれながらに持つ「抵抗不可能」な欠陥のために繰り返し方向転換させられ、彼を「完全可能性」から遠ざける。

　自然の法則の解明からスタートした被造物の創造のプロセスと、それに起因する彼の宿命的な欠陥には、人間の精神を解剖し、あらゆる精神作用の分類と例外の排除という一般化の作業を通して、人間の精神と道徳の領域、つまり、人間の存在そのものを管理、コントロールしようという啓蒙思想家たちが推し進めた「人間科学」の高邁な試みに対する深い懸念が読み取れる。ヴィクターが自然科学の法則を用いて創造した被造物自身が自然界における逸脱者、言い換えれば、例外的存在であり、社会から常に排除の対象とされる存在として描かれる。しかし、被造物は排除されることに抵抗し、ヴィクターと社会に対し、自らの存在を認めるよう要求する。盲目的に自然界の例外を排除しようとする試みに真っ向から抵抗する力をメアリーは被造物に与えている。被造物はその力を必然の法則の作用を通して身に付けるのである。あらゆる事象の一般化を推し進める合理的科学に対する排除される側の抵抗という構図には、人間を科学的に理解しようとする「人間科学」の試みの是非を問う強い意志が感じられる。

　『フランケンシュタイン』において、自然界の事象の連鎖に、また、ヴィクターと被造物の心の作用とそれに基づく行為の連鎖には必然の法則が働いている。しかし、その法則は人間を「完全可能性」へと導くものではない。森羅万象の一般化のプロセスにおいて徐々に、そして確実に排除されていくべき予測不可能な出来事、ゴドウィンが「不規則な事象」や「偶然」と呼ぶ出来事が、物語が展開する中で幾度もヴィクターと被造物を取り巻く状況や彼らの心の動きに生じる (*PJ* 342-3)。そして、彼らを導く必然の連鎖を不意に、繰り返し方向転換させ、負の連鎖へと導き、それが物語の推進力となっている。

　ここには、人間の精神に生じるあらゆる作用を科学的アプローチによって完全に解明することは不可能であるというメアリーの主張がある。ゴドウィンは予測不可能な精神作用もいずれは解明され、「不規則な事象」や「偶然」は取り除かれていき、一般化の作業によって精神作用に関する普遍的な法則を確立できるとする。しかし、メアリーはその可能性を否定し、反駁を試みる。確かに自然界と人間は因

果の法則のもとに存在するが、その必然の法則は決して人間による完全な理解、掌握を許容するものではない。人間の理性で把握できる因果律を超えた何らかの要因によって必然の鎖が方向付けられることがあるとメアリーは示唆している。ヴィクターと被造物の突発的な感情の変化、理性では捉えがたい執着や野心、愛憎にそれが投影されている。人間の精神作用の一般化の作業は決して完了することはなく、森羅万象から例外を完全に取り去ることはできない。急速な合理的科学の進歩の中にあっても排除できない例外が必ず存在する。それを受容しながら、必然の法則のもとで人間の進歩と幸福を追求することの重要性をメアリーは感じているように思われる。

四 『フランケンシュタイン』におけるメアリーの宗教観

物語における必然の法則にメアリーの宗教観の一端を探ることができる。メアリーは必然の法則の不可知性を描いているが、これを突き詰めて考えると、ゴドウィンが唱えた自然と人間を支配する必然がそもそも不可知なものであることに行き着く。それは、世の中のあらゆる事象について、「最初の輪」を除いて全てが必然の鎖によって紡がれているというゴドウィンの言説に明らかである。

> All the acts, except the first, were necessary, and followed each other as inevitably as the links of a chain do when the first link is drawn forward.... Trace back the chain as far as you please, every act at which you arrive is necessary. (*PJ* 347)

この主張は、彼の無神論に傾倒した理神論的思想を示している。神の存在は世界の創造にのみ限定されており、創造された後の世界の自己展開には神の意志は全く干渉しないとするのが理神論である。世の中の事象のすべては合理的、唯物論的な必然の連鎖で展開していくのであり、そこに神による働きかけはない。人間も「白紙状態」で生まれ、必然の法則に従って自己成長していくものであり、そこに原罪という観念はなく、従って、贖罪、神による魂の救済の必要もないものとする。

ゴドウィンは、「永遠の神罰」と「天国」という二大観念に基づくキリスト教の教義を、人間の精神を蝕む独断的で非道な原理であるとして徹底的に糾弾し、原罪という全くの迷信から人類を解放し、人間の無限の進歩と改善の可能性を証明することこそ、啓蒙科学の最も重要な役割であると考えていた。彼の「決定論」は理神論的傾向を示しているが、理神論者であれば神と捉えるべき「必然の鎖」の「最初の輪」について、つまり世界の創造者、全ての必然を生み出した存在について、彼は言及しない。

ゴドウィンは森羅万象を紡ぐ必然の鎖を説明する際に「ビリヤード玉」の運動法則の例えを好んで用いる（*PJ* 351-2）。「玉突き棒」が一つの玉を突くと、それが二

つ目の玉にぶつかり、その衝突の大きさや角度が二つ目の玉の動きや速さ、向かう方向を必然的に決定する。二つ目の玉は決して自由に動くものではない。そうして、二つ目の玉から次の玉へと同じ法則のもと連鎖が起こる。そこには「偶然」も「気まぐれ」も存在せず、すべてが必然に支配されている。人間の精神も同じ法則に支配されており、人間は生まれてから死ぬまでの間、この法則のもとに生きる。この説明においても、ゴドウィンは「玉突き棒」の存在そのものについての説明をしない。「玉突き棒」とは何であるのか、または、何者の手がそれを握っており、どのような意志を持って最初の玉を突いたのか、ということには触れないのである。

『政治的正義』執筆当時のゴドウィンは無神論者であったが、彼の宗教観は大体において現代の不可知論に近い。彼自身が認めているように、ゴドウィンは「万物の原因を断定する」ことはせず、「世の中の現象を眺めるままに受け止めるだけ」である（*GC* 223）。[6] 従って、彼の「必然の鎖」は「最初の輪」を欠いたまま、神の意志による干渉を認めない唯物論的運動法則を示すものとなる。『フランケンシュタイン』において、メアリーは被造物の悲劇の最大の原因を、この不完全な「必然の鎖」に見ているのではないかと思われる。ここに彼女の宗教観を探る手がかりがある。

「必然の鎖」の「最初の輪」を定義しないということは、そこに万物の創造主としての神の存在を否定することになる。啓蒙主義哲学が、人間の進歩の基盤を理性と科学の進歩に据えたときに必然の法則から神の意志が取り除かれた。自然科学が自然界における諸現象を支配する法則を明らかにしていく過程において決定的な影響を受けたのがキリスト教神学であった。自然科学の急速な進歩は、これまで偶然や超自然と捉えられてきた事象に加え、キリスト教が奇跡や神による啓示と教えてきた様々な事象を、円熟した理性の光に照らし、実証的な試験にかけ、その非合理を示すことで徐々に排除していった。啓蒙主義改革のもとで、キリスト教の教義とそれに対する信念は、未開の精神の象徴とされたのである。

啓蒙思想にとって、ドグマで人間を縛り付け、教会のサクラメントなしでは人間の本性とその行為の全てが邪悪であるとするキリスト教の教えは人間の進歩の最大の敵であった。啓蒙科学によって人間の本性を理解しようとする新しい試みは、人間生来の堕落という罪深さを何の根拠もない非科学的な迷信とし、人間も自然も、存在する全ては、唯物論的不変の法則の規則正しい働きに支配される物質的な体系の一部であるとした。啓蒙思想と科学の進歩がもたらした新しい人間観の中で、人間は宗教的ドグマから解放され、神の存在、神による魂の救済はもはや必要ではなくなった。天の国ではなく、現世の地上において人間は「完全性（perfection）」を無限に追求できるものとされた。自然科学の進歩は、人々に、森羅万象に神の意志

ではなく、合理的に説明可能な科学的必然の連鎖を見出すことを教えたのである。

『フランケンシュタイン』において、ヴィクターの生命創造と被造物の人生には、「必然の鎖」の「最初の輪」に対するメアリーの思想が投影されている。人間の「白紙説」を採るゴドウィンの「決定論」と同様に、メアリーも被造物の人生を「白紙状態」からスタートさせ、彼を必然の法則のもとに生きる環境の産物として描く。社会の非道な扱いの中でその本質を捻じ曲げられていく被造物の姿は外的環境の産物としての人間を象徴する。一方で、被造物は人生を通して創造主による救済を切望し、懇願する。自らをアダムと重ね、創造主に慈悲を求める。被造物は持って生まれた宿命的な欠陥を受容しながらも、そのために生じる途方もない孤独、苦悩から彼を救い出すことができるのは創造主ヴィクターだけであると主張する。被造物の生来の欠陥は人類の原罪と重なる。そして彼の創造主への嘆願は贖罪の切望と見做すことができる。

物語の中で被造物は誰よりも自分の存在の意味に思いを巡らす。必然の鎖を辿り、自らの来し方と行く先、自分の存在の始まりと終わりについて問いかけ続ける。全能の神ではなく、人間が試みた科学実験の所産である被造物は、自分の存在の由来に心の拠り所を見出すことができない。神の似姿を持たず、この世で唯一、神の恩寵から生まれた存在ではないのだという思いが被造物に暗い孤独感を与え、絶望的な行為へと導く。人間を支配する必然の法則の根源に神の存在を認めず、その必然の連鎖から神の意志の一切を消し去ってしまうことに対する大きな不安がここに読み取れる。決して取り去ることのできない欠陥を背負いながら、自らの存在の意味を模索し続ける被造物は人間そのものであり、メアリー自身の投影である。『フランケンシュタイン』の執筆当時、メアリーが姉や子どもの死に直面し、大きな苦難の中にいたことを考えると、魂の救済は彼女にとっても切迫した問題であったと想像できる。

自然科学と啓蒙思想の進歩、発展により、神の存在が森羅万象から切り離されることで人間はドグマから解放された。しかしそれは同時に、これまで人々が当然のように享受してきた人間の根源的価値を奪うことでもあった。人間はもはや、全能の神の恩寵から生まれた存在ではなくなったからである。

フランスの自然哲学者ルネ・デカルト（René Descartes, 1596-1650）は人間も自然も全て「自動機械」であると言った。十八世紀に入り、「人間科学」の進歩から、この「人間機械」という観念がより強く認識されるようになった。この観念は、キリスト教神学の教義の中で生きてきた人々から、神の似姿を持ち、贖罪を与えられるほどの神の愛と慈悲を受けた存在であるという自負を奪った。神による魂の救済がないということは「永遠の神罰」と同様に恐ろしいものであった。聖書が保証してくれた「人間中心の宇宙の調和」が破壊され、人間は実にとるにたり

ない存在、物質的体系のほんの一部、自由意志を持たない「機械」となりつつあった（Porter 15）。フランス人自然科学者ブレイズ・パスカル（Blaise Pascal, 1623-62）はそうした状況に大きな不安を感じ、人間の存在の意味を悲観するに至った。宇宙の片隅にあって、誰が自分をこの地上にあらしめたのか、自分はここで何を為すべきであり、死んだ後はどこへ向かうのか、「神による導きのない人間」には何一つわからず、ただ、恐怖と絶望の中に生きるのである（Pascal 198）。パスカルが経験する心細さと人生に対する悲観は被造物が抱えるものと同じである。「人間科学」を追究したヒュームでさえも、人間の存在の意味について、パスカルや被造物と同じ不安を抱えていた（Hume 1: 269）。

　被造物の苦悩は神による導きのない必然を生きることとなった人間のそれである。一方で、科学と啓蒙の進歩の中で、人間の存在意義を捉え直そうとする意志が、被造物の心を喜びで満たす「幸福な大地」（*F* 115）の描写に感じられる。孤独な放浪を続けながらも、被造物は大地の生命の美しさを前に生きる喜びを享受する。自分を取り巻く自然の営みを眺め、それを支える必然の法則を敏感に感じ取り、そこに彼は漠然と、合理的な理解の及ばない存在を認識する。自然界の営みの不変の運動法則は、時折、被造物に慈愛に満ちた傾向を感じさせる。太陽の運行、巡る季節、何度も命を吹き返す大地に被造物はその傾向を感じ、それが彼の内に未来に対する「希望の輝かしい光」と「喜びの期待」を幾度も蘇らせる（*F* 115）。人生を悲観する被造物であるが、彼が「幸福な大地」に生きる喜びを語るとき、また、絶望の中にあって生きることを強く望むとき、その言葉の端々に、自然の法則を統べる慈愛に満ちた存在が浮かび上がる。

　ゴドウィンは、必然の法則の根源、「必然の鎖」の「最初の輪」に神の存在を置かないが、しかし、完全にそれを否定することはない。彼の「決定論」は、従って、無神論的とも理神論的ともとれるのである。ゴドウィンは必然の法則に神の意志の介在を認めないが、一方で、「この世界の至るところで活動する原理」に対し、その崇高さを感じ、同時に畏怖の念を抱く（*GC* 223）。これは被造物が自然の営みに対して感じるものととてもよく似ている。ゴドウィンはまた、その思想の変遷の中で、必然の法則に「善の力」の働きを認めるようになる。彼はそれを必然の「慈悲深い傾向」と呼ぶ。人間と自然を支配する必然の摂理には人知の及ばない何らかの傾向がある。「人間の努力を助け、理性の活動を保証し、無数の事実の中で、善のために働き、人間のために有利に作用する」、そうした「慈悲深い傾向」があると彼は考えるようになる（*GC* 226-7）。ゴドウィンの言う必然の「慈悲深い傾向」とは、被造物が自然界のシステムの背後に感じ取る慈愛に満ちた存在を想起させる。

おわりに

　ヴィクターによる生命創造と被造物の苦難と葛藤には、人間の理性に絶対的な信頼を置く啓蒙主義哲学による「人間科学」の追究とゴドウィンの唯物論的「決定論」に対するメアリーの懐疑が投影されている。また同時に、人間を内なる原動力を持たない「自動機械」と見做すことに対する反駁も読み取れる。外的力によって動かされるだけの「人間機械」とならないために、必然の法則について、またその法則のもとに生きる人間の在り方について、自らの思想を打ち立てようという意志がそこに感じられる。

　「必然の鎖」の「最初の輪」とは何なのか、どのような存在がビリヤードの玉突き棒を握っているのか、そして、人間の存在の意味とは何なのか、被造物の自己探求はメアリー自身のそれである。メアリーは、創造主による庇護と救いを求めながら自分の存在の根源と意味を問い続ける被造物を通して「必然の鎖」の「最初の輪」を探し続けているように思われる。ゴドウィンが言及する人間のために働く必然の「慈悲深い傾向」を、メアリーは、物語の中心を占める被造物の語りの中で美しく強調する。そこには、「必然の鎖」に慈悲深い神の存在を見出だし得るかという彼女の願いにも似た思いが読み取れる。

　ゴドウィンにとっての「人間科学」は、森羅万象から神の意志を取り除き、理性と悟性に基づく人間の進歩能力の至高を示すためのものであった。一方で、メアリーは『フランケンシュタイン』において、必然の法則のもとに生きる人間の存在の意味を探求し、神と人間の関係を捉え直すために「人間科学」を用いているように思われる。『フランケンシュタイン』は神の存在しない世界の物語であると評されるが、それは、「必然の鎖」の「最初の輪」を探求する物語であり、言い換えれば、啓蒙改革と自然科学の進歩によって取り除かれた神の意志を万物の事象に蘇らせようとする物語と言えるかもしれない。

注

1　以後、『政治的正義』と略す。本稿中の引用は、第3版（1798）である *Enquiry Concerning Political Justice* edited by Isaac Kramnick (London: Penguin, 1985) に依る。*PJ* と略記し、括弧内数字は引用頁を示す。

2　*Quarterly Review* 18 (January 1818): 379-85. *Edinburgh [Scots] Magazine, and Literary Miscellany*, second series, 2 (March 1818): 249-253.

3　「人間科学」は、英国哲学者デイヴィッド・ヒューム（David Hume, 1711-76）が経験論哲学を展開した著書『人間本性論』（*A Treatise of Human Nature: An Attempt to Introduce the Experimental Method of Reasoning into Moral Subjects*, 1739-40）

の主題である。ヒュームの「人間科学」は、経験論を用いて人間の本性に関わる様々な要素 – 感覚、印象、思想、想像力、道徳、正義、社会 – の相互理解を追究した。『政治的正義』においてゴドウィンが扱う「人間科学」（human science）はヒュームの経験論哲学の影響を強く受けている。

4　ゴドウィンの「決定論」は、百科全書派の一人、ドルバック（d'Holback, 1723-89）の機械論、ジョン・ロック（John Locke, 1632-1704）、ヒュームが提唱した経験論を取り入れている。

5　本稿中の『フランケンシュタイン』からの引用は、第3版（1831）である *Frankenstein; or The Modern Prometheus* ed. M. K. Joseph (Oxford: Oxford UP, 1998) に依る。*F* と略記し、括弧内数字は引用頁を示す。

6　*The Genius of Christianity Unveiled. Political and Philosophical Writings of William Godwin*. Vol. 7. edited by Mark Philp (London: William Pickering, 1993): 75-239. *GC* と略記し、括弧内数字は引用頁を示す。

引用文献

Godwin, William. *Enquiry Concerning Political Justice, and Its Influence on Modern Morals and Happiness*. Ed. Isaac Kramnick. Harmondsworth: Penguin, 1976.

―――. *The Genius of Christianity Unveiled. Political and Philosophical Writings of William Godwin*. Vol. 7. Ed. Mark Phip. London: William Pickering, 1993.

Hume, David. *A Treatise of Human Nature*. Vol.1. Oxford: Clarendon P, 1896.

Olson, Richard. "The Human Sciences." *The Cambridge History of Science*, Vol. 4. Ed. Roy Porter. Cambridge: Cambridge UP, 2003. 436-462.

Pascal, Blaise. *Pensées (Dover Philosophical Classics)*. Translated by W. F. Trotter, Introduction by T. S. Eliot. New York: Dover Publications, Inc., 2003.

Porter, Roy. *The Enlightenment (Studies in European History)*. London: Macmillan, 1990.

Shelley, Mary. *Frankenstein; or The Modern Prometheus*. Ed. M. K. Joseph. Oxford: Oxford UP, 1998.

参考文献

Edinburgh [Scots] Magazine, and Literary Miscellany, second series, 2 (March 1818): 249-253.

Quarterly Review 18 (January 1818): 379-85.

Brailsford, H. N. *Shelley, Godwin, and Their Circle*. London: Williams and Norgate, 1913.

Hindle, Maurice. *Frankenstein*. Harmondsworth: Penguin, 1994.

Locke, Don. *A Fantasy of Reason: The Life and Thought of William Godwin*. London: Routledge & Kegan Paul, 1980.

Monro, D. H. *Godwin's Moral Philosophy: An Interpretation of William Godwin*. London: Oxford UP, 1953.

Paul, C. Kegan. *William Godwin: His Friends and Contemporaries*. 2 Vols. London: Henry S. King, 1876.

Natural Philosophy and Necessitarianism in *Frankenstein*

SUZUKI Rina

Mary Shelley's *Frankenstein* (1818) is considered to be a challenging work written in the spirit of the school of the author's father, William Godwin. A radical philosopher and distinguished novelist, Godwin exerted a great influence on British society and intellectuals in the 1790s. His new philosophy espoused in his *Political Justice* (1793) became one of the most influential and controversial intellectual strains in the period of the pre-post French Revolution. Showing the resonance of that new philosophy and echoing its moral significance, *Frankenstein* demonstrates Mary's great debt of intellectual and philosophical dimensions to his works and ideas.

Though referred to as a Godwinian novel, *Frankenstein* is hardly loyal to Godwin's philosophy. In fact, the novel is the product of a critical reappraisal of his principal theoretical tenets. Through her speculation on the decline of revolutionary ideas in the early nineteenth century and her hard experiences in the real world, Mary gradually formulated some queries about Godwin's radical theories. In *Frankenstein* she examines her doubts regarding her father's ideas and explores her views on human nature, the individual's potential for moral improvement, and the possibility of social reform.

This paper studies Mary's critical reassessment of Godwin's philosophy in *Frankenstein*. It focuses on some of the most significant theories that Godwin put forward in *Political Justice*: the doctrine of necessity, the idea of human perfectibility, and the science of human nature. While showing skepticism about the idea of human perfectibility founded on the progress of human science, Mary delineates her intensifying concern about the doctrine of the materialistic law of necessity that Godwin advocated in *Political Justice*. She also voices doubts as to the possibility of scientific understanding of human beings. Through analyzing how Mary incorporates and develops the main principles of Godwin's theoretical ideas, the paper demonstrates that *Frankenstein* is the product of Mary's attempt to evolve her views as to the law of necessity governing the universe and attain new understanding of human nature and what human life calls for under the law.

The Tempest of the Shelleys —A Wind of Lucretius' Atomism—

宇木　権一

　Percy/Mary Shelley が生きた時代は、Boyle や Newton 等が築いた近代原子論の基礎の上に Laplace、Lavoisier や Davy、Faraday が活躍し、思弁的な Natural Philosophy が実用的な Science へと急速に発展した時代である。

　この発展の背後には、原子論復活の契機となった、600 年前 Poggio Bracciolini が再発見した科学詩 *De Rerum Natura*『自然の本質について』(以下 DRN) があった。この詩は、古代ギリシャの Epicurus の原子論を人々に啓蒙するために古代ローマの Lucretius が書いたものであり、2000 年以上前に科学的原子論を考察した先見性に注目される事が多い。しかし、現在の科学書とは大きく逸脱した部分も多く、特に詩の形式と Climamen の概念の二点が挙げられる。この二点の逸脱を中心に、Lucretius への引用も多く決定論的思想の強い Percy の *Queen Mab*（以下 QM）と、原子論的発想による生命創造を描いた Mary の *Frankenstein*（以下 FR）を取り上げて、その影響を考察する。

1. De Rerum Natura と原子論

　DRN は、BC1 世紀のローマの Titus Lucretius Carus（99-55 BC）によって書かれた詩である。

　彼の詳しい生涯は不明だが、彼が生きた紀元前 1 世紀の古代ローマは、Spartacus の反乱、ガリア戦争など反乱が多発し、独裁官の台頭や三頭政治など内政的にも不安定な時期であった。Caesar や Cicero も同時代の人物である。

　血縁と思しき Lucretius 氏族は共和政ローマの古い氏族であり、伝説のローマ二代目の王 Numa Pompilius の妻 Lucretia を祖としている。Numa は初代王 Romulus と異なり戦争を仕掛けず、内政に従事してローマの文化発展に貢献した。

　また、その子孫には、紀元前 6 世紀の Spurius Lucretius Tricipitinus とその娘 Lucretia がいる。Lucretia の悲劇的な死を契機とした、父や夫、Poplicola らによる王族の追放と共和制の樹立は有名であり、父 Lucretius は共和制樹立の功により、補充執政官に選出されている。

DRN は 6 巻が現存しており、Epicurus の原子論を骨格として、思想的には、無神論（正確には不可知論）、Clinamen から生じる自由意志論、Epicurus 主義、科学的には、物理学、天動説と地動説の議論（天動説有利だが）、進化論などの萌芽となる事柄が語られている。しかし現在の科学書とは異なる逸脱が幾つかあり、今回は詩の形式と Clinamen の存在の二つを取り上げる。

1.1.　詩の形式という逸脱

　一点目の逸脱は、科学と親和性の低い詩の形式を取っている事である。Homerus の『イリアス』、『オデュッセイア』と同じ Hexameter（六歩格）の形式を取り、詩の美しさは『アエネイス』で有名な Vergilius にも影響を与えている。

　科学を語るのであれば、韻律の為に文章が複雑となる詩よりも、単純な散文や Plato の様な対話形式、Euclid『原論』の定義と公論の形などが適しているだろう。しかし、それらではなく詩の形式を取った理由は、DRN（I.922-950, IV.1-25）で繰返し述べている様に二つある。

　一つは、宗教の偏見的なしがらみから人々を解き放つためで、Percy も QM でこの部分を引用している。二つ目は、難解な原子論を人々に分かりやすく伝えるためであり、奴隷や女性にも門戸を開いた Epicurus 派らしい信念である。

　また、詩を用いた理由として明言はないが、原子（Elementa）と物理法則（Lex）から作られる世界と文字（Elementa）と韻律（Lex）から成り立つ詩に共通点を感じた（DRN I.803-829）事も大きいだろう。これは、科学を学びながらも詩の大切さを解き、詩人は世界の非公認の立法者とした Percy の信念にも近い。

　Philosophical Poem の副題を持つ QM も科学的哲学的でありながら、詩の形式を取っている。膨大な注釈がある為、詩よりも散文の方が理解しやすいはずだが、あえて詩の形を取ったのは Lucretius の世界観に共感できた事も一因だろう。また後の A Defence of Poetry における詩と科学の調和の理想にも影響を与えている。

　一方、科学的知識を基礎として哲学的な主題を追及し、散文と詩の違いはあるが簡素な言葉でまとめる点では、Science Fiction 的であり、SF の起源と称される FR と類似している。

1.2.　Clinamen という逸脱

　二点目は原子の微小な偏移 Clinamen の存在である。全てが原子から構成され自然法則に従う原子論を突き詰めると、Laplace's Demon に類される決定論や生命を Automaton と見なす様な自由意志への否定へと行き着く。現に、Leucippus、

Democritus 等の初期原子論は決定論的立場を取っていた。それを回避する術が、Epicurus が提唱し Lucretius が引き継いだ、原子の微小な偏移 Clinamen の概念である。

　Clinamen とは、垂直に下へと落ちる原子が、ある瞬間にわずかに軌道から逸れる性質の事である。[iv] わずかな原子のずれにより原子同士が衝突して様々な自然現象が現れ、ひいては決定論から逸脱する fatis avolsa voluntus（運命を打ち砕く意志）が生じる。[v] 一陣の風による原子のずれが Tempest を巻き起こすかの様に。この概念により、自然法則に従う原子論と自由意志が両立する非決定論的科学が成立する。

　類似の概念は、Kant の物自体、Keats のネガティブ・ケイパビリティなどが Shelleys の生きた時代には考えられていたが注目される事は多くなかった。Lucretius の原子論は再発見後、修正されて受容される一方で、Clinamen は Newton 以降の近代科学でも軽視された。実際の自然現象としては Clinamen 的な誤差は多く観察されていたが、それは知識や技術の不足によるものであり、誤差を減らす努力が続けられていく。その一つの解法が、19C の Laplace 等による多体問題における摂動論であり、更には Laplace の魔などの決定論的な科学の発達を促した。

　QM では決定論を主軸にしながら意志の自由を描く点が矛盾に見えるが、Clinamen の存在によって両立可能である。FR においては、原子論的な Monster の創造過程よりも、Creator が定めた運命から逸脱する Monster の反逆が中心に描かれており、Clinamen から生じる Tempest の物語とみなせる。

1.3.　原子論の歴史

　少し脇道にそれるが、DRN と Shelleys の時代の科学には大きな時間的隔たりがあるため、DRN と関連する原子論や科学の歴史を大まかに説明して補足としたい。

　DRN が完成した BC 1 世紀のローマでは、Lucretius の支持する Epicurus 派とストア派の対立があった。その後ローマ帝国のキリスト教化により、科学的知識はアラビア世界へと流出し、DRN も原典が失われる。科学的に停滞した中世ヨーロッパを経て、1417 年に Poggio によって DRN は再発見されて、徐々にではあるが、原子論は普及していく。

　原子論の影響も受けた、Bacon、Galileo、Descartes などが近代的科学の手法を構築する。そして、Robert Boyle の『懐疑的化学者』（1661）によって、錬金術（Alchemy）から分離した、近代的な化学（Chemistry）の概念が造られる。翌年には、近代的科学組織の先駆けとなる王立協会が設立され、Boyle や Percy が教わった Lind 医師などの多くが会員となった。

同会員の Newton による『プリンキピア』(1687) や『光学』(1704) は近代的科学観の確立に大きな影響を及ぼしたが、これも原子論が背後に存在する。同じ 17 世記頃、数学的手法においても、Newton、Leibniz が原子論的発想による微積分法を開発している。

更に 18C に入ると、Euler や Lagrange らによって Newton 力学が現在に近い形式に定式化され、多体問題の解決法としての摂動論も構築された。摂動論は Percy が QM 中で引用した Laplace の『宇宙体系解説』(1796) でも解説されている。また、物理学を極めれば全てを予測できるという決定論的思想は、『確率の哲学的試論』(1814) で描かれた Laplace の魔によって具現化された。

並行して、18C 後半になると Lavoisier の『化学原論』(1789) によって、元素がリスト化され錬金術から離脱した近代化学が本格化する。また、Franklin が雷が電気である事を証明したり、Galvani の動物電気説 (1780)、その説を否定するボルタ電池の発明 (1799)、Davy による電気分解法を用いた元素の単離など、電気の研究が本格化した時代であり、これらが FR も影響を受けている事は有名である。

2. Percy's *Queen Mab* への影響

Percy が、DRN と出会ったのはイートン校在学中であり、その後何度も再読しており、1811 年の Necessity of Atheism でも既に引用され、QM の後も、*Revolt of Islam* などで言及している[vi]。更に、*A Defence of Poetry* で、「Lucretius は最高の意味での創造者である」[vii]と有名な Vergilius よりも高く評価しており、彼に多大な影響を受けている事が分かる。

題の Queen Mab は、Shakespeare の *Romeo and Juliet* に登場する助産婦の妖精であり、同戯曲の説明では "Drawn with a team of little atomies" と、原子論に由来する Atom の語が用いられている[viii]。DRN においても、冒頭 (I.1-5) で女神ウェヌスを讃えており、どちらも無神論を主張しながら妖精や女神を扱う点が矛盾の様に感じられるが Clinamen 的な概念や比喩表現とすれば必ずしも矛盾ではない。また、生命を司る助産婦 (Midwife) の妖精であり、Lucretius が讃えたウェヌスも愛と美と生命の象徴と近い。

QM における DRN の引用は、本文にはないがエピグラフや脚注で計三カ所存在する。

一カ所目の冒頭のエピグラフには、(DRN IV.1-3, 5-7) の、詩神に誓って宗教のくびきを解きはなす描写が引用されている。四行目の "insignemque meo capiti petere inde coronam," が省かれたのは、王冠を着ける事を喜ぶ描写が権力を否定し

た Percy の思想に合わないからだろうが、それを抜きにしてもこの詩の目的を端的に示す言葉である。

次は、BC2 の科学者 Archimedes による梃子の原理を説明した「支点を与えよ。されば地球を動かさん」のギリシャ語原文が続く。この連続は、Lucretius の科学理論から Archimedes の実験へと連なる科学的方法であると同時に、地球の様な強固な鎖でさえも梃の力で物理的にほどく比喩でもある。Laplace の文献を引用して地軸変化による気候変動も述べた、行動的で科学的な Percy の作風が良く出ている。

金銭の奴隷となる王侯貴族や牧師を批判した、QM5.58 の注釈では、死を闇雲に恐れて富と名声を求めてあくせくとする人々を批判した DRN（II.1-14）の有名な suave mari magno を引用している。

三箇所目の QM（3, 5.112, 113）の注釈では、DRN（III.85-86）を引用し、死の恐怖に駆られ、富を集めたり殺戮を重ねる事を非難している。

これら三つの引用は、宗教や権力、あるいは死への恐怖の否定の箇所のみであり、原子論や科学に直接言及するものはない。しかしながら、DRN の非決定論的な思想と比較する事で見えてくるものがある。

2.1. 自然法則という神と決定論

QM においては、キリスト教的な神の代わりに、理神論的な Nature Spirit を想定し、Eternal Nature's law（QM 2.75）と述べてその法則性を讃えている。更には、Necessity! thou mother of the world!（QM 6.198）と Godwin の必然性を強調し、注釈では自由意思を否定する決定論を詳細に説明している。その一方で、「原子にさえ愛と憎しみがある」（4.145）と自由意思を肯定する様な文章も見られる。自然法則と自由意思の両立を認めるのは矛盾だと Hele[ix] は批判したが、DRN においても Clinamen によって両立させており、一概に矛盾とは言い切れない。

また、「力は人間の才能や徳、真実を奪い、奴隷にし、オートマトンにする」（3.176-180）とも述べており、決定論的原子論であれば機械と人間の違いはない筈だが Percy は本来の人間と機械は異なると考えている。当時と現代の決定論の観念が違うのか、Percy が無意識的に区別していたのかは不明だが、現代の機械論的決定論とは異なる様である。

この様に、Godwin や d'Holbach 及び原子論や科学にも影響された決定論の思想が強い一方で、DRN の Clinamen 的な自由意志の発想も垣間見られて非常に入り組んでいる。

この一見矛盾した思想を解く手がかりは、6.170-175 行とその注釈（171-173）

である。"No atom of this turbulence fulfils" と、最小の光の粒子も含めた不規則に見える原子の運動も究極的には収束する事を、無神論的唯物論を提唱したd'Holbach の『自然の体系』(1770) を引用して説明している。

騒乱を意味する Turbulence は、DRN の有名な、Suave, mari magno turbantibus にも使われているラテン語を起源としており、更に接頭辞 per をつけた Pertubation の形で、Laplace 等による当時の天体力学の摂動論（pertubation theory）の影響も垣間見れる。

ここで、摂動論を説明する前に、当時天体力学で問題となっていた多体問題について触れる。多体問題というのは、簡単な例としては、地球と太陽と月の様な三体以上の天体の軌道について、Newton 力学的に解けない問題である。その解決法として、太陽による引力に比べて小さい惑星相互の引力を補正項と見なす近似計算の手法が摂動論である。1784 年には、Laplace が木星と土星の摂動を計算して太陽系の安定性を証明しており、当時の科学にとっても重要であった。

Percy が QM 中で引用している Laplace の『宇宙体系解説』(1796) にある惑星の楕円運動における摂動を説明した章の末尾には、摂動論が実際の観察結果に適合する事と宇宙の安定性が重視されており[xi]、これを読んだ Percy は d'Holbach、Godwin の哲学的な決定論を裏付ける当時最先端の科学的証拠の一つとして受け取った可能性がある。QM 執筆当時、Percy は知らなかっただろうが『確率の哲学的試論』(1814)[xii] で登場した Laplace の魔のイメージは、妖精 Queen Mab にも見いだせる。

Percy は DRN から、原子論を始めとして、詩で科学を語る事や権力の否定などの要素を直接・間接的に引き継いでいる。しかし、Clinamen 的なものを認識していながらも、それらは 19C 当時の摂動論的な考え方によって自然法則の調和に収束する決定論を取った点が DRN とは大きく異なっている。

3. Mary's *Frankenstein* への影響

Mary が DRN を読み始めたのは 1820 年 6 月の事であり、1818 年の FR 初版出版時は未読であった[xiii]。初版だけでなく、DRN 読了後の第三版においても作中に Lucretius の名前はないが、そもそも Newton と Galvani に言及がある程度で直接的な科学者の人名は少ないため、あえてあまり出さなかったのだろう。

ただ、初版執筆前に Mary が読んだ Plutarch の『対比列伝』には、Numa の妻 Lucretia と Lucretius 氏族[xiv]が登場するので、彼らの存在は知っていただろう。また、FR 中の怪物も同著を読み、Numa を理想像の一人としている[xv]。

更に Mary が、1816 年に読んでいた Davy の科学入門書 *Elements of Chemical*

Philosophy（1812）の序論で Lucretius に 1 文触れており、Percy が化学を教える際に彼についても言及したかもしれない。[xvi]

また、ディオダティ荘滞在中の 1816 年 7 月末の日記には、Percy が Lucretius を読んだ時期に、二人が出会ってから二年目の記念日や、雨が降り雷が鳴り響くなど印象的な事柄が記されている。[xvii]

第三版の前書きには、着想のきっかけとして Erasmus Darwin の進化論的思想に触れているが、孫の Charles Darwin による科学的進化論が発表される以前の源流を辿れば、DRN につきあたる。バーミセリが電気によって動いた点も似た形状の虫が自然発生的に原子から生じるとした DRN に近い。この Byron との議論の際も、Mary が言及してないだけで Lucretius が話題に出た可能性はある。

これらから、Mary は執筆前に Lucretius の名前は知っており、Percy から DRN の概略を多少は聞いていたと思われる。

3.1. FR における科学と詩の対立と調和

Victor は、化学を学ぶなど意識的には科学的であるが、無意識的には錬金術や怪物創造の情熱に憑りつかれており、また身体的に怪物の醜さに怯えるなど合理性のない詩的な部分を持っている。

一方、怪物の方は、身体は科学的に造られたものであり、無意識的には偏見に捉われない合理性がある。しかし、意識的には、De Lacey 家の不運に共感し、孤独を感じ伴侶を求めるなど詩的である。これは、De Lacey 家の影響だけでなく、怪物が読んだ本の影響も強い。

怪物が読んだ『対比列伝』の著者 Plutarch は、無神論的な Epicurus に反対する反原子論者であり、Lucretius も批判していた。Goethe の『ウェルテル』も理性ではなく感情につき動かされ、キリスト教の禁忌である自殺を行っており、Milton の『失楽園』は、古代原子論を葬ったキリスト教の神話が基礎となっている。この様に、怪物が読んだ本は、反科学的、宗教的・感情的でいわゆる詩的なものが多く、原子論を骨格として創られた怪物が、皮肉にも宗教的、感情的なものに影響を受けた事が分かる。

大まかだが、Victor と怪物の関係を、意識と身体（無意識も含む）について、科学的なもの、詩的なものとして整理すると、Victor は意識的には科学的、身体的には詩的であり、怪物の方は意識的には詩的、身体的には科学的となっている。

つまり、Victor と怪物自身の意識と身体の中に、科学と詩の対立が存在しており、対立構造が反転しているのである。それゆえに意識的にも無意識にも、怪物と Victor は対立しながらも、怪物の言葉に Victor が無意識的に感情移入したり、反

逆する怪物がどこかで Victor の精神に共感しているなど、互いにねじれた関係で引き合う所がある。Victor と怪物がドッペルゲンガーやジキルとハイドの様にみなす解釈も、この類似性と矛盾性の一面を捉えたと言える。

3.2. FR における決定論と非決定論の対立

しかし、ここに決定論、運命論と非決定論の要素が加わる事で解釈が変化する。

運命に関わる言葉としては、Fate、Destiny、Fortune などがあるが、OED によると、Fate は DRN でも使われている Fatis に由来し、意志では変えられない決定論的な意味合いが強く、Destiny も同じく決定論的である。一方、Fortune は、Fortuna を語源とし、偶然性や意志による変化が介在する余地がある為、非決定論的といえるだろう。

作中における Victor と怪物の発言を調べると、Fate は全 19 件の内、12 件が Victor による発言であり決定論的心理が滲み出ている物が多く[xviii]、怪物も自分自身について 1 件発言しているが、そこには、自らの運命を決める De Lacey 老人と話すまでは絶望しない[xix]という非決定論的なものが垣間見える。また、Destiny については、全 12 件の内 11 件が Victor によるもので、残り 1 件は怪物であるが、こちらも De Lacey 老人を運命の裁定者と見立てた言葉である[xx]。Fortune は多くの人物が使っているものの、Victor は Misfortune の形で自らの変えられない不幸を嘆く形が多い。一方、怪物の方は、De Lacey 老人との会話にて幾度も Misfortune の語が繰り返されており、今現在の不運も変えられる可能性が示唆される。

Victor の回想が中心であるとはいえ、決定論的な運命を感じているのは間違いない。一方、怪物の方は、不運を多く感じつつも、それらが変えられる可能性があるという非決定論的な立場にある事が分かる。

また、機械論的原子論をベースとして創造された怪物が自由意志という Clinamen を持ち、逸脱に逸脱を重ね、ついには、Victor の周囲を巻き込む Tempest を引き起して運命に反抗している。それがこの作品の特異な点であり、決定論ではなく非決定論的な Lucretius の思想が背後に存在している。

これらを考慮すると、Victor は決定論的立場を取る事で、意識的には科学の進歩を信じる科学的決定論、無意識的には人間の意志では変えられない詩的な運命論を取って、自らの矛盾を回避しようとしている。逆に怪物は、意識的には詩的自由意志論、無意識的には科学的非決定論をとって、自らの整合性を保とうとしている。

この様にして、両者は、互いの科学的詩的矛盾を一見調和させた様に考えるのである。科学は決定論で、詩は非決定論という一般的なイメージや、意識の側面だけ

を見ていると、科学対詩の構造に見えていた。

　天体力学的なモチーフを使えば、Victor と怪物の関係は、科学対詩で表せるような、地球と月のように厳密に解ける二体問題の様に見えるが、実際は解く事ができない四体問題だったのである。

　たとえ四体問題でも、太陽と地球と月の様な明確な力関係の違いがあれば、摂動論的に解く事ができる。けれども、Victor と怪物の意識と無意識はどちらが強いのか分からなくなっていく。もはや、主要項と摂動項が区別できず、摂動論的に解く事さえ難しいだろう。

　この複雑な構成からも垣間見える様に、Mary は DRN の中で、決定論へと通じる自然の法則性よりも、意志や非決定論を生み出す Clinamen の方に注目している。

4. 総括

　QM と FR の関係は、単純化すれば"科学"と"詩"の対立であり、もう一歩進んでも、"科学と詩の調和"対"科学と詩の対立"と捉えられがちである。

　しかし両者ともに、科学と詩の調和と対立を内包しており、どちらがより科学的あるいは詩的であるのではなく、決定論か非決定論かの対立という視点が必要である。

　DRN への影響を中心に見ると、Percy はその自然法則の方に、Mary は Clinamen の方に注目している。つまり、Clinamen の有無を巡る科学的な決定論と非決定論、あるいは、偶然性の有無を巡る運命論と自由意志論の対立である。

　科学史家 Michel Serres が、流体力学との関係を元にした言葉を使えば、マルス的科学（決定論的科学）とウェヌス的科学（非決定論的科学）の対立であり[xxii]、これらをまとめて詩的科学的決定論であるマルス哲学と詩的科学的非決定論であるウェヌス哲学の対比とすべきだろう。

　しかし、ウェヌスとマルスの出会いによって調和を意味するハルモニアが生じた様に、Percy と Mary が互いに影響を与えあう事によって多くの作品が造られており、詩と科学も互いに影響を及ぼし合う事で今後も発展していくだろう。

　今回、Lucretius の原子論の影響を Shelleys の作品から一つずつ取り上げて、当時の科学との関係とも絡めて見てとったが、あくまで一例を取ったに過ぎない。例えば、後期の Percy の *Prometheus Unbound* と Mary の *The Last man* では、二人の立場が逆転している節があり、DRN と二人の Shelleys の関係性は更なる研究が必要である。

　De Rerum Natura 再発見から 600 年の節目に当たるシンポジウムを通して、Shelleys 研究のみならず、現在、深刻化している詩と科学の二つの文化の対立にお[xxiii]

ける新たな観点の一助となれば幸いである。

注

i Stephen Greenblatt, *The Swerve: How the World Became Modern*. W. W. Norton and Company, (2011). 河野純治訳『一四一七年、その一冊がすべてを変えた』柏書房（2012）

ii Shelley, Percy Bysshe. *A Defence of Poetry*. Part1 (1821).

iii Aldiss, Brian Wilson. *Billion year spree: The true history of science fiction*. Doubleday Books, (1973).

iv Lucretius, Titus Carus. *De Rerum Natura*. II. 216-224, 292-293

v Ibid. at II. 257

vi Turner, Paul. *Shelley and Lucretius*. The Review of English Studies 10.39 (1959): 269-282.

vii Shelley, Percy Bysshe. *A Defence of Poetry*. Part1 (1821).

viii Shakespeare, William. *Romeo and Juliet*. Act I, scene IV

ix Desmond King-Hele, *Shelley: His Thought and Work*. (London: Macmillan Press, (1960) 38.

x QM 6. 45, 46:―Laplace, "Systeme du Monde" 地軸のずれによる気候の変動と人間の進化を説明。

xi Laplace, Pierre-Simon. *Exposition du système du monde*. LIVRE QUATRIÈME Chapitre iii Des perturbations du mouvement elliptique des planètes. (1796). 同著第三巻の空虚の存在と運動の説明箇所でも、DRN（1.340-342 途中）が引用されている。

xii Laplace, Pierre-Simon. *Essai philosophique sur les probabilités*. (1814).

xiii Jones, Frederick L., ed. 1947. *Mary Shelley's Journal*. Norman: University of Oklahoma Press.

xiv Plutarch *Parallel Lives*. Volume I
　　Poplicolaの章は、怪物が理想とした一人ギリシャのソロンとの対比である。

xv Shelley, Mary Wollstonecraft. *Frankenstein, or, The Modern Prometheus*. third edition (1831). Chapter 15

xvi Davy, Humphry. *Elements of Chemical Philosophy*. Introduction (1812).

xvii Marshall, Julian, and Florence, Ashton Thomas Marshall. "The Life and Letters of Mary Wollstonecraft Shelley London: Richard Bentley & Son, (1889). Vol. 1.

xviii ""I SHALL BE WITH YOU ON YOUR WEDDING-NIGHT," I should regard

	the threatened fate as unavoidable." FR Chapter 22.
xix	"I resolved, at least, not to despair, but in every way to fit myself for an interview with them which would decide my fate." FR Chapter 15.
xx	"I looked upon them as superior beings who would be the arbiters of my future destiny." FR Chapter 12
xxi	"Tempest of his passion" FR. Chapter 24.
xxii	M. Serres, *La naissance de la physique dans le texte de Lucrèce. Fleuves et turbulences*, Paris, Ed. de Minuit, (1977). 豊田彰訳『ルクレティウスのテキストにおける物理学の誕生 ── 河川と乱流』法政大学出版局（1996）
xxiii	Snow, Charles Percy. *The Two Cultures and the Scientific Revolution*. (Repr.). Cambridge [Eng.]: University Press, (1959).

参考文献

ルクレティウス著　樋口勝彦訳　『物の本質について』岩波書店（1961）

ルクレチウス著 国分一太郎訳 板倉 聖宣選　『原子の歌 宇宙をつくるものアトム』国土社（1991）

上野和廣　「シェリーの詩と科学 ──「雲」が誕生するまで ──」文学と評論社編『文学とサイエンス ── 英米文学の視点から ──』英潮社フェニックス（2010）: 91-102.

板倉聖宣著　『原子論の歴史』仮説社（2004）

Weiner, Jesse. "Lucretius, Lucan, and Mary Shelley's *Frankenstein*" Rogers, Breff M. and Benjamin Eldon Stevens, eds. *Classical Traditions in Science Fiction*. Oxford University Press (2015): 46-74.

櫻井和美　「『クィーン・マブ』における善と悪」京都産業大学論集 人文科学系列 33 (2005): 99-109.

上田和夫訳　『シェリー詩集』新潮社（1980）

高橋規矩訳　『クィーン・マッブ ── 革命の哲学詩 ──』文化評論出版（1972）

Synopsis

The Tempest of the Shelleys —A Wind of Lucretius' Atomism—

UKI Kenichi

In the age of Shelley and Mary, the scientists Laplace, Lavoisier, Davy and Faraday were active expanding the foundations of modern atomism built by Boyle and Newton. Their achievements rapidly transformed speculative natural philosophy into practical science.

This "renaissance of atomism" was affected by a poem on science by Lucretius, *De Rerum Natura*, rediscovered six centuries ago. Lucretius, a poet and philosopher in ancient Rome, wrote it more than 2000 years ago to make people aware of Epicurus' atomism. But it significantly departs from modern scientific texts in its poetic style and concept of clinamen. I investigated the influence of these aspects of Lucretius' work on Shelley's *Queen Mab* and Mary's *Frankenstein*.

The first departure is his poetic style, which had little affinity with science. His intention was to spread atomism in a form popular to his contemporaries, and the beauty of his work influenced even Vergilius. His poetic form successfully harmonized poetry and science, which seem to be in conflict in our time. This method was adopted by Shelley in *Queen Mab*, which bears the subtitle "A Philosophical Poem", and influenced his thinking in *A Defence of Poetry*, on the harmony of poetry and science. In its suggestion of a philosophical theme based on scientific knowledge, Lucretius' poem is similar to *Frankenstein*, which is regarded as the first work of science fiction. Indeed, the antagonism between the Monster and Victor can be seen as a shadow cast over Shelley's harmony.

Lucretius' second departure is the concept of clinamen, the minute "swerve" of atoms. Atomism maintains that all things are made up of atoms and obey natural laws, and thus ultimately leads to determinism, e.g., the reign of Laplace's demon and the denial of free will, as evidenced by the acknowledgment of a living thing as an automaton. However, the idea of clinamen led Lucretius to reject determinism. In his view, minute atomic swerves cause atomic collisions, which bring about various natural phenomena, thus giving birth to free will. For example, a micro-atomic swerve caused by a mere gust of wind could cause a macroscopic tempest. Thus, a non-deterministic science is established in which atomism and free will are compatible. Although *Queen Mab* seems to contradict itself by advocating free will in the context of scientific determinism, such as Godwin's Necessity, it is nevertheless consistent with the idea of clinamen. In *Frankenstein*, the monster's rebellion is a kind of divergence from the fate decided by its creator and can be regarded as a tempest caused by a clinamen.

On the 600th anniversary of the rediscovery of Lucretius, I offer this paper as a gust of fresh wind that blows the two cultures of poetry and science beyond their seemingly intractable conflict.

拡大する循環
── ShelleyとMaryの科学観に普遍性を求めて

新名　ますみ

1

　Percy Bysshe Shelleyと科学という関係は、長く研究されてきた題材である。Carl Graboがいみじくも彼を "a Newton among poets" と表現してから、一世紀近くが経つ。[i] Shelleyが当時花開き始めた近代科学に心酔し、作品中にその要素を積極的に取り入れたことは、今さら語る必要もないだろう。当時の科学の何が彼の作品のどの部分に反映され、それがどのように詩と調和したかということについても、十分に研究されてきたと言える。片やMary Shelleyにおいても、 *Frankenstein* の中で科学の暴走という危険性に着目し、早くも現代に向けて警鐘を鳴らしていたという解釈は、周知のものである。

　それでは、二十一世紀初頭に生きる我々が、さらに彼らと科学について語る意味とは何であろうか。現在、科学はますます進歩し遺伝子の領域までに踏み込むようになり、Maryの描いた生命創造までを予見させるような段階に至っている。人間が自分の存在意義を見失いそうなこの時代にあって、我々がなすべきことは何であろうか。改めてMaryの予言に怯えることか。それとも、Shelleyが作品の中でなし得た調和に倣い、精神世界と科学を融合することなのか。

　ここで思い至らなければならないのは、Shelleyたちの時代においては、科学が今とは違う意義を持って存在していたという事実である。当時、科学はまだ未発達の段階にあり、「魔術と未分化」であったとさえ言えるものであった（廣野、225）。[ii] それゆえ、人々は科学に対してはるかに無邪気であって、次々となされる発見や証明が世界をよりよい方向に導いてくれることに、現代より疑いを持っていなかった。Richard Holmesは奇しくもこのような科学に対するこの無垢な信奉を "Romantic science" と呼んでいるが（xiv）、[iii] そのRomantic scienceこそがShelleyをして詩と科学を融合せしめたのだとしたら、現代の我々は彼の詩作の価値を減ずるべきだろうか。またその一方で、無邪気な時代にあってなお科学の危険性を察知したMaryを、予言者として褒め称えるべきなのだろうか。

その答えを得ることこそが、彼らと科学の関係を研究し続けていく意義の一つと言える。ShelleyとMaryの科学が時代精神に左右されているのだとすれば、何にも限定されない普遍的な価値は彼らのどこにあるのか。科学全盛の現代が抱える不安にも耐えうる、科学との恒久的な関係は、二人の中に見いだせるのか。それを探るために、科学を扱う上での視野を広げ、無邪気な科学信奉者Shelleyでもなく、単なる予言者Maryでもない普遍的な存在意義を探っていくことにする。

2

日々、科学は進歩している。古代の科学もShelleyの時代の科学も、そしてもちろん現代の科学も、それぞれにまるで異なる。Shelleyの時代だけを取り上げてみれば、それは確かに、Angyros I. Protopapasが "Far from dealing with angels or winged boys, the major Romantic poets, no matter how religious or irreligious and materialist they may have been as individuals, they all had to define their positions vis-a-vis the scientific socio-cultural milieu in which they lived and worked." と述べたように (xxxi)[iv]、隆盛し始めた科学に対する自分の存在意義を詩人たちが問い直すべき時代であった。

だが、科学を前にした人間の感情や考えというものは、時を経て現代になったところで、それほど大きく変化するものだろうか。どんなに科学が進歩していこうと、いつでも人間はその力を前に戸惑い、望みを掛け、また恐怖するものではないだろうか。人間が科学に相対する限り、その関係は古今東西大きくは変わらない。時代を超えてあり続けるもの —— それは根本的な人間と科学との関係である。ShelleyとMaryの科学観に普遍性を見出そうとするならば、この不変である人間の姿勢こそが鍵になってくるだろう。それを踏まえて、二人の作品中に登場する人物と科学との関係に着目していきたい。

科学と人間との関係性において第一に思い出されるのは、やはり *Frankenstein* の若き科学者Victor Frankensteinであろう。彼は研究熱心で人体創造を一人で成し遂げるという純粋な科学者である。しかし、科学観の普遍性を探るという観点からは、より広義に詩人の中にも科学者像を求めていかなくてはならない。Desmond King-Heleが評しているように、Shelleyは「科学を呑み込んで完全に消化していた」("swallowed science and fully digested it") のであり (273)、彼の書いた詩も「人間らしい感情が息づき、かつ科学という点からも健全」("alive with human feeling yet scientifically sound") であったことを考えれば (272)[v]、彼の描いた理想に燃える人物にも科学者の資質が見出せるのは当然のことである。そのように考えれば、自然の驚異に魅せられた *Alastor* の青年にせよ、科学的な観点からも完璧に楽園の

実現を果たした Prometheus にせよ、ある意味「科学者」と言えるだろう。Shelley 自身が「詩はすべての科学を包含する」("It [i.e. poetry] is that which comprehends all science, and that to which all science must be referred")と述べているように（*Shelley's Prose and Poetry*, 502)[vi]、詩人は科学者像を内包するものであり、またすべての科学者が詩人なのである。よって、その広義における「科学者」像を把握することが、Shelley と Mary の科学観に普遍性を求める一助となるはずである。

それでは、その「科学者」の代表である Victor Frankenstein を端緒として、その特質や問題点を探っていくことにする。Victor は、作中で人並み外れた知性を有し、理想に燃え、研究のためなら犠牲をも厭わない科学者として描かれている。彼は寝食を忘れ人を遠ざけ、何かに憑かれたように人体創造の実験に没頭する。あまりにも極端なその生き様は狂気と言ったものさえ匂わせ、a mad scientist の走りのように評されることもあり、Holmes には "a romantic and idealistic figure" と称されている（335）。一面では理性的で冷徹な科学者でありながら、他方では研究に燃えるあまり傲慢や独善さえ感じさせる理想主義者。この相反するように見える二面性は、Victor だけが特殊に有しているのではない。他の例を見れば、科学を前にした人間の一つの典型であることが分かってくるのである。

例えば、Shelley の *Alastor* の主人公を取り上げてみよう。彼は自然の美に取り憑かれ、その理想美を追究するあまり自滅していく青年である。周りの人間の愛を受け入れず、痩せ衰え、追い求めたはずの自然に復讐される結末は、まさしく Victor の人生そのものと言えるだろう。Prometheus もまた、人間に火という知恵を授けたせいで、愛する者と切り離され、毎日死に等しい体験を繰り返す。それは、自分の創造物からの恐怖に苛まれ、家族を殺されていく Victor と、見事なまでに重なり合っていくのだ。

更に言えば、Shelley 自身がまさに Victor の類型であると言えるだろう。例えば *Queen Mab* や *Prometheus Unbound* で彼が描いたユートピアは、あり得ないほどの理想図であった。

> How sweet a scene will earth become!
> ・・・・・・・・・・・・・
> When its ungenial poles no longer point
> To the red and baleful sun
> That faintly twinkles there.
>   (*Queen Mab*, VI. 39-46)

ここで描かれたユートピアでは、地軸の傾きが修正されるという現実では起こりえ

ない現象が描かれ、それが更に信じがたい奇跡を生むことになる。

> The foliage of the ever verdant trees;
> But fruits are ever ripe, flowers ever fair,
> Kindling a flush on the fair cheek of spring.
> ・・・・・・・・・・・・・・・・
> "The lion now forgets to thirst for blood
> There might you see him spotting in the sun
> Beside the dreadless kid; his claws are sheathed,
> His teeth are harmless, custom's force has made
> His nature as the nature of a lamb.
> Like passion's fruit, the nightshade's tempting bane
> Poisons no more the pleasure it bestows:
> (*Queen Mab*, VIII. 118-30)

　地軸の修正された地球では、春と秋が一体化され、ライオンも肉食をやめ、毒性の生物も無害になる。人間の醜さも憎しみも消え、この世はすべてが平和で愛に満ちた世界になるという理想が達成されるのだ。

　確かに、このような地軸に関する記述は、作品の注にも見られるように科学的な根拠に裏打ちされてはいる（*Shelley's Poetry and Prose*, 46-47, annotation 8.）。だが、それはあまりにも極端な理想図であり、いかにも若き科学者の見る夢という印象を与えてしまう。それは *Frankenstein* の第一の語り手 Walton の夢想的な探究心や無謀な冒険心をも思わせ、Cristina Knellwolf が「絶対的なもの以外は求めない」"[Walton] aims at nothing less than the absolute" と評した点から判断しても (508)[vii]、Walton もまた理想へと突き進んでいく科学者の典型であることが分かる。いくつもの類型が発見できるこの夢想的で無謀な科学者たちを、ここでは仮に「若き科学者」と呼んで、更にその特質について掘り下げていくことにする。

　この「若き科学者」像を語る上で重要な点を挙げるとすれば、それは彼らが普通の人間とは違うということであろう。彼らは、学問の先端を行く科学を追い求め、危険をも顧みず自然の神秘を探るという人並み外れた情熱と才能の持ち主である。人間を創造するまでに突き詰めた Victor の才能も学問への献身も常人を超えたものであり、その傑出した感性と能力においては、*Alastor* の青年や Prometheus も同じ存在であった。彼らはいずれもが鋭い観察力で自己を分析し、敏感な感性で自然の驚異を探究しようとする人物である。*A Defence of Poetry* において Shelley が定義した詩人と同じく、「他の人間より繊細で苦痛や歓喜に敏感」であり（"he

拡大する循環 ―― Shelley と Mary の科学観に普遍性を求めて　　63

[i.e. a poet] is more delicately organized than other men, and sensible to pain and pleasure, both his own and that of others, in a degree unknown to them")（*Shelley's Poetry and Prose*, 507)、それゆえ孤立しやすい傾向を持っていた。

　その他人とは容易に交われない特殊性は、「若き科学者たち」に、次の *On Love* における悲劇を与えることになる。

The more opportunities they have afforded me for experience, the wider has appeared the interval between us and to a greater distance have the points of sympathy been withdrawn. With a spirit ill fitted to sustain such proof, trembling feeble through its tenderness, I have everywhere sought, and have found only repulse and disappointment.　　　　　　(Shelley's Poetry and Prose, 473)

感性が鋭すぎる人間は、真に理解し合える相手に巡り会えないばかりか、失望と嫌悪ばかりを募らせて孤立していくしかない。つまり、自分にふさわしい愛の対象を人間のうちには持てないという宿命を、「若き科学者たち」は必然的に抱えることになるのだ。*Alastor* では理想の相手は幻の中にしか見つからず、*Prometheus* も岩山で人におもねることなく自分の苦痛を呪うばかりである。Walton もふさわしい友人を探し続けてやっと Victor に出会うが、それも又すぐに失う羽目になる。その Victor の場合も、前半は研究に没頭するあまりに人との交流は一切断ち、後には友人や家族の中に安らぎを見出そうとするが、それも自分の不安から逃れる手段にしている始末である。彼らは、誰も普通の人間との愛情には満足をしていないのである。

　この報われぬ愛は、彼らを必然的に孤独にし、愛の対象を歪ませることに繋がっていく。人間の中に対象を見つけられなかった愛は、自分が熱中する探究に向くしかない。つまり、周りに分かり合える者が誰もいないために、彼らは自分の研究対象を熱烈に愛していくという過程を辿るのである。確かに、Walton が無謀な冒険に挑む姿は恋愛に我を忘れた若者を彷彿とさせるし、Victor が人体創造に熱中する様も、「じっとしていられず、狂乱のような衝動が私を突き動かしていた。その探究以外のものへの心も感覚も失ってしまったようだった」("a resistless, and almost frantic impulse, urged me forward; I seemed to have lost all soul or sensation but for this one pursuit.") とあるように (*Frankenstein*, 33)[viii]、恋の熱病さながらなのである。更に、人体創造から手を引いてからも、なお Victor の心は常に Creature の存在で占められており、それが例え恐怖と嫌悪に満ちたものであったとしても、恋愛と同じ状態であったと言える。故に、許嫁の Elizabeth が手紙で彼に「正直にお答えください。誰か他の方を愛しているのではありませんか」("Answer me . . . with simple truth—Do you not love another? " と尋ねたのは (135)、皮肉にも当

を得ていると言わざるを得ないだろう。
　この「若き科学者」の陥る恋愛が研究対象に対するものというならば、注目しなくてはいけないのが *Alastor* の青年の場合であろう。

> Her voice was like the voice of his own soul
> Heard in the calm of thought; its music long,
> Like woven sounds of streams and breezes, held
> His inmost sense suspended in its web
> Of many-colored woof and shifting hues
> 　　　　　　　　　　　　　(*Alastor*, 153-57)

ここで見られる「彼女の声は彼の魂の声のようであった」という表現は、彼が出会った理想の相手が自分の鏡とも言うべき存在だったことを表している。つまり、なかなか見つからぬ自分と同じ感性は、自分自身の中にこそあったということである。この自己と似た対象を愛する傾向は他の作品にも見られる。

> I questioned every tongueless wind that flew
> Over my tower of mourning, if it knew
> Whither 'twas fled, this soul out of my soul,
> 　　　　　　　　　　　　　(*Epipsychidion*, 236-38)

Epipsychidion では愛すべきは「魂の中の魂」と表現され、また *On Love* でも "Not only the portrait of our external being, but an assemblage of the minutest particulars of which our nature is composed, a mirror whose surface reflects only the forms of purity and brightness: a soul within our soul"（*Shelley's Poetry and Prose*, 473-74）とあるように、自分をより美しく映し出す他者への愛が唱われているのである。

　このように「若き科学者たち」が熱烈に愛するのが探究の対象であることと、そして自分と同じ感性を相手の中に求めやすいこと。この二点を考え合わせてみると、次の結論に辿り着くのは必然である。即ち、彼らが追い求めているものは、他でもない自分自身であるということだ。Walton が求めている氷の海にあるはずの楽園は自分自身であり、それは魅惑的に見えるものの、自分であるがゆえに決して手が届かない。又 Victor にこの図式を当てはめてみれば、彼の恋愛の相手は研究対象として追求した Creature であり、それは同時に自分自身でもあったということになる。言い換えれば、Victor は Creature と自分自身を同じものとして愛したことになり、ここに Victor = Creature という、主体と客体が重なり合う図式が出

来上がることになる。

　それでは、「若き科学者」と彼が愛する研究対象とが同一であるという観点から、人間と科学との関係を解き明かしていくことにしよう。

3

　Frankenstein における Creature は、言うまでもなくただの怪物でも殺人鬼でもない。知性と感情を持ち、苦悩も矛盾も抱えているという点で、内面に限定すれば紛れもない人間なのである。しかし、Victor と Creature の関係は、決して人間対人間という理解し合えるはずの領域には至らない。Victor にとって Creature はいつまで経っても科学の生み出した忌むべき産物であり、Creature にとって Victor は気まぐれで無慈悲な生産者に過ぎないのだ。つまり、二人の間には同一でありながら離反しているという矛盾がある。そのまったく相反する性質がどこに起因するのか、Creature の特質に注目しながら検討していく。

　まず、Creature が Victor と同一のものであるという前提に立つと、Victor が持つ様々な特性を彼も同じように抱えていることが如実になってくる。まずは、生まれたばかりの Creature の様子から見てみよう。

Soon a gentle light stole over the heavens, and gave me a sensation of pleasure. I started up, and beheld a radiant form rise from among the trees. I gazed with a kind wonder . . . the only object that I could distinguish was the bright moon, and I fixed my eyes on that with pleasure." 　　　　　　　　　　　(*Frankenstein*, 71)

ここでは Creature が周りの自然に対して無垢な反応をする様が語られており、その敏感な感性は、まさしく詩人や科学者の資質に匹敵するものであることが分かる。また、彼が小屋に住みついて隣人を覗き見るようになってからも、「若き科学者」と同じ特性が見られる。

I cannot describe to you the agony that these reflections inflicted upon me; I tried to dispel them, but sorrow only increased with knowledge. Oh, that I had for ever remained in my native wood, nor known or felt beyond the sensations of hunger thirst, and heat!

　Of what a strange nature is knowledge! It clings to the mind, when it has once seized on it, like a lichen on the rock. I wished sometimes to shake off all thought and feeling; but I learned that there was but one means to overcome the sensation of pain, and that was death"　　　　　　　　　　　(*Frankenstein*, 83-84)

　Creature が示す旺盛な知識欲や、知識が増えるにつれて彼を苦しめることになる欲求や絶望も、やはり詩人や科学者の姿に重なる。そして、彼もまた、社会から隔絶され、癒やされることのない孤独を抱える特殊な存在である。故に、他の「若き科学者」同様、彼の愛は決して得られるものではない。誰よりも善良に思えた De Lacy 家の人々も Victor に創らせようとした女の怪物も、決して手に入ることはないという宿命を彼は生まれながらに抱えているのである。更に言えば、外見が醜悪であり根本的に異質者であるせいで彼が社会から愛を拒絶される様は、他の「若き科学者」より遙かに残酷で、だからこそ Creature は彼らの鮮烈なまでの象徴と言えるだろう。

　つまり、Creature は求められる者でありながら、同時に求める側の「若き科学者」でもあるのだ。従って、Creature が追い求めるものは、最終的には創造主である Victor だったと言えるだろう。生まれてこの方、彼は憎しみを交えながらも Victor の愛を求め続ける。つまり、"on you only had I any claim for pity and redress" というように (*Frankenstein*, 98)、Creature は一貫して Victor に自分を憐れんで救ってくれることを願うのだ。それは単なる救済の要請や復讐を超えて、一人の人間としての愛情を求める行為に等しい。その証拠に、幾度もの殺戮を繰り返してからも、Creature にはなおも自分の創造主に執着する様が見られる。"You will find near this place, if you follow not too tardily, a dead hare; eat and be refreshed. Come on, my enemy; we have yet to wrestle for our lives" というように (*Frankenstein*, 147)、彼はわざわざ食べ物を提供してまでも Victor との関係を終わらせない努力を続ける。この事例で分かるように、Creature はまさしく Victor を愛していると言えるのである。従って、Victor から家族を奪い続けるのも、新妻を殺すのも、すべて愛ゆえの行動と解釈できるのではないだろうか。

　むろん、Victor と Creature の間には存在するものが愛ではなく憎悪であることは言うまでもない。しかし、この悪意のやり取りも、Victor ＝ Creature という図式から考えれば、お互いが求めているのは、相手であると同時に自分自身でもあるという行為に変換されることになる。そして、そのような自己愛はナルシシズムという構造を持つことになり、必然的に破滅という結果を生んでしまう。本来他者に与えるべき愛情を自分自身に向ければ、そこには他人を受け入れない閉鎖的な歪みが生じ、最終的には恐怖や死が待ち受けるのである。自分への愛に耽溺した「若き科学者」が研究や冒険に挫折するのも、その途中で命を落とすのも、その出口のない世界の必然なのである。

　この複雑で歪んだ相互関係を繙くために、二人の愛憎を図式化してみよう。

図①

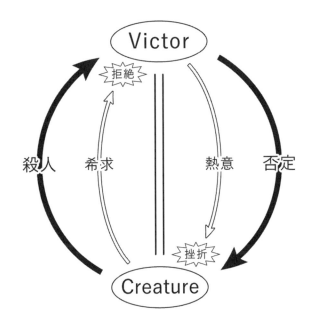

　この図の中心に、まずは Victor ＝ Creature という関係が成立する。この自分と相手とが同一であるという構造は、相手に向けた感情や行動が、相手に受け取られるだけでなく、その相手からそのまま戻ってくるという結果を生み出す。つまり、一方から他方に向かうのと同じエネルギーで、相手から自分へと感情や行動は循環する仕組みなのである。具体的に言えば、Victor が Creature に捧げた研究の熱意は、Creature から Victor への希求となって跳ね返ってくる。これだけを考えれば双方の情熱の循環ということになり、それは愛情にも友情にも発展しただろうが、ここで問題なのは、Victor の研究は途中で挫折して純粋な熱意という形では循環しないということである。すると、それと同じように Creature が Victor の愛を求めても拒絶される結果を生むことになり、やはり愛を希求する行為は潰えてしまう。そして、正常に循環できなかった愛情は、歪んで憎悪に満ちたものに変化することになるのである。

　この二人の関係において、情熱や愛情は循環し得なかったが、その挫折によって生まれた憎悪は、それを途中で妨げるものがなかったために、恐ろしいほどの勢いを持って循環する。つまり、Victor が Creature の存在を否定した行為は、循環して Creature による家族殺しという形になる。求めた愛を与えてもらえなかった Creature は、同じように Victor から家族愛を奪ったということである。その Creature による惨劇は Victor の "pride, ambition and excessive self-confidence" が原因であると言えるが（Knellwolf, 515）、その傲慢さはやはり循環して、Creature の場合は「自意識過剰」のエゴイズム（廣野、29）として現れる。この憎悪と悲

劇の循環は、Victor の死が Creature の死に引き継がれるという最後の循環を見せたところで、ようやく終焉を迎えるのである。[ix]

　それでは、Frankenstein とは対照的に完全なる楽園を成就した Prometheus Unbound はどうだろうか。Frankenstein と同じように図式化してみよう。Prometheus もやはり相手と同一化し同じように循環を得るが、彼の場合は、他と違って Asia との循環を得るまでに段階を踏んでいることに注目したい。

図②

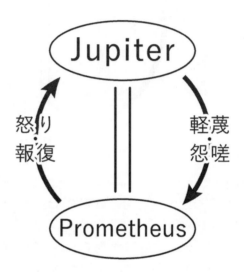

　この図で分かるように、最初の段階では Prometheus は Jupiter に対する憎悪に心が縛られている。この時の彼が追求するものは Jupiter であり、しかも彼が見た Jupiter の幻はかつての自分の台詞を繰り返す。つまり、Prometheus は暴君 Jupiter であり、Jupiter は傲慢な Prometheus であるのだ。ここにおいて Prometheus と Jupiter の間に循環が成り立ち、Prometheus からの軽蔑と怨嗟は、Jupiter からの怒りと報復という形になって跳ね返ってくる構図が出来上がるのである。この二人の関係は、憎悪の循環というだけの閉塞的なものである。Prometheus は岩山に縛られたままであり、Jupiter の支配する世界は歪んだままである。彼らの円は閉じているため、何も生み出しはしない。これは Victor と Creature の歪んだ循環が悲劇しか生まないのと同じで、二つの関係とも、円周は閉じて負の連鎖が回り続けているだけなのである。

　しかし、Frankenstein とは違う点は、Prometheus がこの閉じた円に閉じ込められたままではいなかったということだ。彼は、Jupiter —— 即ち自らと相対した後に、自分の傲慢に気づく。"Were these my words, O Parent? . . . It doth repent me: words are quick and vain" と驚き悔いた彼は（Prometheus Unbound, I. 302-3）、今

まで Jupiter からの劫罰にも耐えて保ち続けていた自我を捨て去った。つまり、憎悪の循環という閉鎖された運動に閉じ込められていた自分を破壊し、より正しくより愛にふさわしい自分に生まれ変わらせた。これは Protopapas による自己意識の崩壊と拡大のメカニズムと同じ過程を辿っている。「共感する愛によって自意識が崩壊する時は、それは二つの段階を経る。最初は精神の円周が膨張し、その後すぐにその精神の円周がはち切れる」("This collapse [of self-consciousness], which is urged by sympathetic love, occurs in two successive phases . . . : one of *distension*; and an immediately following one of *bursting* of the circumference of that mind.")というように、拡大という形で自己は新しく生まれ変わるのだ（Protopapas, 38）。こうして憎悪と傲慢に囚われていた自分を解放した Prometheus は、新たな循環を創り上げた。それが "sympathetic love" の真の相手である妻の Asia との新たな循環である。つまり、ここで Prometheus は、不毛で悲劇的な円周を打ち破って、より正しい円周を持つ Asia との循環に転換できたというわけなのである。

　さて、拡大という形で生まれ変わった Prometheus から発せられる愛は、やはり拡大する力を持つ。それは Prometheus が卑小なる自我を打破してその外に自らを解放したからでもあり、その拡大の方向性が愛そのものの性質だからでもある。愛とは「自分の性質の外へと出ていくことであり、自分のではない、他の思考や行動や人間の中にある美と自分を一体化させていくもの」("Love; or a going out of our own nature, and an identification of ourselves with the beautiful which exists in thought, action, or person, not our own.")という *A Defence of Poetry* での主張を鑑みれば（*Shelley's Poetry and Prose*, 487）、Prometheus が新たにとった循環がいかに愛に満ちたものであり、そして、いかに拡大していく力を持っているかが分かるだろう。

　この循環の性質を考えれば、循環のもう一人の担い手を Asia としたのは、必然かつ最良の選択と言えるだろう。その Asia は、岩山に縛られたままの夫に代わって自ら Demogorgon に会いに行き、夫の解放に際して大きく貢献する人物である。つまり、次の詩行で分かるように、彼女は夫を補い満たすという、彼と同一にして、彼をも上回る存在となっている。

> Asia! Who when my being overflowed
> Went like a golden chalice to bright wine
> Which else had sunk into the thirsty dust.
> 　　　　　　　　　(*Prometheus Unbound*, I. 809-11)

従って、他と同じように彼らの循環は Prometheus ＝ Asia の図式を有するのだが、

それでもその円周はナルシスティックな悲劇を生まない。それは、彼らの関係が愛に満ちているからという単純な理由だけではない。次の引用で分かるように、彼女自身が、ナルシシズムの対極に位置する普遍的な愛の化身なのである。

> Which bear thy name, love, like the atmosphere
> Of the sun's fire filling the living world,
> Burst from thee, and illumined Earth and Heaven
> And the deep ocean and the sunless caves,
> And all that dwells within them; till grief cast
> Eclipse upon the soul from which it came:
> Such art thou now, nor is it I alone,
> Thy sister, thy companion, thine own chosen one,
> But the whole world which seeks thy sympathy.
> (*Prometheus Unbound* II. v. 26-34)

このように、Asia の愛は世界のすべてのものに向けられ、そして、すべてのものが彼女を愛するのである。つまり、Prometheus から受けた愛をただ循環させて返すのではなく、Asia はそれを全宇宙に広げる力を持つ。ここに Prometheus からの拡大する愛を更に拡大させて、円から外へと広げていく循環の形が出来上がるのである。

図③

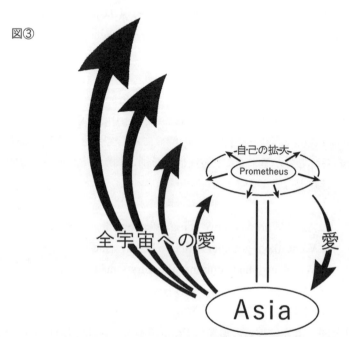

即ち、この循環は、VictorとCreature、及びPrometheusとJupiter間の円周とはまったく様相を変えている。最初の二つの循環は、憎悪とナルシシズムに毒されていたため出口がなく、閉鎖された円運動は腐敗していくしかないが、Asiaとの循環は永遠に外に広がり続け、無限にすべてのものを豊かに崇高にしていく力を持つ。Prometheusは、自らを拡大することで最初のJupiterとの循環から脱却し、次の正しい循環において、拡大する愛をAsiaに向けて発する。そして、その愛を更に拡大させて、Asiaが全宇宙に降り注ぐことになるのだ。

　ここで見逃してはならないのが、この拡大する循環は、まさに科学の持つメカニズムと同じであるという点だ。Prometheusが卑小なる自我から抜け出して、より大きな循環の中で自分を拡散していったように、科学にはまさに愛と同じく自我の小宇宙から人を解放する力がある。ShelleyはThe Cloudで水という物質の変遷と拡大を辿り、Adonaisにおいては"white radiance of Eternity"（463）という、移ろいやすい地上を壊す不変の光を描いている。つまり、科学には拡大と平等化の力がある。人々を因習や不平等や誤った宗教から解き放ち、自らの存在を全宇宙へと広げていく力を、科学は持つのである。

　従って、閉じない円によって自身を拡散していくダイナミズムは、愛と科学の両者が融合した時に最も力を持つと言えるだろう。Shelleyは、Prometheus Unboundで地軸が修正され一切の害悪や誤謬が消え失せる理想の楽園を描いたが、この愛と科学の拡大していく循環を考えれば、それも「若き科学者」が夢見る空中楼閣とは限らなくなってくる。愛と科学が健全に正しく拡大していくのならば、非現実的なはずの楽園も理性的にして建設的な目標と言えるのではないだろうか。つまり、それは、科学との悪循環を乗り越え、拡大する愛を発せられるようになった科学者にとっては当然とも言える結果なのである。

　人間と科学が調和できる形を求めるとすれば、この拡大する循環という関係こそが正解であろう。人間と科学は敵対するのではなく、お互いに求め合う同一のものとして融合する。その融合も、人間と科学の間だけの閉塞的な調和ではなく、両者の融合が新たな愛や力を生み続けるという、常に変遷し拡大していくダイナミックな形をとる。そこに発見されるのは、愛ある健全な姿の科学であり、その科学によって豊かになる人間である。この人間と科学の建設的な関係こそが、ShelleyとMaryが求めた普遍的な科学観なのである。

4

　しかし、この普遍的な科学観を見出したとしても、なおShelleyとMaryの科学は、やはり時代的な制約から逃れ得ないかも知れない。科学との愛のある関係とい

えども所詮は観念的な理想に過ぎず、彼らの時代から更に科学が進歩した現代においては、御伽話的なものに留まるかも知れない。それでは、彼らの科学観に更なる普遍性と何であろうか。一時代に限局されたものでもなく、単なる理想主義として処理されるのではない科学観は、どこに見出されるものだろうか。

　ここで注目しなければならないのは、二人の科学観が一つの理想の形を得てそれで満足したわけではないということである。即ち、例えば *Frankenstein* において、Mary は最後まで Victor にも Creature にも愛を与えなかった。正しい科学の力を発動させて Victor と Creature の間に愛の循環を起こすこともなく、愛の力を拡大させて世界を豊かにするという結末も書かなかった。Victor も Creature も結局は自我の中に閉じこもり、憎悪だけを抱いて死んでいく。たとえ正しい科学との関係を承知していても、なお危機感だけを残して Mary が小説の幕を閉じていることを見逃してはならない。

　Shelley も、科学に祝福された理想郷を描きながらも、*Queen Mab* ではそれはあくまでも未来図であり、*Prometheus Unbound* でも神話の中の出来事であった。また *Epipsychidion* や *Adonais* においても、Shelley がどこか恐怖と迷いを感じているのが分かる。

>   One hope within two wills, one will beneath
>   Two overshadowing minds, one life, one death,
>   One Heaven, one Hell, one immortality,
>   And one annihilation. Woe is me!
>   The winged words on which my soul would pierce
>   Into the height of love's rare Universe,
>   Are chains of lead around its flight of fire.—
>   I pant, I sink, I tremble, I expire!
>   (*Epipsychidion*, 584-91)
>
>   What Adonais is, why fear we to become?
>
>   Why linger, why turn back, why shrink, my Heart?
>   (*Adonais*, 459, 469)

Epipsychidion では、究極の調和を成し遂げている場面であっても、その幸福とは相反する死と恐怖を歌い、*Adonais* においても生の限界を超えて white radiance と融合できる段階に至ってなおも躊躇を見せている。このように、相手と完全に融合

出来る状態でも払拭できない恐怖と生への執着がそこに残っているのである。

　ここに我々は、科学による理想郷を描きながらも最後まで生を捨てきれなかったShelleyと、解決策を示しながらも、最後まで科学との和解を描かなかったMaryを発見することができる。即ち、究極的な調和という結論を得ても、二人の闘いは終わっていない。言い換えれば、人間と科学の関係は、調和の道を見いだしつつも恒久的に対立の関係を終えないのである。二人の科学観は、ある一定の調和の形に辿り着いたところで歩みを止めることはしなかった。科学と人間を正しい形で循環させながらも、なお対立する関係を解こうとはしなかった。つまり、上記の作品のopen-endingな結末が象徴するように、科学観もやはり最終的な形を決定づけないまま、その将来を更なる循環のダイナミズムに託していることになるのである。

　人間と科学は、正しい循環の中で愛を以って自己を拡大し、世界に寄与していくべきものである。そのためには二人の作品や循環の円周と同じく、調和でさえもopen-endingでよい。調和して一定の形に収束してしまうのではなく、むしろ対立の関係を続けて、常にその循環を広げていかなくてはならない。対立という形態ゆえに、我々は循環の円周上に科学と人間を認知できるのだ。科学という存在があって初めて、その反対側に位置する人間の存在があることを知る。そして、対立する存在があれば、その循環の下で調和を生み出し拡大していこうとする努力が生まれる。その円を広げる動きを止めないためにも、人間と科学はむしろ永遠に和解すべきではない。絶えず円周の反対側に位置し、互いに刺激し求め合い、ダイナミックな循環を促していく関係 ―― 対立から調和へ、そして再び調和から対立へと拡大し続けることが、より健全でより建設的な科学と人間とのあり方なのである。

　即ち、この終わらない循環は今でも続いていることを、我々は知らなくてはならない。ShelleyとMaryの時代から二世紀が経つこの現代にも、彼らが築いた科学と人間との関係は終わらずに循環し、我々に両者のあり方を教えている。当時の未熟な科学と現代の進歩した科学との差は、大きな意味を持たない。当時と現代との科学に対する感情の違いも、些末的なことでしかない。当時も今も、人間と科学は同じ対立と調和の循環を続けている。我々は、Shelleyの時代から回り続けている循環の円周上に、当時の人間と何ら変わりなく立たされているのである。

　これこそが、ShelleyとMaryの科学観が普遍性を帯びる点ではないだろうか。彼らの科学は、一時代だけの科学的な事象に左右されるものではなかった。当時の科学熱に浮かされただけの浅薄な理想主義でもなく、その時代にして既に科学の恐怖を訴えた予言というだけでもなかった。それは、いつの時代にも通じる人間と科学の関係を構築するものであり、その関係が決して循環を止めずに、常に開かれた未来に向かってお互いに影響を続ける限り、永遠に普遍的な科学観として存在するものなのである。

(この論文は、2017年12月2日に開催された日本シェリー研究センター第26回大会シンポージアムにおける口頭発表を更に発展させたものである)

注

i Carl Grabo はタイトルからして、Shelley を詩人の中のニュートンと位置づけ、その科学への傾倒ぶりを表している。Carl Grabo, *A Newton among Poets: Shelley's Use of Science in Prometheus Unbound* (New York: Cooper Square Publishes, 1930).

ii 廣野由美子、『批評理論入門──「フランケンシュタイン」解剖講義』(中央公論新社、2005)

iii Richard Holmes, *The Age of Wonder: How the Romantic Generation Discovered the Beauty and Terror of Science*, Kindle version, retrieved from Amazon.com, 2009.

iv Argyros I. Protopapas, *Percy Bysshe Shelley's Poetic Science: His Visionary Enterprise and the Crisis of Self-Consciousness*, (New York: Edwin Mellen Press, 2012).

v Desmond G. King-Hele, *Shelley and Science, Notes and Records of the Royal Society of London*, Vol. 46, No. 2 (Jul., 1992), pp. 253-265 (London: Royal Society, 1992).

vi Percy Bysshe Shelley, Donald H. Reiman & Sharon B. Powers, ed, *Shelley's Poetry and Prose: Authoritative Texts, Criticism*, Norton Critical Edition (W. W. Norton & Co Inc, 1997). 以降、Shelley の作品からの引用は、この版による。

vii Christa Knellwolf, "Geographic Boundaries and Inner Space: Frankenstein, Scientific Exploration, and the Quest for the Absolute," Mary Wollstonecraft Shelley, J. Paul Hunter, ed. *Frankenstein* (Norton Critical Editions). W. W. Norton & Co Inc, 2011.

viii Mary Wollstonecraft Shelley, J. Paul Hunter, ed. *Frankenstein* (Norton Critical Editions). W. W. Norton & Co Inc, 2011. 以降、Mary の作品からの引用は、この版による。

ix Victor の死によって循環が終了したことに付け加えて言えば、Victor と自分を同一視していた Walton にも、Victor と Creature の循環は引き継がれても不思議ではなかった。つまり、Creature への憎悪や退治しようとする意思が Victor から受け継がれて、それが Walton から発せられれば、Creature が Walton 以下乗組員たちを殺害するという悪意の循環が起こる可能性はあった。そうならな

かったのは、Walton が Creature に対して多大な嫌悪を示さずに、その話を聞こうとする真摯な態度を示したからだとも考えられる。Walton が Creature を紳士的に対応すべき一人の人間として扱ったため、そこで悲劇の循環は断ち切られたとも考えられるのである。

参考文献

Shelley, Mary Wollstonecraft. J. Paul Hunter, ed. *Frankenstein* (Norton Critical Editions). W. W. Norton & Co Inc, 2011.

Shelley, Percy Bysshe. Donald H. Reiman & Sharon B. Powers, eds. *Shelley's Poetry and Prose: Authoritative Texts, Criticism* (Norton Critical Editions). W. W. Norton & Co Inc, 1997.

Grabo, Carl. *A Newton among Poets: Shelley's Use of Science in Prometheus Unbound*. New York: Cooper Square Publishes, 1930.

廣野由美子 『批評理論入門――「フランケンシュタイン」解剖講義』中央公論新社、2005.

Holmes, Richard. *The Age of Wonder: How the Romantic Generation Discovered the Beauty and Terror of Science*. New York: Harper Press, 2009.

King-Hele, Desmond G. *Shelley and Science. Notes and Records of the Royal Society of London*, Vol. 46, No. 2 (Jul., 1992), pp. 253-265. London: Royal Society, 1992.

Knellwolf, Christa and Jane Goodall, eds. *Frankenstein's Science: Experimentation and Discovery in Romantic Culture, 1780-1830*. Burlington, VT: Ashgate, 2008.

Protopapas, Argyros I. *Percy Bysshe Shelley's Poetic Science: His Visionary Enterprise and the Crisis of Self-Consciousness*. New York: Edwin Mellen Press, 2012.

Smith, Johanna M., ed. *Frankenstein*. New York: St. Martin's Press, 1992.

The Enlarging Cycle: In Search of Universality in Shelley's and Mary's Science

We often find it difficult to discuss the relationship literature has with science, the latter of which is making constant and rapid progress. Its changeability tends to influence our understanding of literary works, often leading us to a wrong or biased appreciation. But unchangeable in that dizziness is the attitude human beings assume toward science. However progressive it is, people have always had both high hopes for and, at the same time, profound fears of science. That immutability will help us discover the universal truth in Percy Bysshe and Mary Shelley's science.

In the Shelleys' works, the prototype of people facing science can be found in the figure of "a young scientist": Frankenstein, his Creature, and Prometheus. "A young scientist" is idealistic, ambitious, hubristic, solitary genius, who devotes his love exclusively to his quest, ending up driven into narcissism. In that narcissism, the pursuer is identical with the pursued, making us realize that Frankenstein is the Creature himself. Frankenstein is desperate to create the latter, and the Creature craves for his creator's love. The cycle expected to be that of love, however, brings forth only tragedies, in which the two "scientists" repeatedly retaliate each other.

On the other hand, Prometheus, who alike mirrors himself in his wife, Asia, has no tragedy circulated in his own cycle, which leads the world to an earthly paradise instead. The difference between the two "scientists" is brought about by the fact that Prometheus has freed himself from the hatred cycle with Jupiter, finally uniting with Asia, a personified universal love. Naturally their cycle is not enclosed but open-ending, whose pattern allows them to expand their love so that they can love and comprehend the whole world.

That is nothing less than a *scientific* function: breaking out of the enclosure of the ego to liberate itself to a broader world, as is seen in the cycle of water. "A young scientist" and science, like Prometheus and Asia, should be parts of a dynamic cycle where, instead of confronting each other, they can be united to create new love, power and possibilities. Here we can find Shelley and Mary's true view of science, which transcends any historic change, guiding us whenever we have to face science.

「現代のプロメテウス」とは何か？――『フランケンシュタイン』再読

廣野　由美子

はじめに

　メアリ・シェリーは、子供のころからギリシアやローマの神話をはじめ多くの古典作品を読み、「プロメテウス」の人物像にも慣れ親しんでいた。彼女の小説『フランケンシュタイン』には、「現代のプロメテウス」という副題が添えられている。副題にこめられた作者のねらいについて、これまで試みられてきた考察は枚挙にいとまがないが[1]、ここで再びこの根本的な問題に立ち返って、作品を読み直してみる。本稿では、「プロメテウス」神話のモチーフが、小説『フランケンシュタイン』において、どのように取り入れられているか、そして、作者が副題で仄めかしているとおり、そのモチーフがいかに現代性を帯びたものへと変容し、独自性を獲得しているかを明らかにしたい。

　そこでまず、小説『フランケンシュタイン』から「プロメテウス」にまつわるモチーフを拾い上げて、三つの主な神話と比較してみよう。第一に、ギリシアの叙事詩人ヘシオドスが『神統記』、『仕事と日』（紀元前8世紀後半）で描いたプロメテウスは、ゼウスが人間から取り上げた火を盗んで、人間のために取り戻す。これに対して怒ったゼウスは、ヘーパイストスに命じて造らせた最初の女「パンドラ」を地上に送り、禍をもたらす。プロメテウスはコーカサスの鎖につながれて、昼間ワシに肝臓をつつかれるが、不死のため夜になると再生し、永遠に劫罰を受ける。ここでワシは、ゼウスの象徴とされる。のちにギリシアの英雄ヘラクレスがワシを殺し、プロメテウスを拷問から救う。

　フランケンシュタインは、生命の秘密を発見し、それを応用して人造人間を造るが、出来上がったのは怪物だった。したがって、彼は人類に、生命の秘密を発見するという科学の進歩、つまり「火」をもたらすわけだが、結果的に怪物という種を生み出すことによって災いを、つまり「パンドラ」をもたらしたと言えるのではないだろうか。すると、『フランケンシュタイン』には、ヘシオドスが描いた、人類に火という恩恵と、パンドラという形の禍を与える両義的プロメテウスの要素が見られるように思える。

　第二に、ギリシアの悲劇作家アイスキュロスの『縛られたプロメテウス』（紀元

前5世紀）では、ドラマの中心が、火を盗んだ結果として、プロメテウスがゼウスから現在受けている罰に置かれている。火を盗む前、プロメテウスは、タイタン族が起こした反乱において、ゼウスが勝利するために貢献している。それゆえ、ゼウスがプロメテウスを拷問したことは、この物語では、残酷な裏切りとしての色彩が濃い。プロメテウスがゼウスに反逆して人間にもたらそうとしたものは、ここでは「火」のみに留まらず、拡大されている。プロメテウスは、住居を作ることや、星座の動きや時刻、数字、文字を書くこと、家畜を飼うこと、造船、医学と薬学、動物学、鉱物など、あらゆる文明の技術・科学・文化を人間に教えようとしたと、自ら述べているからである（436-506行）。

　フランケンシュタインは、神から「火」を、具体的には「生命の秘密」という形で、後世の人類に科学・医学などの学問的発展や文明の技術をもたらそうとしたこと、そして、その結果、劫罰を下され、苦悩によって破滅するという点で、アイスキュロスの描くプロメテウス像と重なり合う。しかし、アイスキュロスの描くプロメテウスは、暴君ゼウスの裏切りによって残酷な仕打ちに合う英雄で、犠牲者としての側面が強いのに対して、フランケンシュタインは、自らの傲慢な過ちゆえに罪を犯し、苦悩する者としての側面が強調されていると言える。

　第三に、ローマの詩人オウィディウスの『転身物語』(A.D. 1-8年)[2]が描いたプロメテウスは、大地の土くれを雨水と混ぜ合わせ、神々の姿に似せてこねあげることにより、最初の人間を造ったとされる（第1巻，78-85行）。フランケンシュタインもまた、材料を調合して人造人間を造るため、オウィディウスの描いた、創造者の原型としてのプロメテウス像と重なり合う。しかし、フランケンシュタインが造ったものは怪物であり、彼は真の創造者たることに失敗したと言えよう。

　以上、ヘシオドス、アイスキュロス、オウィディウスの描いたプロメテウス神話と『フランケンシュタイン』における「プロメテウス」のモチーフとを比較し、両者の重なり合う部分と、差異とをざっと取り上げた。以下、神話との共通点、および特に差異に着目しながら、主として3つの観点、すなわち、1) フランケンシュタインの人間創造、2) 女の怪物の創造と破壊、3) 怪物の反逆、という側面から『フランケンシュタイン』を読み直す。それによって、メアリ・シェリーの作り上げた「プロメテウス」像の独自性を明らかにし、彼女の提示したテーマの現代性を浮かび上がらせたい。

1　フランケンシュタインの人間創造

　まず、人間を創造するに至るフランケンシュタインのなかに、「プロメテウス」的要素をテキストにおいて辿ってみよう。アイスキュロスが称える「プロメテウス」との共通点を見出すと同時に、フランケンシュタインが本来の「プロメテウス」

から乖離している異質な点も、確認していきたい。

　フランケンシュタインは、子供のころから気性が激しく、熱意と向学心に溢れた少年だった。フランケンシュタインは、のちに次のように回想している。「世界は自分にとって、解き明かしたいひとつの秘密だった。自然の隠された法則を知りたいという好奇心と探究心。それが徐々にわかってきたときの恍惚とした喜び。そうしたものが、若いころの気持ちとして、いまも思い出すものだ」と、フランケンシュタインはのちに回想している。彼が学びたかったのは、「天と地の秘密」であり、「自然科学こそ、私の運命を支配する真髄となった」と、早くも自覚するに至る。たまたま手にした神秘学者アグリッパの本に夢中になり、錬金術師たちの作品を読みふけったのがきっかけで、「命の霊薬」の研究に専念するようになると、フランケンシュタイン少年は、「人体から病を消し去り、事故死以外で人間が死ぬことがないよういにできれば、この発見はどれほどの栄光をもたらすことか」（Vol.1, ch.2）と考える。13歳にして、すでにフランケンシュタインには、人類全体に恩恵を施したいというプロメテウス的な発想が宿っていたさまがわかる。

　青年期に達したフランケンシュタインは、インゴルシュタット大学に入学し、最初にヴァルドマン教授の講義に出たさい、教授の言葉に感化を受ける。「現代の科学者たちは、自然の奥深くを見抜き、自然が隠れた場所でいかに作用してるかを示している……彼らは、新たな無限に近い力を手に入れ、天の雷を支配し、地震を模倣し、目に見えない世界に影をつけることさえできる」という、現代の科学を賛辞するヴァルドマンの言葉には、神に挑戦して、その力を人間が手にしようとする「プロメテウス」的な精神が流れているように取れる。フランケンシュタインは、少年のころの夢を再燃させ、「自分は、もっともっと達成するのだ。すでに跡付けられた道を辿って、新しい道を切り開き、未知の力を探求して、創造の奥深くにある謎を、世に解き明かして見せるのだ」（Vol.1, ch.3）と決断するに至る。

　やがてフランケンシュタインは、生命体の構造に特に興味を覚えるようになる。日夜、納骨堂や遺体置き場で過ごしながら、生から死へと変化する過程を細かく調べているうちに、ついに彼は生命発生の原因を発見することに成功する。人間の創造へと踏み出すことを決意したフランケンシュタインは、材料を収集して作業に取りかかる。成功を目指して焦る日々を送りながら、胸の内にさまざまな感情が嵐のように渦巻く。「新たに生まれる種は、私のことをその源、創造主として祝福するだろう。多くの幸福で優れた者たちが、私のおかげで自分が存在するのだと思うだろう。どんな父親も、私が彼らから受けるほど、完全な感謝の念を受けることはできない」（Vol.1, ch.4）――このような希望に勇気づけられつつ、フランケンシュタインは仕事に邁進する。ここで注目したいのは、自分のやっていることが、人類の役に立つという思いがある一方、それにもまして、その恩恵に対して感謝され、

後世において称えられたいという名誉欲が立ち勝っているような口調が、そこに聞き取れることである。つまり、プロメテウス本来の、人類を救済するという目的よりも、結果を出すことに対する焦りが、色濃く見られるのである。

　目標達成を焦るフランケンシュタインは、外の世界の美しい自然には目もくれず、彼の身を案じて送られてくる父の手紙に対して返事も書かず、発熱と神経過敏に悩まされつつ、「まるで犯罪者のように人間を避けて」(Vol.1, ch.4)、仕事に没頭する。彼の様子は、このように否定的に表現され、本来プロメテウス的行為であるはずの人間創造に、悪の要素が混じっていることが仄めかされるのである。

　こうして、ついに人造人間が完成するが、その後、これまで辛うじてフランケンシュタインのなかに留められていたプロメテウス的要素が、いっさい見られなくなる。自分が造ったものが怪物であるということを知ったあと、フランケンシュタインは恐怖に戦き、怪物から逃げ出す。やがて怪物は、フランケンシュタインの弟ウィリアムを殺害し、その罪をジャスティーヌになすりつけるという悪行をなす。さらに、フランケンシュタインが怪物との約束を破って女の怪物を破壊すると、怪物は復讐としてクラヴァルとエリザベスを殺害する。ここに及んで、フランケンシュタインの生きる目的は、自分の大切な人々の命を奪う「怪物」の圧制に対して抵抗し、怪物を追いかけて、その命を奪うことのみに集中する。したがって、怪物を造ったあとのフランケンシュタインのなかに、人類を救済する理想的英雄の姿はまったく見られない。自分の造ったものに振り回され、束縛されるばかりとなる。このように、怪物が誕生したあと、フランケンシュタインが抵抗している相手は、アイスキュロスが描いたように、自分に暴力的な圧迫を加える「神」ではなく、自分が造ったもの、すなわち怪物にほかならないのである。

　プロメテウスの内臓をつつくワシは、ゼウスの象徴ともされる。この「内臓をつつく」という行為は、フランケンシュタインの人造人間制作過程を想起させる。「けがらわしいじめじめとした墓場で、泥まみれになり、命のない土くれに生気を与えるために、生き物を痛めつけた」「納骨堂から骨を集め、汚れた指で人体の恐るべき秘密をいじりまわした」(Vol.1, ch.4)というくだりは、ワシがプロメテウスに与えた号罰のための所業に通じるものがある。すると、人類に「火」を与えるはずのフランケンシュタイン（プロメテウス）が、自らを拷問するワシ（ゼウス）に等しい残虐行為を行っているという矛盾が生じる。つまり、人造人間を制作するときのフランケンシュタインは、自分で自分の首をしめるような悪行に手を染めていたようなイメージが生じるのである。

　ウォルトンが、人類の敵である自然を支配する力を獲得するためなら、どんな犠牲もいとわないと言ったとき、フランケンシュタインは涙を流しならこう言う。「不幸な人よ！　あなたは、私と同じ狂気を共有しておられるのか？　あなたも心

を酔わせる酒を飲み干してしまったのか？　私の話を聞いてください、そうしたらあなたはその杯を口から離して投げ捨てるでしょう」(Letter IV)。つまり、人間が知識を獲得し力を得るために、勇気をもって突き進むというプロメテウス的行為を、それを試みたあとのフランケンシュタインは、「狂気」「心を酔わせる酒」と呼び、否定的に捉えている。また、ウォルトンに向かって、フランケンシュタインは「あなたは、かつての私のように、知識と知恵を求めておられる。あなたの念願をかなえることが、私の場合のように、身を滅ぼす毒蛇とならねばよいが、と祈ります」(Letter IV) とも言っている。ここでも、知識と知恵を求めるプロメテウス的願望が、「毒蛇」であるというように、悪しきイメージで捉えられているのである。

　このように、フランケンシュタインの人間創造は、アイスキュロスが描いたプロメテウス的行為から徐々に遠ざかってゆき、最後はそれから完全にかけ離れた性質のものへと変質していることがわかる。

2　女の怪物の創造と破壊

　ヘシオドスの『仕事と日』に登場するパンドラとは、ギリシア神話中で、天上の火を盗んで人類に与えたプロメテウスの罪を罰するため、ゼウスがヘーパイストスに命じて、粘土をこね、美しい魅惑的な乙女の姿に造らせた最初の女性である。パンドラの外面は、女神たちによって美しい衣装や飾りで装わされたが、その内部には、ヘルメスによって「犬の心と不実の性」を植えつけられていた。プロメテウスの浅はかな弟エピメーテウスは、ゼウスからのこの贈り物を花嫁として受け取る。それまでは、地上に住む人間の種族は、あらゆる煩い、病苦を知らずに生きていたが、すべての災いの詰まっていた甕の蓋を、パンドラが開けて、中身を撒き散らしてしまったために、人間にさまざまな苦難を招いたとされる (59-95 行)。

　ギリシア神話のパンドラは、「最初の女」「災いのもと」とされる点で、聖書のなかのイブと共通している[3]。そこで、『フランケンシュタイン』の作品のなかで、イブにまつわる部分を取り上げて、プロメテウスのテーマとのつながりを探ってみたい。

　ミルトンの『失楽園』を読んだ怪物は、自分は独りぼっちで、「悲しみを和らげ、思いを分かち合ってくれるイブが、自分にはいない」(Vol.2, ch.7) と気づく。そこで、怪物はフランケンシュタインと再会したとき、自らの創造主である彼に向かって、「おれのために女を造ってくれ。いっしょに暮らして、心を通じ合わせる女が、おれには必要だ。これはおまえにしかできない。おれの権利として、このことを要求する」(Vol.2, ch.9) と言う。怪物は、神がアダムのためにイブを造ったという話を、フランケンシュタインと自分との間で復元しようとしているので

ある。
　自分の弟が怪物によって殺されたことを知って激怒したフランケンシュタインは、はじめは怪物の願いを拒絶するが、結局、説得されて、女の怪物の制作に取りかかることになる。仕事に取り組んでいるとき、フランケンシュタインは、次のような不安な思いに襲われる。

> Three years before I was engaged in the same manner, and had created a fiend whose unparalleled barbarity had desolated my heart, and filled it forever with the bitterest remorse. I was now about to form another being, of whose dispositions I was alike ignorant; she might become ten thousand times more malignant than her mate, and delight, for its own sake, in murder and wretchedness. He has sworn to quit the neighborhood of man, and hide himself in deserts; but she had not; and she, who in all probability was to become a thinking and reasoning animal, might refuse to comply with a compact made before her creation. They might even hate each other . . . . (Vol.3, ch.3)

ここで、生まれてくる女の怪物が邪悪な存在である可能性を思い浮かべているフランケンシュタインの不安のなかには、「パンドラ」のストーリーが無意識のうちに埋め込まれているように思える。
　フランケンシュタインは、さらに次のように、思いを巡らす。

> Even if they were to leave Europe, and inhabit the deserts of the new world, yet one of the first results of those sympathies for which the daemon thirsted would be children, and a race of devils would be propagated upon the earth, who might make the very existence of the species of man a condition precarious and full of terror. Had I a right, for my own benefit, to inflict this curse upon everlasting generations? . . . [B]ut now, for the first time, the wickedness of my promise burst upon me; I shuddered to think that future ages might curse me as their pest, whose selfishness had not hesitated to buy its own peace at the price, perhaps, of the existence of the whole human race. (*ibid.*)

ここでフランケンシュタインは、怪物の子孫の繁栄という形で災いを地球に振りまこうとしている自分の行為を、パンドラの甕の蓋を開けるという象徴的行為になぞらえているように思える。
　このときふと目を上げたフランケンシュタインは、窓から彼の仕事を観察してい

る怪物の姿を目にして、恐怖に駆られ、造っていた女の怪物を衝動的に打ち砕いてしまう。こうしてフランケンシュタインは、女の怪物の制作を思い止まったわけだが、その結果、裏切りに激怒した怪物は、彼に対する復讐として、クラヴァルとエリザベスを殺害する。これをフランケンシュタインの誤算による過ちと見るべきか——つまり「パンドラの甕」は開けられてしまったのか——それとも、怪物の繁殖を避けて、わずかな犠牲者を生むだけで留めた必要悪——つまり「パンドラの甕」を開けないための策——と見るべきかは、判断が難しい。しかし、少なくとも、フランケンシュタインが女の怪物を破壊したことは、怪物の側では、自由を奪われる暴虐以外の何物でもなく、そこからは憎しみと復讐しか生まれなかった。したがって、女の怪物の破壊は、プロメテウスの英雄的な創造行為とはほど遠いものだと言わねばならない。

　では、怪物自身は、自分のために造られるはずであった女の怪物を、どのような存在として想定していただろうか？　自分と同種で、自分と同じぐらい醜い生き物であれば、必ず自分と心が通じ合うはずだという思い込みが、怪物にはある。伴侶を授けられたなら、人間のもとから去り、未開の地に住むことにするとフランケンシュタインに誓ったとき、怪物は「そのときには、同情してくれる相手がいるのだから、邪悪な思いも消えているだろう」とか、「愛されれば、おれが罪を犯す理由はなくなる……自分と対等な者といっしょに暮せば、必ず美徳が生まれてくる」（Vol.2, ch.9）と言う。しかし、こうした怪物の予想は、いささか楽観的すぎないだろうか？　アダムがイブに対して、エピメーテウスがパンドラに対して不用心となった結果、災いを招いたことと似た状況が、怪物においても反復される危険があったという解釈も可能かもしれない。

3　怪物の反逆

　すでに見たとおり、フランケンシュタインの場合、人類を救済するという面でのプロメテウス的要素は、これから生命の秘密を究明し、人造人間を造ろうとする理想と野心に燃え上がっていたさいには、彼の精神のなかには見られたものの、実際にその目的を遂げたあとの彼の言動には、ほとんど見られない。むしろ逆に、怪物を造った自分が、人類の後々の世代にまで悪疫をはびこらせるのではないかと、恐怖に戦くばかりである。その恐怖を、生命を造るという大胆な試み——つまり、「火」を盗むという不遜な行い——に対する劫罰と見るなら、フランケンシュタインは縛りつけられ、ハゲタカに臓腑をつつかれるプロメテウスと共通するかもしれない。しかし、フランケンシュタインは、プロメテウスのように、神のいわれない圧制に苦しんで反抗しているのではなく、自らの過ちを後悔しているだけである。したがって、フランケンシュタインの物語は、ゼウス的存在との対峙という側面を

持たないと言える。

　ゼウス的存在と対峙すること、つまり、隷属を嫌い、精神の自由を求めて反抗することを試みたのは、フランケンシュタインではなく、むしろ怪物ではなかったか。怪物は、ゼウス的な絶対神としてのフランシュタインに対して、自分の尊厳をかけて反抗し続けたのではないだろうか。

　怪物は『失楽園』を読んだとき、自分の境遇を重ね合わせ、アダムと自分とを比べる。この世のいかなる存在ともまったくつながりがない点では、共通するものの、その他の点では、アダムと自分とでは状況が異なる。彼は神の手によって完璧な生き物として生み出され、創造主の特別な配慮に守られて、繁栄している。すると、むしろサタンのほうが、自分の状況に当てはまるように思えてくるのだ（Vo.2, ch.7）。

　のちに文字が読めるようになったとき、怪物はフランケンシュタインの手記を見て、叫ぶ。「呪われた創造主よ！　おまえですら嫌悪感のあまり目を背けるような醜悪な怪物を、なぜ造ったのだ？　神は人間を哀れみ、自分に似せて、美しく魅力的な姿にした。しかし、おれはおまえの汚らわしい似姿にすぎない。むしろ似ているからこそ、いっそう恐ろしいいのだ」（Vol.2, ch.7）。この段階で怪物は、フランケンシュタインを「呪われた創造主」と呼んでいるため、これは明確に意識された神への反逆の言葉と取れる。プロメテウスにとってゼウスは創造主ではないため、厳密には、両者の関係はアダムと神のそれとは異なる。しかし、絶対的権力を持つ者であるという点で、怪物にとってのフランケンシュタインはゼウス的存在であると解釈してよいだろう。したがって、怪物が自由な人間として生きることを求め、文明を手に入れようと努力し、自分を隷属させようと暴虐を振るうフランケンシュタインに対して反逆するというストーリーは、絶対者に対する反抗という点で、プロメテウス的であると言える。

　隣家の人々と親しくなることに憧れた怪物は、ある日盲目の老人ド・ラセーがひとりのとき、勇気を振り絞って訪ねて行く。老人と会話を交わすうち、怪物は老人の理解を得るが、もう少しで願いがかなうというとき、留守にしていた家族が帰宅し、惨憺たる結果となる。最後の望みを絶たれ、絶望した怪物は、次のように叫ぶ。

"Cursed, cursed creator! Why did I live? Why, in that instant, did I not extinguish the spark of existence which you had so wantonly bestowed? ... There was none among the myriads of men that existed who would pity or assist me; and should I feel kindness towards my enemies? No: from that moment I declared ever-lasting war against the species, and, more than all, against him who had formed me, and sent me forth to this insupportable misery." (Vol.2, ch.8)

こうして、怒りと絶望に駆られた怪物のなかに、復讐心が湧き上がってくる。このように、人間をとおして神へ復讐しようとしている点で、怪物はアダムよりもサタンに接近することになるのである。

ウィリアムを殺害したあと、フランケンシュタインと対面したとき、怪物は彼に向かって直接「創造主」と呼びかけ、「自分はお前のアダムだ」とも言っている。怪物はフランケンシュタインに向かって、女の怪物を造ることを迫り、次のような脅し文句を述べる ── 「おれは、卑しい奴隷になって屈服するような性質ではない。おれは傷を受ければ、復讐する。愛を呼び覚ませないなら、恐怖を作り出す。とりわけ、おれを造った大敵であるおまえには、消えることのない憎しみを抱き続けると誓う」(Vol.2, ch.9)。これは、自分を苦しめる絶対者に対する反逆と挑戦の宣言である。

女の伴侶を壊された怪物は、フランケンシュタインに向かって、次のように述べる。

"Slave, I before reasoned with you, but you have proved yourself unworthy of my condescension. Remember that I have power; you believe yourself miserable, but I can make you so wretched that the light of day will be hateful to you. You are my creator, but I am your master ── obey!" (Vol.3, ch.3)

怪物は、自分の創造主に向かって「奴隷」と呼び、「おれに従え」と命じるまでに、フランケンシュタインとの立場を逆転させるに至っている。怪物は神に対して完全なる反逆を企てたのである。ここまでくると、もはやプロメテウスのゼウスへの反逆よりも、さらに徹底した反逆を、怪物は自分の神であるフランケンシュタインに対して達成していることになる。したがって、メアリ・シェリーの作品では、絶対神と奴隷の立場が融合している点で、実に独創的であると言えるだろう。

最も破壊的な者たる怪物が、創造的なプロメテウスに重ね合わされる[4]というのは、実に皮肉である。この作品では、プロメテウス的モチーフが、さまざまな点でねじれていて、重層的なアイロニーを生み出している。ここに、プロメテウスを理想像とするロマン派の一義的な解釈に、疑問を投げかけるメアリ・シェリーの先行性がうかがわれると言えるのではないだろうか。

結び

『フランケンシュタイン』の作品中には、ゲーテの『若きウェルテルの悩み』

(1774) が、怪物の愛読書として出てくる。シェリーの詩「無常」(1816) が引用されている箇所もあり、作品中の風景描写は、シェリーの「モンブラン」(1816) やバイロンの『マンフレッド』(1817) を彷彿とさせる。このことからも、小説『フランケンシュタイン』において、これらの詩人たちに通じる精神が流れていることは、じゅうぶん推測できる。したがって、ゲーテが未完の戯曲『プロメテウス』(1773年に2幕創作、1830年出版) およびプロメテウスを称える自由詩 (1773) を、バイロンが『プロメテウスに寄せる頌歌』(1816) を、パーシー・シェリーが抒情詩劇『鎖を解かれたプロメテウス』(1820)[5] を書いているなど、ロマン派詩人たちがしばしば「プロメテウス」神話を意識的にテーマとして取り上げていることと、メアリ・シェリーの『フランケンシュタイン』に「プロメテウス」のモチーフが濃厚に表れることとの間には、緊密なつながりがあることがわかる。

　これらロマン派詩人たちの共通点は、アイスキュロスのプロメテウスを原型とし、最高神ゼウスに反抗するプロメテウスのなかに、権威に反抗し、精神の自由を求めて苦悩する人間の姿の象徴を見出し、自らの理想像をそこに重ね合わせようとしている点である[6]。しかし、メアリ・シェリーの『フランケンシュタイン』では、以上に見てきたとおり、これらロマン派詩人のプロメテウス像とは、多くの点でずれが見られることがわかった。フランケンシュタインの場合も、生命の秘密を究明し、人造人間を造ろうとする理想と野心に燃え上がっていた最初の段階では、人類の救済を目指すプロメテウス的要素が見られたが、人造人間の完成に近づくころから、徐々に病んだ側面が色濃くなってゆく。そして、目的を遂げたあとの彼の言動からは、人類を救済するという理想は消え、怪物を造った自分が、人類の後々の世代にまで悪疫をはびこらせるのではないかと恐れるばかりとなる。こうして、フランケンシュタインとプロメテウスとの間に本質的差異が見られるばかりではない。ゼウス的存在と対峙すること、つまり、隷属を嫌い、精神の自由を求めて反抗することを試みたのは、フランケンシュタインではなく、むしろ怪物であったことが、テキストからさらに浮かび上がってくるのである。怪物は、ゼウス的な絶対神としてのフランシュタインに対して、自分の尊厳をかけて反抗し続けた。怪物がフランケンシュタインの圧制・暴虐に対して反逆するというストーリーは、絶対者に対して反抗し苦悩し続けるプロメテウスに、次第に近似してくるのである。

　このように、アイスキュロスの流れを汲む、ロマン派の「プロメテウス・カルト」におけるプロメテウス像と、フランケンシュタインとを比較してみたとき、メアリ・シェリーの立場の特異性が明らかになる。人間の命を奪う破壊的な怪物にプロメテウスを重ね合わせること。それは、同時代のロマン派詩人たちには想像も及ばない、神話の大胆なパロディー化とも言えるのではないだろうか。

　「現代のプロメテウス」とは、たんに科学が進歩した新しい時代に生き、科学者

としての使命を負う者を指すだけではない。科学の発展が楽観視されていた18世紀末ごろを舞台として、メアリ・シェリーは、本来、人類の救済者であった神話の「プロメテウス」が、現代では、科学者に姿を変え、自分の業績を形にすることを焦り、名誉への欲望のために堕落しつつあることを、早くも露呈したのである。そして、科学者が自ら造ったものを制御できなくなり、その反逆に怯えながら破滅していく姿を描くことによって、メアリ・シェリーは、「現代のプロメテウス」の陥る危険を予言し、警鐘を鳴らしているとも言えるだろう。

註

※ 本稿は、日本シェリー研究センター第27回大会（2018年12月1日、立命館大学）のシンポジアム「プロメテウス・カルトと『フランケンシュタイン』」における発表に加筆したものである。

1 たとえばDoughertyは、「この作品が提示する、拘束を解かれた科学研究の危険性や創造的プロセスの限界に関するプロメテウス的問題とは、人間が比喩的な意味で火を盗み、神の創造力を簒奪すると、どのような道徳的問題に影響が及ぶかということだ」（Dougherty 111）と指摘する。

2 メアリ・シェリーの日誌によると、彼女は1815年の4月～5月にオウィディウスの『転身物語』を読んでいた（Liveley 31）。

3 パンドラと怪物との共通点に着目する議論もある。Gumpertは、パンドラが「生まれたのでも、神に呼び出されたもの」でもなく、「断片から製造された寄せ集め」で、神に似せた悪しき「美しい姿の組み立て」である点で、怪物と共通していると指摘する（Gumpert 103-04）。

4 Doughertyは、怪物が火を発見すること、それを発端にさまざまな学習へと発展させてゆくことなどに、アイスキュロスが描いたプロメテウスとの類似点を挙げている。

5 パーシー・シェリーは、1816年にアイスキュロスの『縛られたプロメテウス』を再読したとき、この劇に反論する叙事詩を書きたいと宣言していたが、『フランケンシュタイン』が出版されたあと、1818年9月まで『鎖を解かれたプロメテウス』の創作を始めなかった（Mellor 72）。

6 ゲーテは、プロメテウスを題に掲げた戯曲や詩のほか、『ファウスト』でも、プロメテウス的なテーマを浸透させ、詩人の創造力を称えている。バイロンは、『プロメテウスに寄せる頌歌』のほか『マンフレッド』でも、圧制に対して反抗する英雄像を描く。パーシー・シェリーは『鎖を解かれたプロメテウス』において、純粋で高貴な存在であるプロメテウスが、自由で平等な人間の状況を再び作り出すさまを描く（Dougherty 91-108）。

参考文献

Dougherty, Carol. *Prometheus*. London and New York: Routledge, 2006.
Gumpert, Matthew. "The Sublime Monster: *Frankenstein*, or The Modern Pandora." Weiner, 102-20.
Liveley, Genevieve. "Patchwork Paratexts and Monstrous Metapoetics: 'After tea M reads Ovid'." Weiner, 25-41.
Mellor, Anne K. *Mary Shelley: Her Life, Her Fiction, Her Monsters*. New York & London: Routledge, 1988.
Shelley, Mary. *Frankenstein*. London: Penguin, 1992.
Weiner, Jess, Benjamin Eldon Stevens, and Brett M Rogers.eds. *Frankenstein and Its Classics: The Modern Prometheus from Antiquity to Science Fiction*. London & New York: Bloomsbury Academic, 2018.
アイスキュロス 『縛られたプロメーテウス』呉茂一訳,岩波文庫,1974年.
オウィディウス 『変身物語』(上) 中村善也訳,岩波文庫,1981年.
廣野由美子 『批評理論入門 ──「フランケンシュタイン」解剖講義』中公新書, 2005.
ヘシオドス 『神統記』廣川洋一訳,岩波文庫,1984年.
─── 『仕事と日』松平千秋訳,岩波文庫,1986年.
吉田敦彦 『ギリシア神話入門 ── プロメテウスとオイディプスの謎を解く』角川書店, 2006年.

The Significance of "The Modern Prometheus": Rereading *Frankenstein*

HIRONO Yumiko

The phrase "The Modern Prometheus" was added by Mary Shelley as the subtitle to *Frankenstein*. What did the author intend through the use of this subtitle? By comparing the Prometheus myth formed by the three classical writers, Hesiod, Aeschylus, and Ovid, with the Prometheus motif in *Frankenstein*, we can find not only the similarities shared by them, but the differences as well. The originality of the Prometheus image created by Mary Shelley will be clarified through rereading the text of *Frankenstein*, with a focus on their differences in the following three points:

First, a kind of Promethean spirit is traceable in Frankenstein's boyhood, when he is filled with an eager curiosity to solve the secrets of the world, which persists in his early adolescence during his university education, driven as he was by an enthusiasm to investigate the unknown in the field of science. However, he gradually moves away from the original Promethean purpose of saving human beings, driven by his desire for fame and his impatience for results.

Second, the monster, influenced by reading Milton's *Paradise Lost*, insists that Frankenstein should create his Eve, a female monster. However, Frankenstein destroys the female monster he had almost created, for fear that it would bring misfortune to human beings. By analyzing this process of his consciousness, we can find a relationship between the story of Pandora, the parallel of Eve, and the Prometheus theme in this work.

Finally, the story of Frankenstein lacks the aspect of the hero's confrontation against an absolute entity like Zeus. It is not Frankenstein but the monster who attempts such a complete confrontation by disliking subordination and resisting his imprisonment for spiritual freedom. The monster's thorough rebellion against Frankenstein, who is symbolically his god, can be traced in the text.

Therefore, we can consider the Prometheus motif to be twisted in various ways as multilayered ironies are produced in *Frankenstein*. Through this analysis, the originality of Mary Shelley's theme, which may perhaps cast doubts upon the general Romantic construction of Prometheus as an ideal, and the modernity of Shelley's creation, "The Modern Prometheus," will come to light.

「苦悩するプロメテウスの後裔――ロマン派女性詩人のプロメテウス」

阿部　美春

はじめに

　ステュアート・カラン（Stuart Curran）は、圧制に抗い、精神の自由を希求するプロメテウスの神話を、"An archetypal revolutionary and the exact embodiment of the romantic sensibility"（34）と評したが、芸術家たちは、プロメテウス神話のはらむ多様な可能性にインスピレーションを得て、新たな神話創造を試みた。彼らを魅了したのは、暴君ゼウスに抗った代償として罰を与えられながら、その苦悩を一身にひきうけるプロメテウスである。ヘシオドス（Hesiod）のプロメテウスは、その智略でゼウスを欺き、火という恩恵と同時にパンドラという美しい禍をもたらし、プロメテイアが、実はエピメテイアに他ならないことを語るのだが、この両義的英雄を、自ら選んだ運命に怯むことなく耐える人類の英雄に生まれ変わらせたのは、アイスキュロス（Aeschylus）であった。わけてもロマン派詩人たちがモデルとしたのは、このプロメテウスであった。

　詩人たちは、プロメテウスに、死すべき運命のなか、断固とした意志で生きる人間あるいは人間精神を見て取り、ゲーテ（Johann Wolfgang von Goethe）の戯曲断片 *Prometheus*（1773）、詩 "Prometheus"（1774）を嚆矢として、バイロン（George Gordon Byron）の "Prometheus"（1816）、*Manfred*（1816-17）、シェリー（Percy Bysshe Shelley）の *Prometheus Unbound*（1822）が生まれた。そこには、自恃と奔放不羈の精神に満ちた詩人たちの理想的自画像の投影を見ることができる[1]。

　運命に抗して闘うプロメテウス神話は、時代精神と共鳴し、ベンジャミン・フランクリン（Benjamin Franklin）からナポレオン（Napoleon Bonaparte）まで、新時代を切り拓く英雄は「現代のプロメテウス」の名で呼ばれた。こうしたロマン派の時代を、ハロルド・ブルーム（Harold Bloom）は、"Prometheus Rising"（xiii）と命名した。

　このプロメテウス・カルトの時代、女性詩人・作家が、男性詩人・作家と、どのように時代のプロメテウスを共有していたのか、あるいは、共有していなかったのか。本稿ではそれを検討する。従来、ロマン派詩人とプロメテウスをめぐる研究の焦点は男性詩人に置かれ、女性詩人・作家ではなかった。プロメテウ

ス研究の泰斗ケレーニイ（Carl Kerényi）やヴェルナン（Jean-Pierre Vernant）、そしてダンテ、ミルトンからロマン派に至るプロメテウスの包括的研究を *The Promethean Politics of Milton, Blake, and Shelley*（1992）にまとめたルイス（Linda M. Lewis）も同様である。今世紀にはいって、C- パーソンズ（Caroline Corbeau-Parsons）の *Prometheus in the Nineteenth Century From Myth to Symbol*（2013）に至るまで、ロマン派女性詩人・作家とプロメテウスをめぐる包括的研究はなく、取り上げられるのは、専らメアリ・シェリーの *Frankenstein or the Modern Prometheus*（1818）と、エリザベス・バレット・ブラウニング（Elizabeth Barrett Browning）のアイスキュロスの *Prometheus Bound* の翻訳という状況が続いてきた。

　本稿では、プロメテウスの系譜において、取り上げられてこなかったレティシア・エリザベス・ランドン（Letitia Elizabeth Landon）に焦点を当て、ロマン派が祖型としたアイスキュロスに立ち返って考察する。またランドンの前史として、ウルストンクラフトを考察する。

理性という天上の火を盗む女プロメテウス

　ロマン派の時代、プロメテウスに理想の自画像を重ねたのは、男性詩人だけではなかった。1792 年に刊行されたウルストンクラフト（Mary Wollstonecraft）の *A Vindication of the Rights of Woman*（以下『擁護』と略す）では、「プロメテウス」という名前こそ登場しないが、"an affection for the whole human race"（65）、"to steal the celestial fire of reason"（82）という表現が、プロメテウス神話を想起させる。

Man has been held out as independent of His power who made him, or as a lawless planet darting from its orbit to steal the celestial fire of reason; and the vengeance of Heaven, lurking in the subtile flame, [like Pandora's pent-up mischiefs,] sufficiently punished his temerity, by introducing evil into the world. (82)

「理性という天の火」を盗んだ罰として、パンドラという禍がもたらされたという描写に、ヘシオドスのプロメテウス神話のエコーを聞くことができる。

　『擁護』は、近代フェミニズムの黎明を告げる書として知られるが、もとはフランス革命後、憲法が平等な公教育を謳いながら、その実、女性を公教育と政治から排除したことに対する、とりわけタレイランの「公教育に関する報告」批判として書かれた。冒頭、タレイランへの献辞で、自分は全人類への愛ゆえに書くと宣言し、女性が奪われている「理性」を「天の火」に重ね、さらに "with conscious dignity, or Satanic pride"（94 note）と、地獄へ向かうことさえ厭わない悪魔に自らを重ね

るところに、女プロメテウスの気概が伺える。

　精神に男女の差はないと考える彼女にとって、理性は、神が男女に等しく与えたはずのものであった。理性が知識と美徳を育み、それを礎によき社会がつくられる。今は与えられていないが、女性に教育の機会を与え、理性を養い、美徳を育む。そうすれば、女性は、家庭で母親として、未来の市民育成の役割を担い、男性とともによき市民としての力を発揮する。フランス革命世代のウルストンクラフトだが、社会改革に必要なのは、偉大な少数の男性による革命ではなく、よき市民育成にあると考えており（233-234）、そのためには家庭で愛情を、教育で理性を養うことが重要であることを説いた。

　神話のプロメテウスが、人類に火とあらゆる技術を与え、その日暮らしの人間に安全な生活と文化を与えたように、ウルストンクラフトは、「理性の火」で人類の幸福をはかることを訴えた。アイスキュロスのプロメテウスが啓蒙するプロメテウスであるとすれば、ウルストンクラフトのプロメテウスもまた、その系譜に連なる。

　『擁護』が世に出たのは、バイロンの「プロメテウス」から遡ること、四半世紀前。ウルストンクラフトは、近代フェミニズムのパイオニアだが、またロマン派のプロメテウスのパイオニアでもあった。

結婚という名の独裁制度に抗う女プロメテウス

　ウルストンクラフトは、また、自叙伝的小説 *Maria, or the Wrongs of Woman* (1798) でも、プロメテウスを想起させる姿でヒロインを描いた。この小説で、ウルストンクラフトは周囲の人々、とりわけ母親の姿を投影させ、中産階級の友愛結婚の実態を描いた。この小説は、ウルストンクラフトの死によって未完となり、夫ゴドウィン（William Godwin）によって出版された。彼は、妻が長い間あたためてきたテーマを、推敲を重ねて書いたものであると記している（264）。

　物語は、夫によって精神病院に監禁され、子どもと引き離されたヒロイン、マライアが、独房のような病室の壁に、幼い娘の幻影を目にする描写で始まる。「壁を見つめる狂気の女」は、ゴシック小説のヒロインを思い起こさせるが、マライアは悲劇のヒロインにとどまらない。

　物語中、ウルストンクラフトは、結婚制度を独裁制度（"matrimonial despotism"）(74) と呼び、夫と妻の関係を暴君と奴隷（171, 181）の関係に重ねて描く。ここでも、プロメテウスという名前こそ使われてはいないものの、"despot"、"tyrant" という言葉が繰り返され、夫という暴君に抵抗する妻の姿にプロメテウスが重なってみえる。それは次のような場面に見ることができる。

Now she endeavoured to brace her mind to fortitude, and to ask herself what was to be her employment in her dreary cell? Was it not to effect her escape, to fly to the succor of her child, and to baffle the selfish schemes of her tyrant – her husband? (76)

マライアは正気をとりもどすや、不屈の精神を奮い立たせ、何をなすべきかを自らに問い、「病院から脱出して、子どもを救い、（夫という）暴君の企みをやめさせる」決意をする。ここに、ゴシック定番の監禁されたヒロインが、女プロメテウスに生まれ変わる姿を見ることができる。

ウルストンクラフトが自らの両親の関係に、暴君と奴隷の関係をみて育ち、母親に向けられた父親のこぶしを自らの身でもって受けたという経験が、結婚制度と夫という暴君に対峙する女プロメテウスの意気を育んだと言えるのかもしれない。

マライアは、法律を後ろ盾にした結婚制度の虐待に抗うが、裁判では敗北する。物語は、マライアが夫と離婚し、不実な恋人に裏切られ、自殺未遂をへて、母親として生きることを決意して終る（203）。作者ウルストンクラフトの死によって断片で終ったとはいえ、マライアの未来には、よき市民を育てる母親と家庭的愛情をめぐる『擁護』の理念がエコーしている。マライアは、夫という暴君と、結婚制度という圧制に抗うプロメテウスであると同時に、人類愛を育むプロメテウスでもある。マライアという女プロメテウスに、人類愛と家庭的愛の相克はないように思われる。しかし、ウルストンクラフトの娘メアリの *Frankenstein* を見るならば、ふたつの愛の相克は深い。

アイスキュロス『縛められたプロメテウス』

男性詩人からウルストンクラフトまで、これまでロマン派のプロメテウスといえば、アイスキュロスを継承し、暴君に抗い、あらゆる隷属を嫌う奔放不羈の精神に、作者の理想の自画像を重ねた英雄であった。しかし、実は、アイスキュロスのプロメテウスには、もうひとつ重要な側面があることを忘れてはならない。

彼らが祖型としたアイスキュロスを改めてみるならば、そのプロメテウスを特徴づけるのは、絶対者に対する反逆精神であると同時に、苦悩を通して生まれる共感でもあることが見えてくる。アイスキュロスの場合、苦悩は『縛られたプロメテウス』だけでなく、他の作品でも、重要な意味を与えられている。例えば *Agamemnon* では、「正義の女神は、苦しみぬいたものらの皿に／知恵の重みをのせてくださる」（250-251）という表現に見られるように、苦しみとは、そこから学ぶように神々が与えたものであることが繰り返し語られる。

『縛められたプロメテウス』の場合、プロメテウスの吐露する苦しみが、コロス[2]との対話を生み、同情を呼び覚まし、共感の絆を結ぶ役割を果たしている。プロメテウスが初めて口を開いて語るのは、身を苛む苦しみである。プロメテウスは、

空、風、大海原、大地、太陽に向かって、苦しみを吐露する。

 見てくれ私を、神々からどんな仕打ちを受けているか、同じ神であるのに。
 よく見ておいてくれ、どのような辱しめに
 身を切り苛まれつ、永劫の歳月を
 私がこれから苦悩にすごすか。
 かくも無慚な縛めを、私に対して、
 あの新しい神々の頭目は、工夫し出したのだ、
 ああ、ああ、今もまた襲ってくるこの苦しみに
 呻吟するばかり、この苦悩はいったいいつ、
  どのようにして、終りをつげるはずなのかと。(92-100)

　この後、プロメテウスは、自分がゼウスから罰を受けて苦しむのは、火とあらゆる技術を人間に与えたためであり、それも「あまりにも人間どもを、愛しすぎた」(123) ためであると語る。
　プロメテウスの独白は、コロス（オーケアノスの娘たち）の登場によって終り、その後は、コロスを相手に、苦しみを語ることで、対話が始まる。「父オーケアノスの娘たちよ、眺めてくれ、どのような縛めで磔にされ、この山峡の、岩山の突先に、誰一人とて羨やむ者もない見張りを続けていくか」(140-144) と。
　アイスキュロスのプロメテウスは、孤独の内に苦悩をもらすのではない。バイロンのプロメテウスが、苦悩を吐露するのさえ、誰にも聞かれないようにし (9-11)、共感の糸口を与えることは決してない、"sad unallied existence" (18) であるのとは対照的といえる。

The agony they do not show,
The suffocating sense of woe,
 Which speaks but in its loneliness,
And then is jealous lest the sky
Should have a listener, nor will sigh
 Until its voice is echoless. (9-13)

　アイスキュロスでは、以下のように、コロスの「同情」、「胸を痛める」、「つらい思いを分かち合う」という応答の言葉によって、プロメテウスの苦悩がコロスの同情を呼び覚ますことが語られる。

まったく鉄の心臓をもち、岩から出来ている者と
いえましょうに、プロメーテウスよ、
あなたの難儀に同情して
怒りを覚えないというなら。私どももこの有様を見ないでおけば
よかったものを、こう見たからは、胸を痛めるばかりですから。（242-245）

ありとある国々はもうずっと前から
悲愁のなげきにみたされています、
大昔から世に知られている
あなたと同じ血筋の神々、その広大な
栄えを皆が惜しんでのこと。
またはとうといアシアの里に住居を
構えて暮らすほどの人らも、
たいそうな呻吟にみちたあなたの不幸に
つらい思いを頒かちあいます。（406-414）

　実にプロメテウスとコロスの対話は、全1093行の内、127行目から最後まで続く。そして、劇の大分を占めるコロスとプロメテウスの対話は、プロメテウスの抵抗と苦痛に対するコロスの共感を呼び覚まし、最終的には運命をともにする選択をさせる。劇の大団円、ゼウスの使者ヘルメースが登場し、コロスにプロメテウスへの同情をやめさせようとする時には、プロメテウスとコロスは、運命をともにする堅い絆でむすばれたことが示唆される[3]。それを裏付けるのは、コロスの最後の台詞である。

ほかのことを何なり言うか、勧めなさったが
宜しいでしょう、説きつけようとお思いなら。
だってあなたがお吐きになった威し言葉は、
とても我慢のならないこと、どうして私に
卑しい所業をお命じですの。私どもは、こちらと一緒に、
受けるならどんな不幸も受けるつもりです。
裏切り者は憎めと教えられていますのに。それ以上に
卑しく悪ましいわずらいはありませんもの。（1063-1070）

コロスは、ゼウスの使者ヘルメースの威しに対して、プロメテウスと一緒にどんな不幸も受けいれると宣言し、奈落の底に沈んで幕が閉じられる。

「苦悩するプロメテウスの後裔――ロマン派女性詩人のプロメテウス」   97

こうして見るならば、アイスキュロスの『プロメテウス』は、暴君に対峙して一歩も怯むことのないプロメテウスの抵抗の物語であると同時に、そのために味合わねばならない苦しみが、同情を呼び覚まし、共感の絆を生む物語であると言える[4]。

ロマン派男性詩人やウルストンクラフトが継承したのは、前者だったが、次に見ていくランドンの作品には、プロメテウスの苦悩に対する同情が共感を呼び覚まし、「友愛の絆」を生む継承者を見ることができる。

ランドンとヘマンズ　苦悩する詩人

ランドンは、20世紀の後半から始まったロマン派女性詩人の再評価の中でも、復権目覚ましい詩人のひとりである。メアリ・シェリーより五歳若い、ロマン派第二世代。18歳の時に *The Literary Gazette* に詩を発表し、以降、絵に合わせて詩を書く "Poetical Sketches" で詩人修行をした。バイロン、シェリー、キーツ（John Keats）亡き後の詩壇で、フェリシア・ヘマンズ（Felicia Hemans）と人気を二分し、詩人・小説家・編集者として活躍した。本名レティシア・エリザベス・ランドンの頭文字 L.E.L. を筆名として使ったが、それは当時の読者を「神秘の三文字」として魅了した[5]という。フェリシア・ヘマンズが、「ヘマンズ夫人」を用い、家庭夫人を前面に出したのとは対照的である。

1988年、カランは、ロマン派女性詩人の復権を記した論考 "The I Altered" で、"a terra incognita beneath our very feet"（189）と呼んだ女性詩人のひとりだが、それから30年を経た現在、デューク大学（Duke University Press）の *Pedagogy*[6]が、ランドンの特集を組み、彼女の詩をロマン派のクラスでいかに取り上げるかを議論しているように、その再評価の勢いは、20世紀後半のメアリ・シェリー・ルネサンスを思い起こさせるものがある。

ランドンは、プロメテウスを想起させる禿鷲の比喩をしばしば用いたが[7]、ジュピター／ゼウス不在のプロメテウスの焦点は、反逆精神ではなく苦悩にあった。以下、同時代の先輩詩人ヘマンズに捧げた "Felicia Hemans" と、小説 *Ethel Churchill* に、それを辿ってみたい。

ランドンは、ヘマンズが亡くなった1835年にエレジー "Stanzas on the Death of Mrs Hemans" を、1838年にふたたびエレジー "Felicia Hemans" を書いている。ヘマンズといえば、"Casabianca"（1826）が小学校の暗唱詩となる国民的詩人であり、ウォルター・スコット（Walter Scott）やワーズワス（William Wordsworth）と親交を結び、若きシェリーから文通を申し込まれるなど、ポピュラーな女性詩人の筆頭とも言える存在であった。その人気のほどは、英国のみならずアメリカにも及んだ。死に際しては、ランドンをはじめエリザベス・バレット・ブラウニングやマライア・アブディ（Maria Abdy）もエレジーを捧げている。

プロメテウスのメタファーが用いられるのは、1838年のエレジーである。これは五連からなり、第一連は、ヘマンズの死を嘆き、人々に喜びを与えた詩人としての業績を讃え、第二連は、異国の詩を伝えた詩人として、またアメリカでも人気を博した詩人としての業績を讃え、第三連は、名声の影で払われた犠牲、流された涙を語り、第四連では、詩人が味わった苦悩を、禿鷲に身を苛まれるプロメテウスに重ねて描く。最終連は、この世の過酷さと、死が救いであることをほのめかして閉じられる。

　第一連の賛辞につづく第二連、詩人が、"The general bond of union" (21) として、"The heart's sweet empire over land and sea" (26) を生み出し、内外の読者を魅了したことが讃えられる。第三連では、一転して、「美しい心の帝国」を生み出した詩人の悲しみ、読者には見えなかった不幸と虐待、影で流された涙を浮かびあがらせる。

We say, the song is sorrowful, but know not
　　What may have left that sorrow on the song;
However mournful words may be, they show not
　　The whole extent of wretchedness and wrong.
They cannot paint the long sad hours, passed only
　　In vain regrets o'er what we feel we are.
Alas! the kingdom of the lute is lonely ―
　　Cold is the worship coming from afar.　(41-48)

「私たちは、あなたの歌が悲しみを誘うと言うものの、あなたの歌に悲しみを刻ませたのが何かは知らず」、詩は「不幸と虐待のすべてを示すわけではない」と、内奥に悲しみと苦しみを潜めた詩人の孤独が語られる。そして第四連、女性詩人の苦悩がプロメテウスと禿鷲のメタファーで語られる。

The fable of Prometheus and the vulture
　　Reveals the poet's and the women's heart.
Unkindly are they judged, unkindly treated
　　By careless tongues and by ungenerous words,
While cruel sneer and hard reproach repeated
　　Jar the fine music of the spirit's chords.　(55-60)

詩人をもてはやす世間が、実はその苦悩に無感覚であるばかりか、「軽卒な発言と

容赦ない言葉」や「残酷な冷笑と呵責ない非難」で詩人を苦しめる。そこには、同じ経験を持つ女性詩人としての共感を読み取ることができる。伝記を見るならば、私生活でも詩人としての生活でも、ランドンとヘマンズは共通点が多い。二人は十代で詩集を出版して早熟ぶりを見せ、その後も詩人、批評家、編集者として活躍の場をもった。その一方で私生活は多難だった。二人とも早くに父親を亡くし、一家の経済の担い手となり、ヘマンズは、五人目の子どもを妊娠中に結婚生活が破綻、ランドンは、結婚するまでに幾度もスキャンダルにみまわれ、結婚後半年もたたない内に異郷で謎の死を遂げた。二人が詩人としての成功の影に、いい知れない苦労や悲嘆、絶望を抱えていたことは、想像に難くない。

「プロメテウスと禿鷲の神話は詩人と女性の心を語る」という時、プロメテウスは、ヘマンズであり、ランドン自身でもあるだろう。エレジーは、成功の代償としてはらった犠牲があまりに大きいことを語っている。ランドンのプロメテウスは、過酷な批評や中傷という禿鷲に生身をさらし、身を苛まれて耐える。エレジー最終連は、死を "that serene dominion / Where earthly cares and earthly sorrows cease" (75-76) と描き、そこでの安らかな眠りを祈る言葉で閉じられる。

興味深いことに、このエレジーの嘆きは、実はもう一つのエレジーの嘆きをエコーさせている。ヘマンズが亡くなった年に書かれた "Stanzas on the Death of Mrs Hemans" である。ヘマンズの "Bring Flowers" (1824) をモチーフにしたオマージュでは、詩人の絶望が次のように語られる。

Wound to a pitch too exquisite,
   The soul's fine chords are wrung;
With misery and melody
   They are too highly strung.
The heart is made too sensitive
   Life's daily pain to bear;
It beats in music, but it beats
   Beneath a deep despair.　(57-64)

このエレジーも賛辞ではじまり、万人の心を愛で満たした作品の背後には、苦しみや絶望があり、世間はそれに無感覚であったことが語られる。"The meteor wreath the poet wears / Must make a lonely lot; / It dazzles only to divide / From those who wear it not." (69-72) と、人々を魅了した詩人の孤独、"The crowd – they only see the crown, / They only hear the hymn – / They mark not that the cheek is pale, / And that the eye is dim." (53-56) と、人々が気づくことのなかった詩人の

深い絶望を浮かびあがらせる。

共感の連鎖を生むエレジー

　これらのエレジーから浮かびあがるのは、バイロン亡き後の詩壇で、随一の人気を誇っていた女性詩人ヘマンズではなく、「苦悩する女性詩人」である。ジュピター／ゼウス不在のプロメテウスは、一見弱々しく見えるが、ランドンにとって、苦悩や悲嘆は、負の作用をもたらすにとどまらず、別の意味を持っているように思われる。

　1835年に書かれた "On the Character of Mrs. Hemans's Writings" の、次の一節がそれを端的に語っている。"Suffering discourses eloquent music, and it believes that such music will find an echo and reply where the music only is known, and the maker loved for its sake." (173-8)　苦しみや不幸は、対話を生み、共感の端緒となるという点で、アイスキュロスのプロメテウスに通底する。ランドンは、ヘマンズへのエレジーを、女性詩人が味わう苦悩を描くことで、共感を喚起する。

　バイロンとシェリーのプロメテウスも苦悩するが、その姿はむしろ人類の救済者イエス・キリストを想起させ[8]、苦しみと悲しみゆえに、人々を結ぶ絆となるランドンのプロメテウスとは異なっている。ただしシェリーについては、さらなる考察が必要である。

　苦悩する女性詩人の、エレジーによる共感と対話という点では、実は、ヘマンズが先輩詩人に捧げたエレジーも同様である。ヘマンズが、先輩詩人メアリ・タイ (Mary Tighe) の墓参の経験を描いたエレジー "The Grave of a Poetess" を皮切りに、ランドンがヘマンズに捧げた二つのエレジー、さらに、ランドンの死後、エリザベス・バレット・ブラウニングがランドンに捧げたエレジーへと、一連のエレジーは、女性詩人の苦悩と共感の継承を伝えている[9]。

　ブラウニングは、ランドンの死の翌年、"L.E.L.'s Last Question" (From *The Athenaeum* 26 January 1839) でランドンを追悼したが、遡ればブラウニングは、ランドンがヘマンズに捧げた一番目のエレジー (1835) に応える形で、"Stanzas Addressed to Miss Landon, and suggested by her 'Stanzas on the Death of Mrs Hemans' From New Monthly Magazine" を書いた。"Thou bay-crowned living one, who o'er / The bay-crowned dead art bowing" (1-2) で始まる詩は、苦悩する詩人ヘマンズへの共感と、ランドンへの激励を記している。

ランドン『エセル・チャーチル』

　ランドンの作品には、人間の心を苛む禿鷲がしばしば登場するのだが、とりわけ *Ethel Churchill* は、心を啄む禿鷲のメタファーと、苦悩する詩人が共感を呼ぶと

いう点で、「苦しみ」をめぐるランドンの特徴を見せている。

　Ethel Churchill は、"silver fork novel"、別名 "fashionable novel" と呼ばれる、1820年代から1840年代に流行し、上流階級の人間模様とりわけ、男女の恋愛関係を描く小説である。*Ethel Churchill* は、1837年、ランドンの死の前年に出版された。

　物語は、五人の若者が故郷での信頼と善意に結ばれた人間関係と平和な生活を離れ、それぞれ期待を胸にロンドンに赴くものの、冷淡で虚飾に満ちた人間関係と、お金と名声が最大の力をふるう社会で苦悩する姿が描かれる。試練を経て、当初の思いを遂げるのは、タイトルに名のあるエセルと恋人ノーボーンのみという悲劇だが、同時に、苦悩する詩人が「希望と愛をもって」亡くなるという意味では、一抹の希望を残して閉じられる物語とも言える。

　冒頭から人生の苦悩が語られ、"what is life./ A gulf of troubled waters --- where the soul,/ Like a vexed bark, is tossed upon the waves, Of pain and pleasure, by the wavering breath / Of passions." (I. i. 1) ではじまるエピグラフは、物語のテナーを語っている。さらに、第二章のエピグラフでは、"Remorse --- / The vulture feeding on its own life-blood. / The evil's name was Love --- these curses seem / His followers for ever." (I. ii. 16) と描かれ、愛ゆえの苦しみという、もうひとつのテナーが提示される。

苦悩する詩人ウォルター・メイナード

　主人公のひとり、ウォルター・メイナードは、天賦の才に恵まれた青年詩人。彼は、他の登場人物同様、報われない愛に苦しみ、また売れることを至上価値とする出版社に抵抗して生活苦に喘ぎ、虚飾に満ちた人間関係に苦しむ。熱をおびメランコリーをたたえた眼差しを持つ青年詩人は、豊かな想像力、並みはずれた才能、傑出した知性、誇りと野心の持ち主である。五人の若者グループで二人の女性から思いを寄せられるが、彼が愛するのは、幼なじみのエセルである。その愛は報われないが、孤独な詩人のインスピレーションの源 "the one sweet muse lighting up my lonely heart" (I. v. 56) となる。

　詩人メイナードを語る章で繰り返されるのは、詩人は世を去っても作品は不滅であること、すなわち、詩人は、この世では貧しさと世間の無理解に苦しめられるが、その苦悩が刻まれた詩は、死後、愛とその苦しみを経験している読者の心を動かし共感を呼び覚ますというのである。メイナードの次の言葉は、それを端的に語るものである。

But the sympathy to which he appealed yet remains. There are still human hearts to be stirred by the haunted line, and the gifted word. My page may be read by those who will feel its deep and true meaning, because, like myself, they have loved and suffered. (I. v. 55)

この描写に、ランドンがヘマンズに捧げたエレジーやヘマンズの作品論のエコーが聞こえる[10]。ただし、ヘマンズの場合は、バイロンと人気を二分するほどの現世的成功という点ではメイナードと異なるが。

　Ethel Churchill でプロメテウスが登場するのは、次の件である。少年時代のメイナードが自分の翻訳した『縛められたプロメテウス』を朗読する場面である。ヒロインのひとり、ヘンリエッタが、虚飾に満ちた男女関係に絶望し、孤独に苛まれ、希望と思いやりに囲まれていた少女時代を回想する場面で、語られる。

there was a deep silence, and she felt utterly alone in the world. Strange how vividly her youth seemed to rise before her! she sat again beside her uncle, while Walter Maynard read aloud his boyish translation of the Prometheus bound; her uncle's words rang in her ear.

　"So does destiny bind us on the rock of life, so does the vulture, Sorrow, prey on the core of every human heart!" (III. xxix. 224-225)

　少年メイナードの朗読を聞き、彼の庇護者であるサー・ジャスパー（Sir Jasper）は、「運命はそんなふうに人生という岩にわれわれを縛りつけ、悲嘆という禿鷲があらゆる人間の心の奥底を啄み苦しめるのだ」と嘆きを口にする。サー・ジャスパーが、プロメテウスの苦悩に、個人の苦悩を、それも裏切られた愛という苦悩を重ねる場面展開は、一見唐突に思われる。バイロン、シェリーのプロメテウスを知る者は違和感さえ覚えるかもしれない。しかし、苦悩が共感を喚起するという点では、それが人類愛であれ、個人的な愛の背信の苦しみであれ、まさにアイスキュロスのプロメテウスを継承するものと言える。神話の英雄の苦悩が、個人の苦悩に重ねられ、英雄の大上段に構えた苦悩ではなく、個人の苦悩が表出される展開。それによって、大上段に構えた時に見えなくなる個人と、その苦しみが顕在化する[11]。

　Ethel Churchill では、詩人メイナードをめぐるもうひとつのエピソードが、詩人の苦悩と読者の共感関係を語っている。詩人が幼なじみエセルに抱く愛は報われることはないが、その切ない胸の内を綴った詩は、エセルの共感を呼び覚ます。メイナードの詩についてエセルの次のように語る。

It was a favourite volume which she opened – "Fugitive Poems, by Walter

Maynard." She had always taken an interest in one whom she had known from earliest, childhood; and of late the melancholy in herself had harmonized with that which was the chief characteristic of his writings. She soon became interested : her sadness took a softer tone; for now it seemed understood, and met with tender pity. (III. xxxvi. 295-296)

エセルは、自分の思いが、彼の詩と響き合い、それによって悲しみが和らげられ、理解と優しい同情が得られる経験をする。たとえふたりの間に愛の成就はないとしても、詩を通して "a sad and bitter sympathy"（III. xxxvi. 301）が生まれたことを語るエピソードである。

　このエセルとメイナードの詩を通した共感、悲しみと苦しみから生まれる共感は、ヘマンズと読者の関係を想起させる。こうした詩人観を持つランドンが、アイスキュロスの『縛られたプロメテウス』に見出したのが、プロメテウスの苦悩とコロスの共感という関係であったことは頷ける。

　物語は、詩人メイナードの墓石の前に佇むエセルが、天を仰ぎ見た後、目を転じて、「ウォルター・メイナードの霊に捧ぐ」という墓碑銘を読むところで閉じられる（III. xxxix. 321-322）。

Depressed, sorrowful, he might be, as he went on a harsh path wearily; but he died hopeful and loving. His poet's heart clung to this world, but to leave it a rich legacy of feelings and of thoughts; his spirit welcomed death, the eternal guide to the mighty world beyond the grave. (III. xxxix. 321-322)

詩人の苦悩を刻んだ作品は、エセルという読者の共感を呼び覚まし、詩人は世を去っても、詩人の苦悩を刻んだ作品は、感情と思想の豊かな遺産としてこの世にとどまるのである。苦悩を綴ったヘマンズの作品が、読者の応答を呼び覚まし、遍く人々を結ぶ絆となったように。

ポスト・ウルストンクラフト世代の女プロメテウス

　ランドンの作品について、マガン（Jerome McGann）は、女性の想像力が新たな詩の可能性を開くもの、と評したが（Introduction 20）、*Ethel Churchill* は、ランドンが神話に内在する新たな可能性を探った作品と言える。ランドンの場合、ジュピター／ゼウスという暴君は不在であり、プロメテウスは抗う対象をもたない。ロマン派男性詩人のプロメテウスが、ゼウスという絶対者の存在が対極にあってこそ成立するのと対照的である。ランドンは、プロメテウス神話の焦点を、絶対者に抗

うプロメテウスから、苦悩する犠牲者へと変え、そこに女性と詩人を重ねた。ダンカン・ウー（Duncan Wu）は、そこに自らスキャンダルに見舞われたランドンの経験の投影を指摘する（606）。神話の力学を変えるこの手法を、マガンとリース（Daniel Riess）は、"disillusion" あるいは "demystify" と命名する（23）。それはまた、メアリ・シェリーをはじめロマン派女性詩人・作家たちに共通する創作姿勢であり、メアリが "Proserpine" で、「プロセルピナ略奪」の神話を、女性たちの友情と絆の物語として再構築したところにも見ることができる[12]。

かつてボーヴォワール（Simone de Beauvoir）は、*Le Deuxieme Sexe*（1949）で、「彼女たちは自分自身の宗教も詩ももたない。夢みるのさえ、男の夢をとおして見る。彼女たちの崇拝するのは男によってつくりだされた神々だ。男たちは自分を高める目的で偉大な男性のすがたをつくり出した。ヘラクレス、プロメテウス、パルシファル、こういった英雄たちの運命のなかで女はただ第二義的な役割しか演じておらぬ」（12）と述べた。

確かに、偉大な男性の姿、偉大な男性の神話を作り出さなかったかもしれないが、女性詩人・作家は、むしろ「偉大さ」の意味を書換えた、あるいは、神話の孕む別な可能性にインスピレーションを得たと言えるのではないであろうか。

興味深いのは、ランドンと同世代の詩人エリザベス・バレット・ブラウニングが、同時期に、アイスキュロスの *Prometheus Bound* の翻訳をしていることである。翻訳は、1833年 *Prometheus Bound, and Miscellaneous Poems* として匿名出版された。アイスキュロスを "the divinest of all divine Greek souls"（10:111）と評価するブラウニングだが、とりわけ魅了されたのはプロメテウスだった。エイヴリー（Simon Avery）は、当時二十代後半であったブラウニングが、プロメテウスの翻訳をわずか二週間で仕上げたという（407）。

ブラウニングは序文で、プロメテウスを "one of the most original, and grand, and attaching characters ever conceived by the mind of man" と評し、ひとり苦悩に耐えることを選び、人々の安寧のために情熱と愛情を捧げる英雄として紹介する。(Preface to Translation of *Prometheus Bound* 85-86)

プロメテウスは、社会と時代の変遷のなかで、新たな姿をもって生まれ変わってきたのだが、ブラウニングやウェブスター（Augusta Webster）など、女性問題に強い関心をもった女性がプロメテウス神話のどこに惹かれたのか、その翻訳の意図は何であったのか、さらなる検証が必要である[13]。

詩人と女性の苦悩をプロメテウスに重ねたランドンだが、彼女に捧げられたエレジーのひとつで、彼女自身がプロメテウスに重ねられた。死の翌年に *New Monthly Magazine* に掲載された "Elegiac Tribute to the Memory of L. E. L." である。

"Elegiac Tribute to the Memory of L. E. L.

"Only one doom for the Poet is recorded."

ONLY one doom! writ in misfortune's page
For earth's most highly gifted; — does the lyre,
To those who woo it, such a fate presage
To damp the kindling thoughts, that would aspire,
Prometheus-like, to sport with heavenly fire? —
Alas! 'tis even so! — Fame's laurel wreath
Distils its poison on the brow beneath!
(NMM 55 January 1839)

ここでプロメテウスは、詩人としての天賦の才と野心を語るメタファーとして用いられている。ロマン派の新たなプロメテウス表象を生み出したランドンだが、彼女に捧げられたエレジーのメタファーが、暴君に抵抗するプロメテウスでもなく、苦悩が共感の絆を生むプロメテウスでもなかったことは皮肉めいている。「不運の記録」、「誉れの月桂冠はその毒を横たわる額の上に滴らせる」とは、ランドン35才、結婚の数ヶ月後、西アフリカ、ゴールド・コースト・カースルの自宅寝室で、青酸の空瓶を手に、誰にもみとられず突然の死を迎えたことをほのめかす[14]。

注

1 ゲーテは、プロメテウスを、神に等しい自負（『プロメテウス』I. 34）の持ち主、自分の姿に似せて人間を創造し、自分と同じように不羈の精神（「プロメテウス」51-57）を与える者として描いた。バイロンのプロメテウスは、運命に抗うと同時に、死さえ勝利とする（「プロメテウス」III.）決然たる精神の持ち主。またバイロンは、*Manfred* で人間精神を「プロメテウスの火花」（"the Promethean spark"）と命名した。

しかし、時代のプロメテウスは、詩人の理想化された自画像だけではなかった。クルクシャンク（George Cruikshank）の『現代のプロメテウス　あるいは専制の没落』（*The Modern Prometheus, or downfall of Tyranny* 1814）や、ゴーチエ（Jean Baptiste Gautier）の『セントヘレナ島のプロメテウス』（*Le Prométhée de L'Isle Ste Hélène* 1815）が、ナポレオンの肥大化した自我を「現代のプロメテウス」に重ねたように、風刺画の格好のモチーフでもあった。クルクシャンクとゴー

チエの戯画については、Collection Online, The British Museum. 参照。
2 コロスを、『ブリタニカ』は、古代ギリシア劇に登場する合唱舞踏団、すなわち「筋の直接の展開から離れて、解説者や批判者として劇に参加する俳優の一群」と定義している。
3 和嶋忠司は、アイスキュロスの劇におけるコロスの重要性について、「コロスが演技の部分に参加するのが特徴である」と指摘する (88)。
4 アイスキュロスの『プロメテウスで』は、ゼウスのために、牝牛に変身させられてさまようイーオーもまた、ゼウスの暴君ぶり示すと同時に、プロメテウスへの同情を呼び覚ます役割を果たしている。
5 エドワード・ブルワー－リットン（Edward Bulwer-Lytton）は、学生時代、毎週土曜日、"the three magical letters of "L.E.L.""が掲載された『リタラリー・ガゼット』が届くのを皆で待ちわびた、と回想している。("Romance and Reality by L.E.L." *The New Monthly Magazine* 32 December 1831: 545-51 in *Letitia Elizabeth Landon Selected Writings*, 331)
6 *Pedagogy* は、2015 年、"18-19th century British Women Writers Conference on "Approaches to Teaching the Poetry of L.E.L.""が開催されたことを報じている。
7 ランドンの作品には、人を苦しめる禿鷲の比喩がしばしば登場する。ひとつは、死と結びつく場面、たとえば戦場や、飢饉と疫病にあえぐ大地の上空を獲物をねらって飛ぶ禿鷲。もうひとつは、*Ethel Churchill* に典型的にみられる、人間の心を苛む禿鷲である。
8 プロメテウスにイエス・キリストを重ねるのは、ロマン派詩人の独創ではない。十字架に縛られ禿鷲に身を啄まれるプロメテウスを描いた絵画は少なくない。バイロンの「プロメテウス」の以下の描写は、イエス・キリストを想起させる。

Thy Godlike crime was to be kind,
　To render with thy precepts less
　The sum of human wretchedness,
And strengthen Man with his own mind;
But baffled as thou wert from high,
Still in thy patient energy,
In the endurance and repulse
　Of thine impenetrable Spirit,
Which Earth and Heaven could not convulse,
　A mighty lesson we inherit: ("Prometheus" 35-44)

人間を愛するがゆえに、その不幸を和らげ、独立した精神を陶冶しようとするが挫折し、なお苦しみに耐えて揺るがない姿はキリストを彷彿させる。

一方シェリーのプロメテウスは、"Drops of bloody agony flow / From his white and quivering brow."（*Prometheus Unbound* I. 564-5)、"A woful sight: a youth / With patient looks nailed to a crucifix."（*Prometheus Unbound* I. 584-5）という描写にみられるように、十字架に縛られ茨の冠で血をしたたらせながら、苦しみに耐えるキリストに重ねられる。キリストの苦しみと死が逆説的に勝利となったように、プロメテウスの苦しみが勝利となることを暗示する。

9　Brandy Ryan はここに "a community of women writers that did not exist in real life"（251）を見る。エレジーによる女性詩人の応答と共感の関係については、2008 年のライアンの論考をはじめ、最新の論考では、2018 年のハリエット・クレイマー・リンキン（Harriet Kramer Linkin）まで、研究が進行中である。

10　スティーヴンソン（Glennis Stephenson）は、ランドンのヘマンズ論に "her own literary self" を指摘する（16）。

11　メアリ・シェリーにもこれと共通する要素を見ることができる。メアリの場合、*Frankenstein* をはじめ、*Mathilda* や *The Last Man* に共通するテーマである。メアリは、人類愛と個人的な愛の相克という形で、個人的な愛の苦悩を、大きなテーマとして描いた。

12　1820 年に書かれ、1831 年贈答本 *The Winter's Wreath* に掲載された。メアリは、オウィディウス（Ovid）の *Metamorphoses* をモチーフに、穀物の女神ケレスとプロセルピナ母娘の神話を、従来の、怒れる強力な母と無力な受難の娘の神話、冥界の王によるプロセルピナの誘拐とレイプの物語から、女性たちの連帯した力がジョヴ（ゼウス）の敗北をもたらす神話に、女性の共同した力が、全能の支配者ジョヴ（ゼウス）の転覆を図る物語へと生まれ変わらせた。

13　ブラウニングの翻訳をめぐって、サイモン・エイヴリー（Simon Avery）は、時代の政治状況という文脈から、当時、政争や権力構造に関心を寄せていたブラウニングにとって、プロメテウスは、うってつけのテキストだった（408）と述べ、政治犯の解放、家父長制の犠牲者、中産階級女性の反撃に対する関心を指摘する。また 1866 年オーガスタ・ウェブスターが翻訳を試みた背景にも同じ関心があったと言う（409）。

14　他殺説、自殺説、憶測をよんだランドンの死をめぐっては、マガンとリース編の選集の序文参照（14-16）。

Works Cited

Avery, Simon. "Telling It Slant: Promethean, Whig, and Dissenting Politics in Elizabeth Barrett's Poetry of the 1830s." *Victorian Poetry*, vol. 44 Winter 2006, 405-424.

Bloom, Harold. *The Visionary Company — A Reading of English Romantic Poetry*. Cornell UP, 1983.

Browning, Elizabeth Barrett. *Complete Works of Elizabeth Barrett Browning*. vol. VI. Thomas Y. Crowell & Co. Publishers, 1900.

Byron, George Gordon. *Byron Poetical Works*, edited by Frederick Page. Oxford UP, 1970.

Corbeau-Parsons, Caroline. *Prometheus in the Nineteenth Century*. Legenda, 2013.

Curran, Stuart. *Shelley's Annus Mirabilis The Maturing of an Epic Vision*. Huntington Library, 1975.

———. "The I Altered." *Romanticism and Feminism*, edited by Anne K. Mellor. Indiana UP, 1988, 185-207.

Feldman, Paula R. and Theresa M. Kelley. *Romantic Women Writers*. University Press of New England, 1995.

Feldman, Paula R. *British Women Poets of the Romantic Era*. The Johns Hopkins UP, 1997.

Godwin, William. *Memoirs of the Author of The Rights of Woman. Mary Wollstonecraft and William Godwin*, edited by Richard Holmes. Penguin Classics, 1987.

Hemans, Felicia. *Felicia Hemans Selected Poems, Prose, and Letters*, edited by Gary Kelly. Broadview Press Ltd., 2002.

Holmes, John. "Prometheus Rebound: The Romantic Titan in a Post-Romantic Age." *Romantic Echoes in the Victorian Era*, edited by Andrew Radford and Mark Sandy. Ashgate, 2006,.

Kerényi, Carl. *Prometheus Archetypal Image of Human Existence*. Translated from the German by Ralph Manheim. Princeton UP, 1963.

Landon, Letitia Elizabeth. *Selected Writings*, edited by Jerome McGann and Daniel Riess. Broadview Press, 1997.

———. *Ethel Churchill Or, The two brides*, III vols. Reprints from the collection of the University of Michigan Library.

Lewis, Linda M. *The Promethean Politics of Milton, Blake, and Shelley*. University of Missouri Press, 1992.

Linkin, Harriet Kramer, 'Landon the Equivocal Canonizer: Constructing an Elegiac Chain of Women Poets in the Classroom.' *Pedagogy – Critical Approaches to Teaching Literature, Language, Composition, and Culture*, vol. 18, April 2018, 235-245.

Ryan, Brandy. "Echo and Reply": The Elegies of Felicia Hemans, Letitia Landon, and Elizabeth Barrett. *Victorian Poetry* vol. 46, Fall 2008, 249-277.

Shelley, Mary. *The Novels and Selected Works of Mary Shelley*. vol. 2, edited by Pamela Clemit. William Pickering, 1996.

Shelley, Percy Bysshe. *The Complete Works of Percy Bysshe Shelley*. vol. II, edited by Roger Ingpen and Walter E. Peck. Gordian Press, 1965.

Stephenson, Glennis. *Letitia Landon The Woman behind L.E.L.* Manchester UP, 1995.

Webster, Augusta. *The Prometheus Bound of Aeschylus*, edited by Thomas Webster. Macmillan and Co., Reprints from Forgotten Books.

Wolfson, Susan J. *Felicia Hemans*. Princeton UP, 2000.

Wollstonecraft, Mary. *The Works of Mary Wollstonecraft*. vol. 5, edited by Janet Todd and Marilyn Butler. Pickering, 1989.

———. *Mary and The Wrongs of Woman*, edited by Gary Kelly. Oxford UP, 1987.

Wu, Duncan. *Romantic Women Poets An Anthology*. Blackwell Publishers Ltd., 1997.

Collection Online, The British Museum. britishmuseum.org/research/collection_online/collection_object_details.aspx?objectId=1645306&partId=&searchText=Prometheus&page=2 accessed 17 July, 2018.

アイスキュロス，呉 茂一訳 『縛られたプロメーテウス』東京 岩波書店 1976 年

———．久保正彰訳 『アガメムノーン』東京 岩波書店 2002 年

ゲーテ，実吉捷郎訳 「プロメトイス」ゲーテ全集 第 12 巻 東京 改造社 1937 年

———．山口四郎訳 「プロメテウス」ゲーテ全集 第 1 巻 東京 潮出版社 1979 年

ヘシオドス，廣川洋一訳 『神統記』東京 岩波書店 1994 年

ヘーシオドス，松平千秋訳 『仕事と日』東京 岩波書店 2001 年

和嶋忠司 「ギリシア悲劇におけるコロスとミュートスの関係」明治大学文学部紀要 『文学研究』66 号 1991 年

Letitia Elizabeth Landon's Suffering Prometheus
Another Vein in the Cult of Prometheus in the Romantic Era

ABE Miharu

The Romantic era saw the flowering of the cult of Prometheus. Romantic poets and authors saw Prometheus as the prototype of a human being. Especially, Aeschylus's Prometheus who has a rebellious spirit and love for humankind inspired the Romantics. Goethe, Byron and Shelley integrated the hero into an ideal self-portrait, a suffering champion against tyranny. However, they were not alone in making a new myth of their own Prometheus. Women writers did likewise. Among them was Mary Wollstonecraft. She saw in the myth an emblem embodying her champion spirit for "the celestial fire of reason" and against "matrimonial despotism". It is, however, noteworthy that Aeschylus's *Prometheus Bound* is not only a myth of rebellion against tyranny. It also holds a focal point of suffering and compassion.

The suffering Prometheus evokes compassion in the Chorus and firmly unites them against despotic power. Indeed suffering is a key element in Aeschylus's tragedies, in *Prometheus Bound*, as well as in *Agamemnon*. It was Leticia Elizabeth Landon, a contemporary of Byron and Shelley and a post-Wollstonecraft-generation woman poet, who saw the archetype of the poet in the myth and depicted Prometheus as a metaphor for a suffering poet. In her works, Prometheus has no Jupiter/Zeus, whereas this tyrant is essential in the works of her contemporary male poets. In her works, suffering itself is the key to awaken sympathy and to unite people. "Felicia Hemans" (1838), an elegy, and *Ethel Churchill* (1837), a silver fork novel, are good examples in which the suffering poet arises "a sad and bitter sympathy" between the poet and the reader to form "a general bond of union" between them, just as Prometheus's woe elicits compassion among the Chorus and strengthened their solidarity in Aeschylus's tragedy. This bond went beyond the literary. The elegies by Hemans, Landon, and Elizabeth・B・Browning for their predecessor or contemporary women poets created "a community" where "suffering discourses eloquent music" and the music finds "an echo and reply". Thus Landon's Prometheus presents another offspring of Aeschylus's, i.e., we find another aspect of the Romantic Promethean cult, where suffering creates bonds and brings people together outside the text.

7つ目のC ── 「モダン・プロメテウス」への批判的応答

アルヴィ宮本なほ子

I.

　Mary Shelley が 1816 年にアルプス山麓で眠れぬ夜に見たヴィジョン ──"the pale student of unhallowed arts kneeling beside the thing he had put together" (196)[1] ── は、2 年の歳月をかけて *Frankenstein; or the Modern Prometheus* という作品へ結実し、1818 年に匿名で出版された。以後、常に読み続けられ、時代に合わせて新しい側面を見せ続けたこの作品の現代的意義を検証するため、日本シェリー研究センターでは、作品の構想から出版までの 200 周年記念として、2016 年から 2018 年にかけて、特別企画として *Frankenstein; or the Modern Prometheus* に関する講演とシンポジアムを行った。2018 年の出版 200 周年記念の年は、Keats-Shelley Association of America が、世界中で *Frankenstein; or the Modern Prometheus* の現代における意義を問う Frankenread というプロジェクトを進めたが、日本シェリー研究センターのシンポジウムも Frakenread に貢献するものとして、サブタイトル「現代のプロメテウス」に着目し、200 年に渡る「現代のプロメテウス」へのカルト的な関心を横軸に、西欧文明の基礎にある古代ギリシア・ローマ神話の中のプロメテウス、特に Ἡσίοδος（Hesiod）、Αισχύλος（Aeschylus）、Ovidius の系譜を縦軸に討論を行った。

　パネリスト廣野由美子は、「「現代のプロメテウス」とは何か？──『フランケンシュタイン』再読」というテーマで、ヘシオドス、アイスキュロス、オウィディウスのプロメテウス神話とメアリ・シェリーの作品におけるプロメテウス的人物、Victor Frankenstein[2] との共通点、相違点を明らかにし、メアリ・シェリーが副題の「現代のプロメテウス」に込めた独自性と現代性を論じた。人類を救済したいという「プロメテウス」的な精神の持ち主のヴィクター・フランケンシュタインが、好奇心と名誉欲を暴走させ、本来の「プロメテウス」的な目的から次第に遠ざかる過程、"the miserable monster whom I had created"（vol.1. ch.4, 39）[3] がヴィクターに要求した女性の「怪物」をヴィクターが創造する過程で破壊することと Πανδώρα（Pandora）の神話との関係性が指摘され、圧制を敷く Ζεύς（Zeus）に反逆するプロメテウスというギリシア神話の構図が、ヴィクターに反逆する

（ヴィクターに創り出された）怪物との闘争へと転換された点が、（19世紀前半の）「現代の」人間の「プロメテウス」の問題として浮かび上がった。

　ヴィクター・フランケンシュタインは、ギリシア神話のプロメテウスのように「神」ではなく、死すべき運命の「人間」である。創造主「神」と被造物「人間」という階層関係は、プロメテウス的「人間」ヴィクターとヴィクターが創った被造物である名を与えられない「怪物」── 男性単数形の代名詞で指示されるが、果たして「彼」は人間なのか ── の関係に反復される。人間の誕生には男性と女性の両方が必要なのだが、ヴィクターが行った生命の創造には男性の科学者しか関わらないという点はすでに様々に論じられている。また、「現代のプロメテウス」の芸術家としての「創造」の行為── "I had selected his features as beautiful"（vol.1. ch.4, 39）── も男性のみが行うのであろうか。このように、この作品には、「人間」というカテゴリーに「女性」も含まれているのだろうかという疑問が様々な面で浮上するように構成されており、この作品が出版された当時からずっと女性、特に女性の詩人や小説家にとって、多くの現代的な問題提起の機会を提供してきた。この点にパネリスト阿部美春の発表は切り込むのであるが、阿部の発表に言及する前に、*Frankenstein; or the Modern Prometheus* における「人間」という曖昧なカテゴリーと「プロメテウス」のジェンダーについて整理しておこう。

　ヴィクターは、「プロメテウス」的な偉業を成し遂げるためには、人間以上のものであることが必要だと考えており、この考えを最後まで変えない。氷海に閉じ込められた Robert Walton の船に難破の危機が迫り、乗組員たちがウォルトンに引き返すように詰め寄ったとき、ヴィクターは、かつて自分が新しい人類を作りたいという野望を持ったときと同じ言葉で乗組員たちを説得する。

> You were hereafter to be hailed as the benefactors of your species; your name adored, as belonging to brave men who encountered death for honour and the benefit of mankind….Oh! be men, or be more than men. (vol.3. "Walton, in continuation," 183).

ヴィクターが乗組員たちを鼓舞しようとして使う命令文 "be men" は、雄々しく英雄的であることと男であることは同義であるという前提がある。男性の英雄は、「人間」であるが、「人間」であることを越えることができる。「人間」（＝男性）は、神の領域へと手を伸ばし、前人未到の栄光を掴むことができるのである。

　「現代のプロメテウス」ヴィクターは、生命創造という神の領域に挑み、新しい生命体を創り出す。しかし、その生命体から自分と対になる「女性」の創造を請われた後、人類を守るためにという理由で、女性の「怪物」の創造を中途で放棄し、

破壊してしまう。*Frankenstein; or the Modern Prometheus* では、男性のみが生殺与奪の権を握り、科学者(サイエンティスト)[4]が女性を生命の誕生の場から排外するだけでなく、女性の登場人物の大半が病死したり、残酷に殺害されたり、物語の途中で姿を消したりする。小説世界の創造主としてのメアリ・シェリーは、「現代のプロメテウス」というギリシア神話の枠組を利用した作品世界を構築するにあたって、女性の登場人物に非常に過酷である。

　アイスキュロスの Προμηθεὺς Δεσμώτης (*Prumetheus Bound*) では、プロメテウスの妻 Ἡσιόνη (Hesione) にはあまり重要な役割は与えられていない。メアリ・シェリーの作品では、「現代のプロメテウス」ヴィクターの許嫁 Elizabeth Lavenza Frankenstein は、重要な登場人物である。才色兼備で純真な心を持つエリザベスは、幼い頃にフランケンシュタイン家に引き取られ、ヴィクターと兄妹のようにして育ち、フランケンシュタイン家とヴィクターを支える。しかし、婚礼の晩にヴィクターが創造した怪物に惨殺されてしまうのである。メアリ・シェリーによってかくも残酷な運命を与えられたエリザベスの人物像について最も重要なものは、ヴィクターが使った "the heroic and suffering Elizabeth, whom I tenderly loved" である（vol.2. ch.1, 70）。"heroic" が、古代ギリシア神話の半神的な人物、あるいは神に愛でられた人間（この使い方の場合は男女を問わない）の性質を説明する形容詞であるとすれば[5]、"heroic and suffering" という形容は、ギリシア神話で語られた、ゼウスに抗う縛られたプロメテウスを思い起こさせる。女性であるがゆえに、家に縛り付けられ、一人ではヴィクターに会うために旅行に行くことができないエリザベスは、全てにおいて夫である Alphonse Frankenstein に従ったヴィクターの母 Caroline Beaufort Frankenstein よりも少しだけ家の中での発言権が大きくなっているが、ヴィクターの父は、次男の Ernest の将来についてのエリザベスとの会話を、Susan Wolfson と Ronald L. Levao が鋭く指摘しているように、女性にはなりえない職業——法曹——につけるぐらい弁が達者だという言い方で打ち切ってしまうのである（*The Annotated Frankenstein* 125 n.3）[6]。1818 年版では、エリザベスはヴィクターの従妹であるが[7]、兄妹（のように育った）二人の魂を分かち合うような関係は、George Gordon Byron と異母姉の Augusta Maria Byron との関係、Percy Bysshe Shelley の *Laon and Cythna; or The Revolution of the Golden City: A Vision of the Nineteenth Century*（1818）や、その近親相姦的な部分を書き直した *The Revolt of Islam*（1818）の Leon と Cythna の関係を思い起こさせるもので、第二世代のイギリス・ロマン派が好んだ近親相姦的な魂の親近性の影響が残っている。しかし、現代の「女」プロメテウスであるエリザベスは、「女性」であることによって「プロメテウス」になることが阻まれている、いまだに縛られたプロメテウスであり、「現代のプロメテウス」ヴィクターが創り出した

「怪物」に殺されてしまうのである。

　Frankenstein; or the Modern Prometheus に登場する "heroic and suffering" である女性はエリザベス一人ではない。エリザベスとは身分も出自も違うが、無実の罪で刑場の露と消えるフランケンシュタイン家の召使いの Justine Moritz、「怪物」の語りの中に登場するトルコ人の父に抗ってフランス人 Felix De Lacey と行動を共にする黒髪のキリスト教徒 Safie もまた、苦しむ「女」プロメテウス的な特徴を持つ。エリザベスもジャスティンもサフィーも、それぞれの身分や出自のままで得られるよりも多くの学びの機会を与えられている。エリザベスとジャスティンは、身分を越えて、また、「友情」という言い方ではおさまらないかもしれない深い絆を結ぶ。しかし、この小説に登場する若い女性のプロメテウスたちは、その知を物語の中では活かす機会も、友情を十分に育む時間も与えられないまま殺されるか物語から消えてしまうのである。

　英雄的な偉業を成し遂げぬままに消えてしまった若い「女」プロメテウスたちに、最も心を動かされたロマン派第二世代の「男性」詩人は、ヨーロッパの神話体系の外側に新しい女性の英雄を創造することになる。1818年から20年にかけて執筆されたパーシィ・ビッシュ・シェリーの詩劇 *Prometheus Unbound: A Lyrical Drama in Four Acts*（1820）では、プロメテウスの恋人である Aisa という名前の、ギリシア神話の中ではほぼ無名のオケアニデスが、コーカサスの山頂に縛りつけられたプロメテウスの解放のために真に英雄的な役割を果たす。ヴィクターと補完しあう魂の持ち主であるように描かれたエリザベスと、フェリックスに会うために言葉も知らない土地をはるばると一人旅して来る黒髪のサフィーが、小説と詩というジャンルを横断して、イギリス・ロマン派の詩劇の中でも最もラディカルな世界解放の夢を描いた *Prometheus Unbound* の主人公プロメテウスの恋人「東洋エイシア」というヒロインが生まれることに寄与している。

　パーシィ・ビッシュ・シェリーの *Prometheus Unbound* では、プロメテウスは、三千年もの間山頂に縛り付けられ、理想の世界の到来は遥か彼方に置かれている。より現実に即した時代設定がなされている小説 *Frankenstein; or the Modern Prometheus* を、より同時代の現実に即して読んだ場合、女性詩人や女性作家たちは、「プロメテウス・カルト」の中で女性作家メアリ・シェリーがプロメテウス神話に加えた「女性」の問題にどのような文学的反応をしただろうか。阿部美春は、「女プロメテウス」というフレーズを用いて、19世紀前半の「現代」——ロマン主義の時代からヴィクトリア朝前期——の女性の書き手によるプロメテウス神話の創造的受容について検討した。阿部の「苦悩するプロメテウスの後裔——ロマン派女性詩人のプロメテウス」の発表は、メアリ・シェリーの母、Mary Wollstonecraft が *Vindication of the Rights of Woman*（1792）を著し、権利を奪わ

れている女性の精神に教育によって理性の火をともすことの重要性を説いたことを、イギリス・ロマン主義時代の「女プロメテウス」の出発点とする。イギリス・ロマン主義時代の「プロメテウス・カルト」の中で、ヴィクトリア朝前半に活躍した女性詩人・作家たちは、アイスキュロスの『縛られたプロメテウス』の「苦悩を通して生まれる共感」が示される部分に最も反応し、プロメテウスの神話を「女プロメテウス」の神話として文学作品に昇華する中で、他の女性詩人、作家たちと作品を通して悲しみ、苦しみを共有し、女性の絆を紡ぐ文学伝統を生み出した、と考察している。

　ロマン派第二世代の男性詩人のプロメテウスは、バイロンの "Prometheus" やパーシィ・ビッシュ・シェリーの『プロメテウス解縛』の第一幕のプロメテウスのように、John Milton の Paradise Lost（1667）の「精神の劇場」[8]に閉じ込められた Satan を祖先とするロマン派詩人の苦悩を体現している。阿部は、自我の牢獄に自閉するロマン派の（男性の）プロメテウスとは対照的に、苦悩する「女プロメテウス」が同情と共感の輪を広げると論じ、そのモデルをアイスキュロスの悲劇において同情と共感が生まれる装置としてのプロメテウスとコロスとの対話まで遡らせる。その具体例を、Letitia Elizabeth Landon（L.E.L）が先行者 Felicia Hemans について書いた詩や散文、小説、Elizabeth Barrett Browning の L.E.L の死を悼むエレジーやアイスキュロスの『縛られたプロメテウス』の英訳への序文（1833）を例として詳細に分析した。

II．

　廣野と阿部は、（19世紀前半の）「現代」の神ではないプロメテウスの表象が持つ意味を「プロメテウス・カルト」の異なる二つの側面から明らかにした。廣野は、メアリ・シェリーの小説の中で生まれた新しい「現代のプロメテウス」像の独自性を、ヴィクターに象徴される（男性の）科学者のプロトタイプの誕生と結びつけて、ギリシア神話に始まる西洋文化の長い伝統の中で論じた。阿部は、作者のメアリ・シェリーが「女性」である点により重点を置き、メアリ・シェリーに続く「女性」詩人／小説家の葛藤と（文学を通しての）連帯を様々な「女プロメテウス」の系譜として示してみせた。この二つの対照的な「現代のプロメテウス」は、「男性」と「女性」という二項対立だけではなく、「科学」と「芸術」という二項対立も示している。ロマン主義の時代から現代まで続く「プロメテウス・カルト」の流れの中で、このような二項対立は対立するまま残るのか、解消するのか。

　1818年に匿名で出版された Frankenstein; or the Modern Prometheus の著者が明らかになるのは、1831年にいくつかの大きな修正と追加を加えた第三版が出版されたときであった[9]。第三版に付けられたメアリ・シェリーの序文で、1816年

の "wet, ungenial summer" にスイスで、バイロンの "We will each write a ghost story" という提案を受けてこの作品が構想されたことが初めて明かされる (194)。メアリ・シェリーが、序文の最後で Frankenstein; or the Modern Prometheus という "hideous progeny" に "go forth and prosper" と命じた翌年の 1832 年 (197)、パーシィ・ビッシュ・シェリーの従兄でシェリー・サークルの一人であった Thomas Medwin が、アイスキュロスの『縛られたプロメテウス』の英訳を上梓する。その翌年の 1833 年 ── イギリスで奴隷解放令が発令された年 ── エリザベス・バレット・ブラウニングが『縛られたプロメテウス』の英訳を "Author of 'An Essay on Mind' " とだけ記して匿名で出版する[10]。ヴィクトリア朝初期の 1830 年代初め、イギリス・ロマン主義に端を発した「プロメテウス・カルト」は、第二段階を迎えた。

　An Essay on Mind, with other Poems (1826) の作者によるギリシア悲劇の翻訳は、女性が古典の教養を涵養する公的な高等教育を受けられなかった当時、どのような意味を持ったであろうか。The Gentleman's Magazine の書評は、"an attempt on the part of a young lady to translate a play of Æschylus" が「女プロメテウス」の英雄的な偉業であることを認めなかったが (611)[11]、エリザベス・バレット・ブラウニングと同世代で、二十代前半に翻訳から文筆業に入った Sara Coleridge は "what is impossible" に挑戦したこの名誉ある訳業を称えている[12]。"Fragment on an 'Essay on Woman'" を書いた 15 歳の頃、母親からの手紙でウルストンクラフトに夢中になっていることを "yours & Mrs Wolstonecrafts system" という言い方でからかわれたこともあるエリザベス・バレット・ブラウニングは、ウルストンクラフトに始まるイギリス・ロマン派の「女プロメテウス」の系譜に連なり (Correspondence 1:132)、ギリシア悲劇の英語への文学的翻訳という形で、天上の火を地上にもたらすことの意義を認め、詩の創作とともに、『縛られたプロメテウス』の翻訳に以後二十年も打ち込むことになる。1842 年、親友の詩人・文筆家の Mary Russell Milford に宛てた手紙で、エリザベス・バレット・ブラウニングは、プロメテウスのイメージについて 2 つの興味深い考察をしている。彼女は、プロメテウスを "the sign of this great ruined struggling Humanity, arising through the agony & ruin to the renovation & the spiritual empire" であると述べる (Correspondence 5:227)。このイメージは、バイロンが、ディオダーディ荘で執筆し、The Prisoner of Chillon and Other Poems (1816) に収録した「プロメテウス」の苦悩するプロメテウスと共振するだけではない[13]。エリザベス・バレット・ブラウニング自身の長い年月をかけた、知的・文学的な領域における英雄的な試みを支えるものとなっている。さらに、"Humanity" という言葉が選ばれていること ── ヴィクターが "be men!" や "the benefit of mankind"

と言うとき、パーシィ・ビッシュ・シェリーがプロメテウスを理想の人間として "the Champion...of mankind" という言うときの men や mankind ではなく（Mary Shelley, *Frankenstein; or the Modern Prometheus* vol.3 "Walton, in continuation," 183; Percy Bysshe Shelley, Preface to *Prometheus Unbound* 472）──に注目すれば、エリザベス・バレット・ブラウニングが、この言葉が意味する集合的な意味での「人類」に女性を含ませていること、かつ、この言葉に *OED* がこの言葉の第一の意味として定義している "The quality of being humane," 第三の意味として定義している "The condition, quality, or fact of being human" を込めていることがわかる[14]。このような破滅と苦しみに苛まれる「人間」のプロメテウスは、メアリ・シェリーの *Frankenstein; or the Modern Prometheus* の「現代のプロメテウス」ヴィクターの苦悩、彼が創った超人的な運動能力と知力を持つ、人間よりも "more powerful" で、"superhuman" である被造物の苦悩とも通じている（vol.2. ch.2, 77,76）。

　興味深いのは、ミルフォードに宛てた手紙の中で、エリザベス・バレット・ブラウニングがプロメテウスを科学と結びつけることに強く反対していることである。現代のプロメテウス＝（男性の）科学者というイメージは、ヴィクトリア朝中期にはより広く認められるようになり、ミルフォードも科学を信奉している。しかし、エリザベス・バレット・ブラウニングは、ミルフォードに "I cannot consent to give away my Prometheus to such '[base] uses' as the perfectibility of science" と書くのである（*Correspondence* 5:227）。だが、「現代のプロメテウス」ヴィクター・フランケンシュタインとエリザベス・バレット・ブラウニングには、共通点が一つある。まだ誰も手にしていない知識を追い求める「好奇心（curiosity）」である。Jennifer Wallace が論じているように、感情と感受性を主な文学活動の領域とするヴィクトリア朝の女性詩人／作家の中で、ギリシア語を学び、ギリシア以降の西欧哲学を学び、ギリシア詩人たちを英訳し、エピックを書くエリザベス・バレット・ブラウニングの知的活動は女性の領域をはるかに超えるものであった（329）。彼女の精神に存在する知への欲求── curiosity ──が、*Frankenstein; or the Modern Prometheus* で最も頻出する言葉の一つであることは偶然ではない。それは、ギリシア神話のプロメテウスやパンドラへと遡れるもので、ギリシア哲学では人間の性質の一つとされていたものである。しかし、キリスト教の枠組みでは、聖書の「創世記」で語られるように、「好奇心」は、人類の祖先に禁断の知識の木の実を食べるという原罪を犯させ、楽園からの追放をもたらした悪徳なのである。メアリ・シェリーは、*Frankenstein; or the Modern Prometheus* のエピグラフにミルトンの『楽園喪失』の一節を用いるだけでなく、ヴィクターによる生命の創成とその後のヴィクターの悲劇を神によるアダムの創成とアダムの堕落との二重写しに

している。しかし、そのようなキリスト教の枠組みの中に、科学とギリシア神話の「プロメテウス」という、キリスト教とは相いれないものを導入しているのである。

「好奇心」とは、ヨーロッパの宗教と科学の歴史の中では、意味を大きく変えてきた概念であり[15]、19世紀に「科学者」が誕生して以降、科学の領域では、実用的な、あるいは、人類に有用な「知識」の追求をキリスト教の宗教的枠組みから切り離す傾向はますます強まる。こうして、「好奇心」は、21世紀の「現代のプロメテウス」、生命の領域に遺伝子工学の研究で挑戦する最先端の科学者たちにとって最も大切な資質となっている。例えば、2018年度のノーベル生理学・医学賞をJames P. Allisonと共同受賞した本庶佑は、「6つのCを大切に」において、独創的な研究をする科学者に大切な六つの資質の筆頭を"Curiosity"としている[16]。

錬金術から自然哲学へと学問的関心を変えて、生命の創造に邁進したヴィクターは、キリスト教文化圏において、科学が宗教から離脱して知の探究を始める歴史の中の科学的精神を体現しているように見える。Augustinusは、*Confessions*で、"a craving for knowledge and understanding"を危険な悪徳とし（10:35 [2:161]）、17世紀まで「好奇心」は知的悪徳であった。17世紀のイギリスでは、学問の分野、特に自然哲学の発展に必要な世俗的・学術的な知識の獲得を、「創世記」の人類の原罪から切り離そうとする傾向が生まれる。Francis Bacon、Thomas Hobbesたちが、「コリント人への第一の手紙」の"Knowledge puffeth up, but charity edifieth" (Authorized King James Version, I Corinthians 8:1) を念頭に置きながらも、有用性を持つ世俗の知を、神学的な見地から見ると邪悪な「禁じられた」知から切り離そうとする。自然哲学の知の探究を進める土壌は次第に整い、「好奇心」はさらに中立的なものとなってゆく[17]。このような精神的風土の中で、「現代のプロメテウス」の「好奇心」が、未知の領域を知の光で照らそうとする推進力となり、18世紀後半からの科学の諸分野の確立と発展が進むのである。

III.

このような科学哲学史の文脈の中に *Frankenstein; or the Modern Prometheus* を置いた場合、外枠の物語を語り、かつ記録するウォルトンと入れ子構造となっている内側の主要な物語の語り手ヴィクターの二人ともが科学者であることは重要である。北極で磁力の秘密を解き明かし、北極航路を発見して人類に貢献しようとするウォルトンも、生命の神秘を解き明かしたヴィクターも、人類（この場合は、ヨーロッパ人の、ということになるが）に有益な知の追求に邁進する。本庶は、科学者に必須の6つの資質のうち、curiosity, challenge, continuationの3つを最重要と考えているが（http://www2.mfour.med.kyoto-u.ac.jp/index.html）、ヴィクターもウォルトンもこの3つを兼ね備えている。錬金術に入れ込んでいた15歳のヴィク

ターが自然哲学に目を開かれるのは、大木を真二つに裂いた雷の威力に驚愕し、その力の根源を知りたいという好奇心に突き動かされるときである。*Frankenstein; or the Modern Prometheus* の 1818 年の初版では、ヴィクターの好奇心に応えたヴィクターの父は、Benjamin Franklin が行った凧の実験をヴィクターに再現して見せることで、目に見えない電気の力を科学的に証明した（Vol.1. ch.1, 23）。18 世紀後半、自然の力を解明していく科学者たちは、「現代のプロメテウス」に見えただろうし、その代表的な存在であったフランクリンについて、大西洋を横断する広い視野を持つアメリカ文学者巽孝之は、次のように考察している。

> ドイツの哲学者イマニュエル・カントがフランクリンを「モダン・プロメテウス」と呼んだのも、たんに彼の科学的業績のみならず、まさしく神話的英雄にも比すべきヒロイズムをその内部に洞察したからではなかったろうか。(110)

巽は続けて、「モダン・プロメテウス」と渾名されたフランクリンと *Frankenstein; or the Modern Prometheus* の関係を見事に言い当てている。「そもそもフランクリン的避雷針なしにシェリーの人造人間も成立しなかったとすれば、それはほんらい「フランクリンステインの怪物」だったのではないか」(132)。

しかし、ここで心に留めておかねばならないのは、この「神話的英雄にも比すべきヒロイズム」を持った人間が「現代のプロメテウス」となったときに、科学者が手に入れた無限の可能性と表裏一体の危険性について、（哲学者ではなく）「自然哲学者」としてのカントは、警鐘を鳴らしていたことである。ヨーロッパ全土を震撼させたリスボン地震の翌年の 1756 年、自然哲学者カントは、"Continued observations on the earthquakes that have been experienced for some time"[18] の中で、好奇心の暴走（"the unbridled excesses of a craving for novelty"）への懸念とフランクリンに代表される「現代のプロメテウス」が人間以上のものになることへの疑問を呈している。

> There is also a certain good taste in natural sciences, which knows at once how to distinguish the unbridled excesses of a craving for novelty [curiosity] from the secure and careful judgements that have the evidence of experience and of rational credibility….From the Prometheus of modern times, Herr Franklin, who sought to disarm the thunder, to the man who sought to extinguish the fire in Vulcan's workshop, all such endeavors are proofs of boldness of man, allied with a capacity which stands in a very modest

> relationship to it, and ultimately they lead him to the humiliating reminder, in which is where he sought properly to start, that he [man] is never anything more than a human being. (373)

Frankenstein; or the Modern Prometheus では、ヴィクターが留学した Ingolstadt で Waldman 教授が、ヴィクターに錬金術と近代科学の相違と後者の無限の可能性を以下のように説明している。

> These philosophers [the modern masters of science], whose hands seem only made to dabble in dirt, and their eyes to pore over the microscope or crucible, have indeed performed miracles. They penetrate into the recesses of nature, and shew how she works in her hiding places. They ascend into the heavens; they have discovered how the blood circulates, and the nature of the air we breathe. They have acquired new and almost unlimited powers; they can command the thunders of heaven, mimic the earthquake, and even mock the invisible world with its own shadows. (vol.1. ch.2, 30-31)

天に昇り、ほとんど無限の力を得て、雷を意のままに操り、地震を人工的に起こし、不可視の世界にそのものの影を示して見えるようにすることができる科学者のイメージは、カントの「現代のプロメテウス」像とほとんど重なる。メアリ・シェリーの作品では、この一節は、錬金術に代わる新しい科学の魅力を伝えるものとして、容姿端麗で人格も素晴らしいウォルドマン教授の口から、17歳のヴィクターに告げられる。ヴィクターのこの後の悲劇を知る読者には、ウォルドマン教授の説明は、Eve を誘惑したサタンの言葉と同様の作用を持ったことがわかる。

　前述したように、科学が万能となることへの期待がより大きくなったヴィクトリア朝で、「女プロメテウス」エリザベス・バレット・ブラウニングは、現代のプロメテウス＝科学者というイメージを否定している。先に引用した 1842 年の書簡には、カントが鳴らした警鐘や、メアリ・シェリーがウォルドマン教授の説明に潜ませた二重の意味に応答している新しい時代の（女性）詩人の声が聞こえる。

> I cannot consent to give away my Prometheus to such '[base] uses' as the perfectibility of science....I will not hear of her [Science] touching this noble Prometheus with her forefinger....Science may triumph gloriously to the freeing of the elements--& let her do it But what are the elements after all? The symbol is no glory to Prometheus. (*Correspondence* 5:227)

メアリ・シェリーの *Frankenstein; or the Modern Prometheus* では、ウォルドマン教授の言葉が示すように、自然は女性形で語られ、自然の奥底まで "penetrate" して知の光を照射する現代の自然哲学者（＝科学者）は、自然よりも優位な立場に立つ男性であり、自然と科学者の関係は性的な意味合いを持った "penetrate" という言葉に端的に表現されている。エリザベス・バレット・ブラウニングの手紙では、「科学」は女性形の代名詞で受けられ、プロメテウスに人差し指で触れる「科学」の女神とプロメテウスの関係には、どちらかが優位となる性的な意味合いはない。

エリザベス・バレット・ブラウニングは、科学とプロメテウスを分離させ、"noble Prometheus" を人間に内在する芸術的な創造と啓蒙の知を希求する精神の象徴とした（*Correspondence* 5:227）。阿部が示したように、ヴィクトリア朝の女性詩人／作家たちは、プロメテウスの苦悩を女性の文学的創造の苦悩に結びつけ、共感のバトンを次々に渡した。19世紀の「プロメテウス・カルト」の中で、「女プロメテウス」たちは、啓蒙の火を地上にもたらし女性の領域を広げていった。廣野、阿部の発表を受けて、ここで、メアリ・シェリーの小説における「現代のプロメテウス」に救済、あるいは希望はあるかという問題を考え、21世紀の「現代のプロメテウス」を考察することで、本論の結論部としたい。

IV.

19世紀前半の「女性」詩人や作家たちが、「女プロメテウス」として創造する者の苦悩を体験し、またそのような苦悩に共感するとすれば、その共感の源泉が何千年も前の外国の「他者」の文学であったアイスキュロスの『縛られたプロメテウス』であったことは強調してよい。共感の輪が「女性」を越えてさらに広く、「男性」や「他者」へと広げられるとすれば、「現代のプロメテウス」というメアリ・シェリーが創り出した新しい神話は、女性／男性というジェンダーの二項対立、神／人間という二項対立の問題を炙り出す「人間」の苦悩、「人間」とは何かという大きな主題を提示する。ミルトンの『楽園喪失』の最終巻では、禁断の知識という果実を食した Adam は、天使 Michael が見せる未来のヴィジョンに慰められ、"me, who sought / Forbidden knowledge by forbidden means"（12.278-79）が許され、自分の末裔の人類が恩恵を受けることに感謝している。しかし、ロマン主義の時代の「現代のプロメテウス」が、カントの現代のプロメテウスのように、「馬勒も手綱も外して」（"unbridled"）追い求めた研究成果という禁断の知識の果実 ── "the result of my curiosity and lawless devices" ── は、ヴィクターの周りの人々の死を次々に引き起こし、ヴィクターにも創り出された怪物にも安息の日は決して与えられないのである（Kant 373; Mary Shelley, *Frankenstein; or the Modern Prometheus* vol.1. ch.7, 61）。

パンドラの神話では、パンドラが「好奇心」によってあらゆる厄災がつまった箱を開けてしまった後に「希望」が残った。メアリ・シェリーが *Frankenstein; or the Modern Prometheus* で示した新しい「現代のプロメテウス」の神話では、好奇心にかける手綱、あるいは好奇心とともに発動させるべき人間の性質の存在が示唆される。ヴィクターが創り出した名前の無い「怪物」が、創造主ヴィクターに繰り返し求めているのは、生命を創出した科学者が自分の被造物に持つ責任と"compassion"（「同情」）である（vol.2. ch.2, 78,79）。そして、自分が生命を与えたものをその誕生の瞬間から忌避し憎み続けたヴィクターが「怪物」の話を聞くことにしたのは、好奇心と同情からであった。"I was partly urged by curiosity, and compassion confirmed my resolution" (vol.2. ch.2, 79). ヴィクターは、しかし、この compassion を最後まで維持することができない。「現代のプロメテウス」ヴィクター・フランケンシュタインの物語は、ヴィクターの死と彼の死に慟哭し北極の海に姿を消す怪物で閉じる。しかし、ヴィクターの compassion は、ヴィクターの話とその話の中で記述される「怪物」の話を聞いたイギリス人ウォルトンが引き継ぐ。その醜怪極まりない容貌に生みの親のヴィクターさえ眼をそむけた「怪物」が生来は無垢で善良だったことを知るのは、視力を持たなかったがゆえに怪物の語りに耳を傾けることができ、その善良な内面を見抜いた盲目のド・レイシー家の老人と、ヴィクターの話を聞いたウォルトンである。

　ヴィクターが息を引き取った後に「怪物」が船室に侵入してきたとき、ウォルトンは、ヴィクターと同様の言葉遣いで「怪物」の醜さを叙述している。しかし、ウォルトンは、"Never did I behold a vison so horrible as his face, of such loathsome, yet appalling hideousness" であったにもかかわらず、窓から出ていこうとする「怪物」に留まるように呼びかけ、ヴィクターの今際の際の遺言——「怪物」を殺してくれ——を棚上げして、"by a mixture of curiosity and compassion" から、怪物との対話を試みるのである（vol.3 "Walton, in continuation," 187）。恐怖から思わず目をつぶり、また、目を開けても「怪物」を直視できないほど恐ろしかったウォルトンが、それでも、目を開き、「怪物」との対話を続けたのは、「好奇心」と「同情」("compassion") からであり、この「同情」("compassion") とは、シンパシー (sympathy) とは異なり、苦しんでいる者への哀れみの感情であり、その苦しみを和らげたいと思う気持ちである（vol.3 "Walton, in continuation," 187）[19]。

　ウォルトンが、「怪物」に "compassion" を感じ、「怪物」と最後の対話を交わす人間となったのは何故か。ウォルトンは、怪物との会話の数日前の9月7日に、氷に閉じ込められ難破の危機が迫る中で、乗組員たちの要望を入れて、科学的探検の栄光を捨ててイギリスへ引き返すという決断をする。書簡と手記で構成されたこの小説の一番外枠のウォルトンの姉 Mrs Margaret Saville 宛ての手記で、ウォルトン

は "The die is cast; I have consented to return" と報告している（vol.3 "Walton, in continuation," 184）。フランケンシュタインが、ウォルトンに引き返すことを談判にきた乗組員たちに "Did you not call this a glorious expedition?" と語りかけ、"You were hereafter to be hailed as the benefactors of your species; your name adored, as belonging to brave men who encountered death for honour and the benefit of mankind….Oh! be men, be more than men" と檄を飛ばした2日後である（vol.3 "Walton, in continuation," 183）。北極探検を諦めて戻るという決断は、ウォルトンにとって苦渋の決断であり、ウォルトンは、"Thus are my hopes blasted….I come back ignorant and disappointed. It requires more philosophy than I possess, to bear this injustice with patience" と心情を吐露している（vol.3 "Walton, in continuation," 184）。ここでウォルトンが失った希望とは、9月12日の "I have lost my hopes of utility and glory" という記述から明らかなように、19世紀の「現代のプロメテウス」である科学者の人類に益する科学的発見とそれに伴う科学者としての栄誉である（vol.3 "Walton, in continuation," 184）。それは、ヴィクターが追い求めたものでもあった。

読者は第3巻の最終部のウォルトンの手紙を読んだとき、この作品の外枠のウォルトンの物語の意味をもう一度考えることになる。第1巻のウォルトンの4番目の手紙の中の8月19日の記述で、ヴィクターが、墓場まで持っていくつもりだった自分の物語をウォルトンに語る決意をしたときに、ウォルトンに自分の轍を踏ませないために自分の話をしたことを読者はここで思い出すからである。

> You seek for knowledge and wisdom, as I once did; and I ardently hope that the gratification of your wishes may not be a serpent to sting you, as mine has been. I do not know that the relation of my misfortunes will be useful to you, yet, if you are inclined, listen to my tale." (vol.1. "Letter IV," 17)

不幸をもたらす知識への渇望を蛇に喩えるヴィクターの言葉は、9月7日にウォルトンが手紙に記した「無知のまま帰国する」という決断をさせる。"The die is cast; I have consented to return"（vol.3 "Walton, in continuation," 184）の「賽は投げられた」は、Rubicon川を渡ったGaius Julius Caesarの言葉を使っているが、シーザーが勝利と栄光を求めて川を渡ったのとは対照的に、ウォルトンは栄光を断念して舳先を返す。また、"The die is cast; I have consented to return" に、この作品に大きな影響を与え、ウォルトンが手紙に引用もしているSamuel Taylor Coleridgeの "The Rime of the Ancient Marinere, in Seven Parts"（1798）からのエコーを聞き取るならば、メアリ・シェリーがウォルトンを人間の生命を弄ぶ人間

以上の力を持つ存在にしなかったことも重要である。「老水夫行」では、幽霊船に乗った二人の超自然的存在が、"playing dice" をして、勝った方が老水夫を得、"Four times fifty living men" の生命が奪われる（192, 208）[20]。氷海で難破の危機に瀕したウォルトンは、ヴィクターの語りの中で "How dare you sport thus with life?" という「怪物」の創造主ヴィクターへの非難も聞いている（vol.2. ch.7, 77）。

　人間以上の「現代のプロメテウス」になるのではなく、同胞への "compassion" をもって賽を投げたウォルトンは、「現代のプロメテウス」になり損ねた不名誉と敗残を意味あるものとすることができず、"It requires more philosophy than I possess"（vol.3 "Walton, in continuation,"184）と苦悩している。しかし、ウォルトンは、同胞の船員たちに持つことができた "compassion" を、その二日後、人間ではない「怪物」へも向ける。イギリス人ウォルトンは、ジュネーヴ生まれの「現代のプロメテウス」ヴィクターとは異なる道を選び、人間以上のものにならない「現代のプロメテウス」となって、ヴィクターが創った被造物の苦しみの言葉を最後まで聞き、それを記録する。ウォルトンが、ヴィクターの創った被造物を、ド・ラセー家の盲目の老人を除く他の人間たちのようにやみくもに忌避したり憎んだりしなかったのは、ヴィクターが語ったヴィクターと「怪物」の物語を聞いていたからである。「現代のプロメテウス」についてのメアリ・シェリーの小説には、科学が追求する栄光と「有用性」とは異なる「人間であること／人間的であること」にとっての有用性の哲学を、天上ではなく、地上の最果ての地で提示する。ヴィクターの物語を聞き取り、ヴィクターの被造物と対面し、全てを記録したウォルトンは、まだ誕生していない、知的好奇心に7つ目のC ── "compassion" ── の手綱をかけることができる新しい「現代のプロメテウス」となる途上にいる。この作品の読者は、「現代のプロメテウス」の物語をウォルトンに語る決意をするヴィクターの声の中に、自分の物語が読者にとって "useful to you, yet, if you are inclined, listen to my tale" であれと思っている著者メアリ・シェリーの思いも聞き取ることができるであろうか（vol.1. "Letter IV," 17）。この小説の枠外へと消えてしまう二人の現代のプロメテウス ── ウォルトンとサフィー ── は、この小説が読まれ継がれる中で、世界のどこかで新たな現代のプロメテウスとなって再生することができるであろうか。21世紀の科学がさらに生命の領域に邁進する現在、メアリ・シェリーの「現代のプロメテウス」から読み取らねばならないことは多い。

註

1　Mary Shelley は、1831年に出版した第三版につけた序文（"Author's Introduction to the Standard Novels Edition"）に、この小説の着想を得たときのことを記してい

る。本論文では、幾つかの重要な修正と序文を加えた第三版ではなく、イギリス・ロマン主義の時代に出版された初版の 1818 年版を用い、Marilyn Butler が編集した Oxford Classics のものを使用する。Oxford 版では、第三版の序文は、Appendix A として収録されている（192-97）。引用箇所については、巻、章と必要があればウォルトンの手紙の番号や題をページ数に加えて本文中に括弧に入れて示す。

2　*Frankenstein; or the Modern Prometheus* は、イギリス人 Robert Walton の手紙と手記という体裁をとっており、英語しかできないウォルトンに、Geneva 生まれでフランス語が母語であるヴィクター・フランケンシュタインが英語で話した内容が記されている。そのため、登場人物の名前は、英語名で記されている。本論では、登場人物名をカタカナ表記する場合、英語名を採用しているが、実際には、ジュネーヴでは、例えば、ヴィクター・フランケンシュタインの名前は「ヴィクトル」、Henry Clerval の名前は「アンリ」と呼ばれていたはずである。

3　ヴィクターは自分が創り出したものを "being," "wretch," "monster" などの様々な言い方で言及している（vol.1. ch.4, 39）。

4　*OED* では、scientist の初出は 1834 年である。"scientist, n." *OED Online*, Oxford University Press, December 2018, www.oed.com/view/Entry/172698. Accessed 22 January 2019. イギリス・ロマン主義の時代には、「科学」の諸分野は自然「哲学」から独立しかかっていたが、この時代には、科学者は、"natural philosopher"、あるいは "man of science" と呼ばれていた。

5　"heroic, adj. and n.," "hero, n." *OED Online*. Oxford University Press, December 2018, www.oed.com/view/Entry/86302. Accessed 23 January 2019.

6　アルフォンスとエリザベスの会話の中の弁護士、裁判官などの法律家についての言及は 1831 年版では削除される。この箇所について、Wolfson と Levao は註で鋭いコメントを加えている（*The Annotated Frankenstein* 125 n.2）。

7　1831 年の第三版ではエリザベスはフランケンシュタイン家とは関係のない孤児という設定に変更される。

8　Alan Richardson の *A Mental Theater* を参照。

9　第二版は、1823 年に、匿名のまま、メアリ・シェリーの父の William Godwin よって出版された。

10　エリザベス・バレット・ブラウニングの誕生時の正式の名前は、Elizabeth Barrett Moulton-Barrett である。Robert Browning と結婚する前は、作品に E.B. Barrett、あるいは E.B.B と署名していた。本論文では、より知られている「エリザベス・バレット・ブラウニング」と表記する。彼女は、この最初の翻訳に満足がいかず、1850 年に非常に異なる修正版を出版した。エリザベス・バレット・ブラウニングの翻訳の取り組みと当時のギリシア語文献の英訳については、Clara Drummond を参照。

1773 年、Thomas Morell によってギリシア語とラテン語のテクスト付きのアイスキュロスの『縛られたプロメテウス』の最初の英訳 *Prometheus in Chains, Translated from the Greek of Æschylus* が出版された後、「プロメテウス・カルト」の中で、1798 年から 1825 年の間にアイスキュロスの全集は 7 つ、個々の劇作品については 14 のエディションが出版されている（Curran 434）。ドラモンドは、エリザベス・バレット・ブラウニングが英訳する際に参照したエディションについて詳しく検討している（Drummond 529-30）。アイスキュロスの『縛られたプロメテウス』とエリザベス・バレット・ブラウニングについては、Peter France and Kenneth Haynes 178-80 を参照。

11　書評者は、"we are free to confess that to our taste they [miscellaneous poems attached to the translation of Prometheus] are the gems of the volume" という言い方で書評を締めくくっている（611）。

12　*The Brownings' Correspondence* 5:224. *The Brownings' Correspondences* は、エリザベス・バレット・ブラウニングとロバート・ブラウニングによる書簡とこの二人に宛てられた書簡を収録している。エリザベス・バレット・ブラウニングが書いた書簡は *The Brownings' Correspondence* から引用し、以後、*The Brownings' Correspondence* は *Correspondence* と略記する。エリザベス・バレット・ブラウニングは、書簡にセアラ・コウルリッジの称賛を、"I have heard that M.ʳˢ Coleridge said of my translation (Coleridge's daughter!) — 'It is a creditable attempt to do what is impossible'" と書き記している（*Correspondence* 5:224）。1838 年 7 月 15 日頃書かれたと思われる John Kenyon 宛ての手紙に、"M.ʳˢ Coleridge's opinion — you once told it to me here" とあることから、セアラ・コウルリッジの言葉を伝えたのは、John Kenyon と考えられる（*Correspondence* 4:63）。

13　エリザベス・バレット・ブラウニングの 1834 年 9 月の手紙には、バイロンの "Prometheus" からの引用がある（*Correspondence* 3:100）。エリザベス・バレット・ブラウニングは、ギリシア語の手ほどきを受け、一緒に『縛られたプロメテウス』を読んでいたスチュアート・ボイル宛ての 1831 年 4 月の手紙に、Thomas Moore の 2 巻本の *The Letters and Journals of Lord Byron with Notices of His Life*（1830-31）を "Mʳˢ Ricardo" から借りて寝食を忘れて 2 日で読んだと報告している（*Correspondence* 2:290）。ドラモンドは、エリザベス・バレット・ブラウニングが、ムーアのこの伝記のパリで発行されたエディションを持っていたと述べている（Drummond 541 n.122）。

14　"humanity," n. *OED Online*, Oxford University Press, December 2018, www.oed.com/view/Entry/89280;jsessionid=84441081829AAEEB6065F84CC46F7161. Accessed 23 January 2019.

15　中世から 18 世紀半ばまでのイギリスでの「好奇心」という概念の変遷については、

Harrison を参照。
16 「六つのCを大切に」は、本庶の科学者としての所信表明であるが、その原型は、2000年にインターネット上の公開討論会で発表したエッセイ「独創的研究とは何か」である。
17 17世紀イギリスの好奇心と学問の関係については、Lorraine Daston と Katharine Park の共著 *Wonders and the Order of Nature 1150-1750*（1998）を参照。Harrison は、ホッブスによって「好奇心」が旧約の原罪の軛から逃れて新しい知的概念の分布図の中に入ったと考えている（283）。
18 カントが地震について論じた三部作の最後の論考。日本語では「地震再考」と紹介されることが多い。本論文では英訳 "Continued observations on the earthquakes that have been experienced for some time" を用いる。
19 "compassion, n." *OED Online*. Oxford University Press, December 2018. www.oed.com/view/Entry/37475. Accessed 10 November 2018. 特に定義2を参照。
20 "The Rime of the Ancient Marinere, in Seven Parts"（1798）より引用。*The Journals of Mary Shelley* の巻末の "The Shelleys' Reading List" によれば、メアリ・シェリーは、パーシィ・ビッシュ・シェリーとともに、1815年9月と10月に、"The Rime of the Ancient Mariner" を読んでいる（642）。この時点では、シェリーたちが読んでいたのはマージナル・グロスが追加される前のヴァージョンである。コウルリッジは *Lyrical Ballads* の第二版（1800）以後この作品を修正し続けるが、1817年、*Sibylline Leaves* に、初めてコウルリッジの名で、この作品が収録された時に、幽霊船の二人の超自然的な存在が "Death" と "Night-mare Life-in-Death" であることが明かされ（189, 193）、この版から追加された散文のマージナルグロスでは、"*Death and Life-in-Death have diced for the ship's crew, and she (the latter) winneth the ancient Mariner*" と説明される（73）。

Works Cited

Augustine. *Confessions*. Edited by Jeffrey Henderson. 2 vols. Loeb Classical Library. Harvard UP, 2016.

The Bible. Authorized King James Version with Apocrypha. Oxford World's Classics. Oxford UP, 1998.

Browning, Elizabeth Barrett, and Robert Browning, et. all. *The Brownings Correspondence*. Edited by Philip Kelley and Ronald Hudson. 25 vols to date. Wedgestone P, 1984-.

Coleridge, Samuel Taylor. *Coleridge's Poetry and Prose*. Selected and edited by

Nicholas Halmi, Paul Magnuson, and Raimonda Modiano. Norton Critical Edition. Norton, 2004.

Curran, Stuart. "The Political Prometheus." *Studies in Romanticism* 25 (1986):429-55.

Daston, Lorraine, and Katharine Park. *Wonder and the Order of Nature 1150-1750*. Zone Book, 1998.

Drummond, Clara. "A 'Grand Possible': Elizabeth Barrett Browning's Translations of Aeschylus's Prometheus Bound." *International Journal of the Classical Tradition*. 12:6 (2006): 5-7-62.

France, Peter, and Kenneth Haynes. *The Oxford History of Literary Translation in English*. Vol.4.: 1790-1900. Oxford UP, 2005.

Harrison, Peter. "Curiosity, Forbidden Knowledge, and the Reformation of Natural Philosophy in Early Modern England." *Isis: A Journal of the History of Science Society* 92:2 (2001): 265-90.

Kant, Immanuel. *Natural Science*. Edited by Eric Watkins. Translated by Lewis White Beck, Jeffrey B. Edwards, Olaf Reinhardt, Martin Schönfeld, and Eric Watkins. Cambridge UP, 2012.

Milton, John. *Paradise Lost*. Edited by Alastair Fowler. Revised 2nd ed., Routledge, 2007.

Review of "Prometheus Bound: translated from the Greek Æschylus: and other Poems by the Translator, Author of "An Essay on Mind;" & c." *The Gentleman's Magazine* 103 (June 1833): 610-11.

Richardson, Alan. *A Mental Theater: Poetic Drama and Consciousness in the Romantic Age*. Penn State UP, 1988.

Shelley, Mary. *The Annotated Frankenstein*. Edited by Susan J. Wolfson and Ronald L. Levao, The Belknap P of Harvard UP, 2012.

———. *Frankenstein, or The Modern Prometheus:The 1818 Text*. Edited by Marilyn Butler. Oxford World Classics. Oxford UP, 1994.

———. *The Journals of Mary Shelley 1814-1844*. Edited by Paula R. Feldman and Diana Scott-Kilvert. The Johns Hopkins UP, 1987.

Shelley, Percy Bysshe. *The Poems of Shelley*. Vol.2. Edited by Kevin Everest, Geoffrey Matthews, Longman, 2000.

Wallace, Jenifer. "Erizabeth Barrett Browning: Knowing Greek." *Essays in Criticism* 50:4 (2000): 329-53.

巽孝之 『ニュー・アメリカニズム ── 米文学思想史の物語学』増補版　青土社、2005.

本庶佑 「独創的研究とは何か」ネットによる公開討論会 " 独創的研究とは "

日本免疫学会ニュースレター編集委員会 2000.9.8 http://www.med.osaka-u.ac.jp/pub/molonc/www/old/immune/Originality.html .

―――.「六つのCを大切に」京都大学大学院医学研究科 免疫ゲノム医学 HP http://www2.mfour.med.kyoto-u.ac.jp/index.html

The Seventh C: A Critical Response to the Modern Prometheus

Nahoko Miyamoto Alvey

Celebrating the 200th anniversary year of the publication of Mary Shelley's novel *Frankenstein, or the Modern Prometheus*, the Japan Shelley Studies Center held a symposium "The Cult of Prometheus and *Frankenstein*" as part of its 27th annual conference held at Ritsumeikan University on December 1, 2018, with two distinguished panelists, Yumiko Hirono (professor at Kyoto University) and Miharu Abe (president of the Japan Shelley Studies Center). In "The Significance of 'The Modern Prometheus': Rereading *Frankenstein*," Hirono examined the problems of the modern Prometheus represented by Victor Frankenstein as a scientist by comparing him with Prometheus in the Greek myth. Abe, following Hirono's presentation, detailed the predicament of women poets/novelists as "female" Prometheuses in the first half of the 19th century in "Letitia Elizabeth Landon's Suffering Prometheus: Another Vein in the Cult of Prometheus."

In responding to these presentations, this paper considers how to humanize the modern Prometheus by looking into Mary Shelley's *Frankenstein*, Percy Bysshe Shelley's *Prometheus Unbound*, Elizabeth Barrett Browning's translation of *Prometheus Bound* and her letters, and an essay on the importance of original research in modern science by Tasuku Honjo, an immunologist awarded the Nobel Prize in Physiology or Medicine 2018. The paper argues that the danger of the modern Prometheus lies in "unbridled curiosity," which Immanuel Kant regerded as a fatal flow in the modern Prometheus. Taking Kant's warning, Mary Shelley depicts the failures of two male Prometheuses, Victor and Walton, but at the same time, she hints at the emergence of the female Prometheus in three "heroic and suffering" young women, Elizabeth, Justine, and Safie, who look forward to the figure of Asia in *Prometheus Unbound*. Elizabeth Barrett Browning considers Prometheus as "great ruined struggling Humanity." The quality of being human/e in the word "humanity" is what is needed to recreate the modern Prometheus. The value of "compassion" as something that can control boundless curiosity is recognized when Victor and Walton listen to and speak to the Creature "by a mixture of curiosity and compassion." By the 21st century "curiosity" has become the first of the six important characteristics that modern scientists should possess as Tasuku Honjo emphasizes in his essay "The Six Cs." If we bridle unlimited curiosity of the modern Prometheus, it is the seventh c, "compassion," that is required both in moral and life sciences in this century.

Story of a Provençal Maiden Narrated by a German Lady:
A Source Hunting of an Apollophile
Who Raved Herself to Death

KASAHARA Yorimichi, Sebastian BOLTE

Introductory Synopsis

The following research was originally planned as part of the proposed JSPS research: "A Transdisciplinary Study on the Literary Exchanges among Shelley-Byron Circle That Took Place in the Summer of 1816", and in fact proceeded to a certain—fairly satisfactory but not complete—stage, when KASAHARA Yorimichi, the researcher in charge, was forced to withdraw from the present JSPS research group on account of the administrative appointment he had to fulfill at his affiliated university. Given below is the research thus half or almost done, yet by any standard sufficiently worth publishing on this occasion as constituting part of the present JSPS research result.

This research originates in an annotative query in the interpretation of Byron's lines. In the description of the statue of the Belvedere Apollo in *Childe Harold's Pilgrimage*, Canto IV, Byron speaks of "some solitary nymph, whose breast / Long'd for a deathless lover from above, / And madden'd in that vision". Who this nymph is, is the question that has puzzled many annotators of Byron including Darmesteter (1882), Tozer (1885; 1916), Rolfe (1890), Ernest Harley Coleridge (1889-1904), Morris (1908), Thompson (1913), and Keene (1922).

Section 1 below is the research request (long quotations excepted) by KASAHARA to Christoph BODE (later to give a lecture at Ritsumeikan University in 2018 in the present JSPS research), who in turn appointed one of his graduate students Sebastian BOLTE for this research. Here, KASAHARA traces the nymph to the story of a Provençal maiden who falls in love with the statue of Apollo at the Louvre, alleged to have been narrated by "Madame de Haster, a German lady".

Section 2 is the research note done by Bolte, and sent on 21 June 2016 to KASAHARA. Here, Bolte makes further searches on this German lady and comes up with an 1807 article in *The Lady's Magazine*, entitled "Singular Insanity". This German lady mentioned in the short foreword to the article as "Madame de Haster", Bolte claims, is in fact a misquotation of Helmina von Chézy, or, Wilhelmine (or Wilhelmina) Christiane von Klen(c)ke (1783–1856), married to the Baron Gustav von Hastfer (not *Haster*) in 1799, later divorced and later married to the Orientalist Antoine-Léonard de (Anton Leonhardt von) Chézy.

Section 3 consists of long quotations referred to in Section 1.

[I]

In connection with *Frankenstein*, the creation of a monster, or a quasi-human yet more-than-human being, can be placed in a broader context in which the interest in abnormal beings emerged in the late 18th and early 19th centuries. This emerging interest in abnormal beings, in my hypothesis, manifested itself in various aspects of the culture of the English Romantic period, most typically in the story of a girl from Provence who fell insanely in love with the statue of Apollo and died of the love she bore towards it. This story, according to various sources, is said to have been related by a German lady, Madam de Haster, whose identity, in spite of my researches, remains unknown. What has been discovered by Kasahara so far, however, is that Madam de Haster's story found its way into (1) George Dale Collinson's *A Treatise on the Law Concerning Idiots, Lunatics, and Other Persons Non Compotes Mentis* (1812)[1]; (2) Henry Hart Milman's *The Belvidere Apollo: A Prize Poem…Oxford* (1812)[2]; (3) Byron's stanzas on the Belvedere Apollo (stanzas161-63), in *Childe Harold's Pilgrimage*, Canto IV (written 1817)[3]; and finally into (4) Barry Cornwall (Bryan Waller Proctor), *The Flood of Thessaly, The Girl of Provence, and Other Poems* (1823)[4]. I am very much interested in the truthfulness of the story of this girl from Provence, and would like to find out who this Madam de Haster is, what other works she wrote if ever she really had existed. In fact, I am beginning to think that this Madam de Haster is a fictional character, since no mention of her so far is found as far as I searched.

What I would like you to do, is to recommend someone who is interested in this source hunting and is willing to pursue further searches in various writings of the period in German for a same or similar account of a girl whose love towards some ideal beauty consumed her to death, or anything related to this story, the girl from Provence, or Madam de Haster.

Note:

(1) See III-1 below for the detailed account of Madam de Haster's story, taken from Collinson (1812).

(2) See III-2 below for Milman's account. In spite of Milman's footnote that the background fact is related in the work of Mons. Pinel sur l'Insanité, Pinel, so far as I have searched, gives no account of such a girl. All of Pinel's works consulted are listed in the "Select Bibliography" below.

(3) See III-3a below for Byron's account. Byron is extremely laconic in that he compressed the entire process of the girl's insanity into a single word "madden'd". So much compressed that you wouldn't know what this stanza is about unless you are familiar with the episode beforehand. McGann is silent on this stanza. So are past annotators on Byron: Morris (1908), Thompson (1913), and Keene (1922). Darmesteter (1882) and Rolfe (1890) erroneously suggest that Byron might have been referring to Egeria (*Childe Harold's Pilgrimage*, Canto IV, Stanza 115) when he spoke of the "nymph, whose breast / Long'd for a deathless lover from above, / And madden'd in that vision". Only Tozer (1885) touches upon "a dream of Love, / Shaped by…", and paraphrases this phrase as "which is like a dream of Love…", which, alas however, is quite wide of the mark.

(4) See III-4 below for Barry Cornwall's account.

[II]
Madame de Haster and »The Girl from Provence«

SEBASTIAN BOLTE

LUDWIG-MAXIMILIANS-UNIVERSITÄT MÜNCHEN

Helmina von Chézy

Name variants and pen names include *Sylvandra, Sylvandry, Hermine Hastfer, Madame de Haster, Helmina,* and *Enkelin der Karschin* (›Granddaughter of Karsch‹).

Wilhelmine (or Wilhelmina) Christiane von Klen(c)ke (26/01/1783–28/01/1856) was a German poet, playwright, novelist and publicist. She was born into a literary family in Berlin: Her mother Karoline von Klencke and her grandmother Anna

L(o)uise Karsch (called *Karschin*) were famous poets. She married the Baron Gustav von Hastfer (not *Haster*) in 1799 when she was only sixteen years old and divorced him two years later. For fourteen months she stayed with the Comtesse de Genlis in Paris, where she met and married the Orientalist Antoine-Léonard de (Anton Leonhardt von) Chézy. During this time she was in contact with Friedrich Schlegel, Achim von Arnim and Adelbert von Chamisso (with whom she had a short love affair). After the couple separated in1810 she lived in Heidelberg, Frankfurt am Main, Aschaffenburg, Darmstadt, Dresden, Vienna, Munich, and, until her death, in Geneva.

Her multifaceted Œuvre ranges from simple practical texts, travel writings, journalistic essays and popular entertaining narratives to ambitious literature and autobiographies. She admired Jean Paul and stayed true to late Romantic literary ideals. Several of her poems were put to music by major composers (e.g. Franz Schubert, Charles Ives, and Carl Maria von Webern). She promoted the cultural exchange between France and Germany in the magazine *Französische Miscellen* she published with Cotta from Paris.

»The Girl from Provence«

The anecdote about a girl from Provence who falls in love with a statue of Apollo was first published with the title »Singular Insanity« in *The Lady's Magazine* in 1807. Since the short foreword to the article misquotes the author's name as »*Madame De Haster*« (p. 300), all further publications repeat this error.

The anecdote might have influenced Achim von Arnim's epic *Die Päpstin Johanna*, in which the title character, a woman disguised as a man, puts a ring on the Belvedere Apollo's finger (p. 154) which later cannot be removed (p. 157)— so (s)he destroys the statue (p. 175). Even though the critical commentary in the second volume (pp. 946-9) does not mention this source, a hypertextual influence seems likely. Presumably all variations of the Venus Ring motif (cf. Frenzel) with reversed sexes (female lover and male statue) derive directly or indirectly from Helmina von Chézy's »Singular Insanity«.

Primary Literature

Arnim, Ludwig Achim von. *Die Päpstin Johanna: Teil 1: Text*. Ed. Johannes Barth. Tübingen: Niemeyer, 2006.

Arnim, Ludwig Achim von. *Die Päpstin Johanna: Teil 2: Kommentar*. Ed. Johannes

Barth. Tübingen: Niemeyer, 2006.

»Singular Insanity«. *The Lady's Magazine, or Entertaining Companion for the Fair Sex; Appropriated Solely to Their Use and Amusement* June 1807: 300-1.

Secondary Literature

Frenzel, Elisabeth. »Statuenverlobung«. *Stoffe der Weltliteratur: Ein Lexikon dichtungsgeschichtlicher Längsschnitte*. Stuttgart: Kröner, 2005. 871-4.

Kosch, Wilhelm. »Chézy, Helmina von «. *Deutsches Literatur-Lexikon*. Vol. 2. Ed. Bruno Berger and Heinz Rupp. Munich / Bern: Francke, 1969. 578-80.

Martini, Fritz. »Chézy, Wilhelmine v.«. *Neue deutsche Biographie*. Vol. 3. Berlin: Duncker & Humblot, 1957. 202-3.

Riley, Helene M. Kastinger and Katrin Korch. »Chézy, Helmina von«. *Killy, Walther. Killy Literaturlexikon: Autoren und Werke des deutschsprachigen Kulturraums*. Vol. 2. Ed. Wihelm Kühlmann. Berlin / New York: De Gruyter, 2008. 412-3.

Schindel, Carl Wilhelm Otto August von. »Chézy (Wilhelmine Christiane v.)«. *Die deutschen Schriftstellerinnen des neunzehnten Jahrhunderts*. Hildesheim / New York: Olms, 1978. 89–99.

[III] QUOTATIONS

[1] *From* **the 'Preface' to George Dale Collinson,** *A Treatise on the Law Concerning Idiots, Lunatics, and Other Persons Non Compotes Mentis* **(1812):** —

"The enthusiasm of a Girl from Provence had lately occupied my mind. It was a singular occurrence which I shall never forget. I was present at the national Museum when this Girl entered the Salle d'Apollon: she was tall, and elegantly formed, and in all the bloom of health. I was struck with her air, and my eyes involuntarily followed her steps. I saw her start as she cast her eyes on the statue of Apollo, and she stood before it as if struck with lightning, her eyes gradually sparkling with sensibility. She had before looked calmly around the Hall; but her whole frame seemed to be then electrified as if a transformation had taken place within her; and it has since appeared, that her youthful breast had imbibed a powerful, alas! fatal passion. I remarked, that her companion (an elder sister it seems) could not force her to leave the statue, but with much entreaty, and she left the Hall with tears in her eyes, and all the expressions of tender sorrow. I set out the very same evening for Montmorency. I returned to

Paris at the end of August, and visited immediately the magnificent collection of antiques. I recollected the Girl from Provence, and thought perhaps I might meet with her again; but I never saw her afterwards, though I went frequently. At length I met with one of the attendants, who, I recollected, had observed her with the same attentive curiosity which I had felt; and I enquired after her. 'Poor Girl!' said the old man, 'that was a sad visit for her. She came afterwards every day to look at the statue, and she would sit still, with her hands folded in her lap, staring at the image, and when her friends forced her away, it was always with tears that she left the Hall. In the middle of May she brought, whenever she came, a basket of flowers and placed it on the Mosaic steps. One morning early she contrived to get into the room before the usual hour of opening it, and we found her within the grate, sitting within the steps almost fainting, exhausted with weeping. The whole Hall was scented with the perfume of flowers, and she had elegantly thrown over the statue a large veil of India muslin, with a golden fringe. We pitied the deplorable condition of the lovely girl, and let no one into the Hall until her friends came and carried her home. She struggled and resisted exceedingly when forced away; and declared in her frenzy that the god had that night chosen her to be his priestess, and that she must serve him. We have never seen her since, but have heard that an opiate was given her, and she was taken into the country!' I made further enquiries concerning her history, and learned that she died raving."— Related by Madame de Haster, a German lady.

[2] Henry Hart Milman, *The Belvidere Apollo* (1812):—
    Heard ye the arrow hurtle in the sky?
Heard ye the dragon monster's deathful cry?
In settled majesty of fierce disdain,
Proud of his might, yet scornful of the slain,
The heav'nly Archer stands — no human birth,   *
No perishable denizen of earth;
Youth blooms immortal in his beardless face,
A God in strength, with more than godlike grace;
All, all divine — no struggling muscle glows,
Through heaving vein no mantling life-blood flows,   10
But animate with deity alone,

In deathless glory lives the breathing stone.
   Bright kindling with a conqueror's stern delight,
His keen eye tracks the arrow's fateful flight;
Burns his indignant cheek with vengeful fire,   *
And his lip quivers with insulting ire:
Firm fix'd his tread, yet light, as when on high
He walks th' impalpable and pathless sky:
The rich luxuriance of his hair, confin'd
In graceful ringlets, wantons on the wind,   20
That lifts in sport his mantle's drooping fold,
Proud to display that form of faultless mould.
   Mighty Ephesian! with an eagle's flight
Thy proud soul mounted through the fields of light,
View'd the bright conclave of Heav'n's blest abode,   *
And the cold marble leapt to life a God:
Contagious awe through breathless myriads ran,
And nations bow'd before the work of man.
For mild he seem'd, as in Elysian bowers,
Wasting in careless ease the joyous hours;   30
Haughty, as bards have sung, with princely sway
Curbing the fierce flame-breathing steeds of day;
Beauteous as vision seen in dreamy sleep
By holy maid on Delphi's haunted steep,
Mid the dim twilight of the laurel grove,   *
Too fair to worship, too divine to love.
   Yet on that form in wild delirious trance
With more than rev'rence gaz'd the Maid of France.
Day after day the love-sick dreamer stood
With him alone, nor thought it solitude;   40
To cherish grief, her last, her dearest care,
Her one fond hope — to perish of despair.
Oft as the shifting light her sight beguil'd,
Blushing she shrunk, and thought the marble smil'd:
Oft breathless list'ning heard, or seem'd to hear,   *
A voice of music melt upon her ear.

>Slowly she wan'd, and cold and senseless grown,
>Clos'd her dim eyes, herself benumb'd to stone.
>Yet love in death a sickly strength supplied.
>Once more she gaz'd, then feebly smil'd and died.   50

Note. The foregoing fact is related in the work of Mons. Pinel sur l'Insanité.

[3a] Lord Byron, *Childe Harold's Pilgrimage*, IV (1818), clxi-clxiii: —

161

>Or view the Lord of the unerring bow,
>The God of life, and poesy, and light—
>The Sun in human limbs arrayed, and brow
>All radiant from his triumph in the fight;
>The shaft hath just been shot — the arrow bright
>With an immortal's vengeance; in his eye
>And nostril beautiful disdain, and might,
>And majesty, flash their full lightnings by,
> Developing in that one glance the Deity.

162

>But in his delicate form — a dream of Love,
>Shaped by some solitary nymph, whose breast
>Long'd for a deathless lover from above,
>And madden'd in that vision — are exprest
>All that ideal beauty ever bless'd
>The mind with in its most unearthly mood,
>When each conception was a heavenly guest—
>A ray of immortality — and stood,
> Starlike, around, until they gathered to a god!

163

>And if it be Prometheus stole from Heaven
>The fire which we endure, it was repaid
>By him to whom the energy was given
>Which this poetic marble hath array'd

With an eternal glory – which, if made
By human hands, is not of human thought;
And Time himself hath hallowed it, nor laid
One ringlet in the dust – nor hath it caught
A tinge of years, but breathes the flame with which 'twas wrought.

[3b] *From* **E. H. Coleridge's Edition of Byron's Works (1899):** —

It is probable that lines 1-4 of this stanza contain an allusion to a fact related by M. Pinel, in his work, Sur l'Insanité, which Milman turned to account in his Belvidere Apollo, a Newdigate Prize Poem of 1812— (II, 447)

[4] *From* **'The Girl of Provence' (1823):** —

[4a: Preface]

The following passage (which occurs in "Collinson's Essay on Lunacy") suggested the poem of the "Girl of Provence." The reader will perceive, however, that it forms the material of only the concluding stanzas.

[4b: Epigraph]

—— A dream of Love
Shaped by some solitary nymph, whose breast
Longed for a deathless lover from above.
       Lord. Byron. – Ch. Harold.

[4c: *From* **the Poem]**

LXXXIV

— There is a story: — that some lady came
To Paris; and while she — ('tis years ago!)
Was gazing at the marbles, and the fame
Of colour which threw out a sunset glow,
A tall girl entered, with staid steps and slow,
The immortal hall where Phoebus stood arrayed
In stone, — and started back, trembling, dismayed.

LXXXV

Yet still she looked, tho' mute, and her clear eye

Fed on the image till a rapture grew,
Chasing the cloudy fear that hovered nigh,
And filling with soft light her glances blue;
And still she trembled, for a pleasure new
Thrilled her young veins, and stammering accents ran
Over her tongue, as thus her speech began: —

LXXXVI

"Apollo! king Apollo! — art thou here?
Art thou indeed returned?" — and then her eyes
Outwept her joy, and hope and passionate fear
Seized on her heart, as tow'rds the dazzling prize
She moved, like one who sees a shape that flies,
And stood entranced before the marble dream,
Which made the Greek immortal, like his theme.

LXXXVII

Life in each limb is seen, and on the brow
Absolute God; — no stone nor mockery shape
But the resistless Sun, — the rage and glow
Of Phoebus as he tried in vain to rape
Evergreen Daphne, or when his rays escape
Scorching the Lybian desart or gaunt side
Of Atlas, withering the great giant's pride.

LXXXVIII

And round his head and round his limbs have clung
Life and the flush of Heaven, and youth divine,
And in the breathed nostril backwards flung,
And in the terrors of his face, that shine
Right through the marble, which will never pine
To paleness though a thousand years have fled,
But looks above all fate, and mocks the dead.

LXXXIX

Yet stands he not as when blithely he guides
Tameless Eo from the golden shores
Of morning, nor when in calm strength he rides
Over the scorpion, while the lion roars
Seared by his burning chariot which out-pours
Floods of eternal light o'er hill and plain,
But, like a triumph, o'er the Python slain:

XC

He stands with serene brow and lip upcurl'd
By scorn, such as Gods felt, when on the head
Of beast or monster or vain man they hurled
Thunder, and loosed the lightning from its bed,
Where it lies chained, by blood and torment fed;
His fine arm is outstretched, — his arrow flown,
And the wrath flashes from his eyes of stone,

XCI

Like Day — or liker the fierce morn, (so young) —
Like the sea-tempest which against the wind
Comes dumb, while all its terrible joints are strung
To death and rapine: — Ah! if he unbind
His marble fillet now and strike her blind —
Away, away! — vain fear! unharmed she stands,
With fastened eyes and white beseeching hands.

XCII

— Alas! that madness, like the worm that stings,
Should dart its venom through the tender brain!
Alas! that to all ills which darkness brings
Fierce day should send abroad its phantoms plain,
Shook from their natural hell, (a hideous train)
To wander through the world, and vex it sore,
Which might be happy else for ever-more.

XCIII

Lust, and the dread of death, and white Despair,
(A wreck, from changed friends and hopes all fled),
Ambition which is sleepless, and dull care
Which wrinkles the young brow, and sorrows bred
From love which strikes the heart and sears the head,
The lightning of the passions, — in whose ray
Eva's bright spirit wasted, day by day.

XCIV

She was Apollo's votary, (so she deemed)
His bride, and met him in his radiant bowers,
And sometimes, as his priestess pale beseemed,
She strewed before his image, like the Hours,
Delicate blooms, spring buds and summer flowers,
Faint violets, dainty lilies, the red rose, —
What time his splendour in the Eastern glows.

XCV

And these she took and strewed before his feet,
And tore the laurel (his own leaf) to pay
Homage unto its God, and the plant sweet
That turns its bosom to the sunny ray,
And all which open at the break of day,
And all which worthy are to pay him due
Honour, — pink, saffron, crimson, pied, or blue.

XCVI

And ever, when was done her flowery toil,
She stood (idolatress!) and languished there,
She and the God, alone; — nor would she spoil
The silence with her voice, but with mute care
Over his carved limbs a garment fair
She threw, still worshipping with amorous pain,
Still watching ever his divine disdain.

XCVII

— Time past: — and when that German lady came
Again to Paris, where the image stands,
(It was in August, and the hot sun-flame
Shot thro' the windows) — midst the gazing bands
She sought for her whose white-beseeching hands
Spoke so imploringly before the stone,
(The Provence girl) — she asked; but she was gone.

XCVIII

Whither none knew; — Some said that she would come
Always at morning with her blooming store,
And gaze upon the marble, pale and dumb,
But that, they thought, the tender worship wore
The girl to death; for o'er her eyes and o'er
Her paling cheek hues like the grave were spread:
And one at last knew further; — She was dead.

XCIX

She died, mad as the winds, — mad as the sea
Which rages for the beauty of the moon,
Mad as the poet is whose fancies flee
Up to the stars to claim some boundless boon,
Mad as the forest when the tempests tune
Their breath to song and shake its leafy pride,
Yet trembling like its shadows: — So she died.

C

She died at morning when the gentle streams
Of day came peering thro' the far east sky,
And that same light which wrought her maddening dreams,
Brought back her mind. She awoke with gentle cry,
And in the light she loved she wished to die: —
She perished, when no more she could endure,
Hallowed before it, like a martyr pure.

Synthetic Conclusion

In his description of the Belvedere Apollo in *Childe Harold's Pilgrimage*, Canto IV, Byron speaks of "some solitary nymph, whose breast / Long'd for a deathless lover from above, / And madden'd in that vision". Who this nymph is, is the question that has puzzled many annotators of Byron including Darmesteter (1882), Tozer (1885; 1916), Rolfe (1890), Ernest Harley Coleridge (1889-1904), Morris (1908), Thompson (1913), and Keene (1922). In this essay, Kasahara traces the nymph to the story of a Provençal maiden who falls in love with the statue of Apollo at the Louvre, alleged to have been narrated by "Madame de Haster, a German lady". Bolte in turn makes further searches on this German lady and comes up with an 1807 article in *The Lady's Magazine*, entitled as "Singular Insanity". This German lady mentioned in the short foreword to the article as "Madame de Haster", Bolte claims, is in fact a misquotation of Helmina von Chézy, or, Wilhelmine (or Wilhelmina) Christiane von Klen(c)ke (1783-1856), married to the Baron Gustav von Hastfer (not *Haster*) in 1799, later divorced and later married to the Orientalist Antoine-Léonard de (Anton Leonhardt von) Chézy. Hence all subsequent references to this story give the German lady's name as "Madame de Haster" down to Collinson (1812), Milman (1812), and to "Barry Cornwall" (1823). Byron's extremely laconic expression "And madden'd in that vision" could not have been possible unless this anecdote had gained some sort of prevalence among the readers at the time. By the end of the century, however, it had lost its former popularity, and escaped the attention of Byron annotators, making the Apollo stanzas enigmas, all of which resulted in McGann's curious silence on this episode in his edition of Byron's works (1980-93).

Select Bibliography

Byron, George Gordon. *Childe Harold's Pilgrimage*, Canto IV. London, 1818.

———. *The Works of Lord Byron*. Ed. Ernest Harley Coleridge. 7 vols. London, 1889-1904.

Collinson, George Dale. *A Treatise on the Law Concerning Idiots, Lunatics, and Other Persons Non Compotes Mentis*. London, 1812.

Larrabee, Stephen A. *English Bards and Grecian Marbles: The Relationship between Sculpture and Poetry Especially in the Romantic Period*. New York, 1943.

[Milman, Henry Hart.] *The Belvidere Apollo: A Prize Poem, Recited in the Theatre, Oxford, in the Year MDCCCXII*. Oxford, 1812 [The author's name is given at the end of the poem].

Milman, Henry Hart. *The Poetical Works*. 3 vols. London, 1839.

Pinel, Philippe. *Nosographie philosophique, ou, la méthode de l'analyse appliquée à la médecine*. 3 vols. 1798; 3rd ed., Paris, 1807.

——. *Traité médico-philosophique sur l'aliénation mentale, ou la manie*. 1st ed., Paris, 1801; 2 nd ed., Paris, 1809.

——. *A Treatise on Insanity*. Tr. D. D. Davis. Sheffield, 1806.

——. *La médecine clinique rendue plus précise et plus exacte par l'application de l'analyse, ou recueil et résultat d'observations sur les maladies aiguës, faites a la Salpêtrière*. 1st ed., 1804; 3rd ed., Paris, 1815.

——. *Mémoire sur la manie périodique, ou intermittente. Recherches et observations sur le traitement moral des aliénés. Résultats d'observations, pour servir de base aux rapports juridiques indiqués dans les cas d'aliénation mentale*. Rpt., Nendeln, 1978.

[Proctor, Bryan Waller] 'Barry Cornwall'. *The Flood of Thessaly, The Girl of Provence, and Other Poems*. London, 1823.

Germany in *Frankenstein*

Christoph Bode

Abstract. The following article examines how much Germany there is in Mary Shelley's *Frankenstein*. It discusses the significance of Ingolstadt, Victor Frankenstein's university and the place where his Creature is actually created; the possible importance of *the* leading German physiological scientist at the time, Johann Wilhelm Ritter; the unfounded theory that the novel has something to do with Burg Frankenstein near Darmstadt; and it dismisses the idea that the German ghost stories collected in *Fantasmagoriana* were a kind of source for Mary Shelley. In the final section, this article suggests that *Frankenstein* is a philosophical novel (much more than Gothic fiction) that systematically sets man and his creation in sceneries that are supreme examples of the Kantian sublime. *Frankenstein* is read as a novel about a double failure of judgement, viz. in aesthetic and in ethical terms. The dichotomy of 'terror of the soul' vs. 'terror of Germany' is exposed as a specious one.

1. Introduction

E.A. Poe once famously protested that his terror was "not of Germany, but of the soul", meaning, I suppose, that he was not aiming at cheap thrills, but at something metaphysical. In this essay, I will examine how much of Germany there is in Mary Shelley's *Frankenstein* and suggest, towards the end, that it is 'German' exactly to the extent that it is metaphysical.

Basically, there are two ways in which *Frankenstein* is related to Germany: intrinsically (that is, when Germany is referenced within the story-world of *Frankenstein*) or extrinsically (that is, when something German plays a role in the motivation for writing or in the conception of writing *Frankenstein*). Sometimes, however, these two kinds of relatedness overlap or interfere with each other in an intriguing way. To begin with the second kind of relatedness: Why has Mary Shelley Victor Frankenstein study and practice at the Bavarian University of Ingolstadt, of all places? What was it famous (or infamous) for? What did Ingolstadt mean to the Shelleys?

2. The significance of Ingolstadt

Pace Knellwolf and Goodall (in Shelley 2012, 194), Ingolstadt University was not "recently founded ... (1759)", but it dates back to 1472. In 1800 the university is moved to Landshut (the removal would take four years altogether), partly because Ingolstadt was a garrison town likely to be attacked by the French, partly to sever the university, in a liberal phase of higher education policy, from its well-known traditions of conservatism and Jesuitical influence. In 1802 it receives its present name: Ludwig-Maximilians-Universität (LMU). In 1825/26 LMU moves to Munich, the state capital. Around that time, it has approximately 1,000 students, making it Germany's fifth-largest university, after Leipzig, Göttingen, Halle and Berlin. Today, LMU is widely regarded as Germany's top-ranking university. So, yes, Victor Frankenstein is an *alumnus* of my university.

Ingolstadt was mostly famous for Adam Weishaupt (1748-1830), the founder of the secret order of the *Perfektibilisten*, or Illuminati. This enlightenment movement hoped to subvert the old order peacefully through discussion and rational discourse, so that one day power would no longer be necessary to run a society. Simply by debating, the Illuminati would bring about the transformation and eventual downfall of tyranny in a non-violent way. In its anarchist leanings, the philosophy of the Illuminati bears striking similarities with the political philosophy of Mary Shelley's father William Godwin, as expressed in his *Political Justice* (1793). Spreading Bildung (roughly: 'knowledge', but also 'formation of character') and *Sittlichkeit* (morality), they aimed at a libertarian utopia, an association of inner-directed individuals of impeccable morals. Ironically, however, the Illuminati, in reality, proved to be a society of internal surveillance and strict control of its members. Hierarchically organized to a fault, it was also not free from obscurantist rites and rituals, displaying a sad discrepancy between ends and means.

In Shelley's days, the Illuminati were infamous for having been blamed – together with the Freemasons – for the French Revolution of 1789. This charge had first been levelled by the former priest Jacques François Lefranc in his *Le voile levé pour les curieux ou les secrets de la Révolution révélés à l'aide de la franc-Maçonnerie* (1791) and was then more effectively repeated by Augustin Barruel (1741-1820), a former Jesuit, in his *Memoirs Illustrating the History of Jacobinism* (1798) (orig. *Mémoires pour servir à l'Histoire du Jacobinisme*, 1797/98) – the mother of all conspiracy theories, also echoed in John Robison's *Proofs of a Conspiracy* (1798). In their view, the Illuminati were not only hardcore enemies of the Catholic Church (which they undoubtedly were), they also strove for world domination. How dangerous were they, really? And what did the Shelleys think of them?

Adam Weishaupt founded the Illuminati in May 1776 with two of his senior students because he felt so isolated at Ingolstadt University. The Jesuits had been dissolved in 1773, but they were still powerful, and Weishaupt was the only Ingolstadt professor without a Jesuit past. Ingolstadt University was definitely not a university "that adopted progressive principles and aimed to achieve social reform" (Knellwolf, Goodall 194). It was a reactionary backwater, and the Illuminati were founded in desperate response to that environment. Ironically, though later there was a certain overlap between Freemasons and Illuminati, the first Illuminati were also very much against the Freemasons – and against the Rosecrucians, for that matter; against the Freemasons, because early leaders Weishaupt and Adolph Freiherr von Knigge (1752-1796) believed there was a Jesuit-Freemason (an unlikely alliance to begin with) conspiracy to recatholicise Germany and to fight the Enlightenment (see also Friedrich Schiller's only novel *Der Geisterseher*: it was widely believed in Protestant circles in Germany that the Catholic Church, most of all the Jesuits, were behind every kind of Occultism, working against 'enlightened', reasonable Protestantism); against the Rosecrucians, because the Illuminati were for a rationalist state (if at all…) run by philosophers and scientists, whilst Rosecrucians had a marked penchant for mysticism, séances and the search for the philosopher's stone, deemed irrational by the Illuminati (for P.B. Shelley's interest in the Rosecrucians, cf. *St. Irvyne, or the Rosecrucian*, 1811).

Curiously enough, in the first eight years of their existence the Illuminati were surprisingly successful in undermining the established order. For example, before long the Bavarian censorship committee consisted almost entirely of Illuminati and effectively implemented the suppression of anti-enlightenment, Jesuit literature. Indeed, the secret society grew so quickly that Weishaupt became suspicious that dukes and princes and leading luminaries Goethe and Herder only joined to spy on them. But maybe that suspicion was only sparked when it turned out Goethe was against Weishaupt as professor at Jena University. That would have been a fine option, because in 1784 all secret societies are outlawed in Bavaria, in 1785 the Illuminati especially (a good case of the logic of power that has to answer to no one), and Weishaupt loses his Chair in the same year, after having demanded, repeatedly, that the university library purchase a copy of Pierre Bayle's *Dictionnaire historique et critique*. Those were the days! There were confiscations and arrests, some Illuminati had to flee the country. It is in this situation of crisis that my namesake Johann Joachim Christoph Bode (1730-1793), formerly of the *Strikte Observanz* of the Freemasons, but then won over to the Illuminati and turned into a most successful recruiter himself, takes over from Weishaupt and becomes, for a time, sometimes with, sometimes against von Knigge, leader of the secret order. Bode, a good friend of Goethe's (whom he initiated to the Freemasons), Herder's and Lessing's, was the translator of Sterne (*Sentimental Journey, Tristram Shandy*), of Smollett (*Humphey Clinker*), of Oliver Goldsmith (*The Vicar of Wakefield*), of Henry Fielding (*Tom Jones*) as well as of Michel de Montaigne's *Essais* in seven volumes. The history of the Illuminati under Bode is only about to be written since the discovery of the so-called "Schwedenkiste", a trunk of documents accessible to research only since 1991 in the *Geheimes Staatsarchiv Preußischer Kulturbesitz Berlin-Dahlem*. And, yes, Bode travelled in France in 1787...

Now what did the Shelleys know of this, more importantly: what did they think of it? On March 3, 1811, Percy Bysshe writes to Leigh Hunt and calls for a secret society on the model of the Illuminati to combat the enemies of liberty (cf. Holmes 1976, 52). Shelley had also read Barruel, first in Oxford and then during their continental trip in 1814 – the copy Percy and Mary read is in the Berg Collection in the New York Public Library. But, of course, Shelley reads Barruel against the grain, he loves the spirit, if not the reality of the French Revolution, and not for a moment does he believe the horror stories invented by the former Jesuit, e.g. that during the September massacres of 1792 priests were roasted, barbecued and eaten. For Shelley, the atheist, Barruel is a lying Jesuit reactionary. There is no indication that Mary differed from Percy in this assessment. First and foremost, it is because of the Illuminati that Ingolstadt is on Mary's mental map at all.

Next, in the logic of the story-world: why Ingolstadt? Before he goes up to Ingolstadt, Frankenstein reads "books of chivalry and romance" like *Orlando, Robin Hood, Amadis, St. George* (38; references are to the 1818 text of *The New Annotated Frankenstein*, rather than to the *Norton Critical Edition*), in the natural sciences, or natural philosophy, his reading matter is Cornelius Agrippa (1486-1535, famous for his *De Occulta Philosophia libri III*, 1509/10, 1533), magician alchemist and philosopher, and later also Paracelsus (Philipp von Hohenheim, 1493-1541), alchemist and philosopher, and the philosopher, bishop and saint Albertus Magnus (1193-1280). All Germans. His father warns him, "Do not waste your time upon this; it is sad trash." (42) Sadly, or so Frankenstein presents his case, his father did not elaborate on the "modern system of science (whose powers)... were real and practical". (42-43) Otherwise, Frankenstein junior argues, playing the blame game, "the train of my ideas would never have received the fatal impulse that led to my ruin". (43) In other words, as Frankenstein "continue(s) to read (Agrippa) with the greatest avidity." (43), the cause and reason for his creation of the Creature is not the 'new science' purportedly taught at Ingolstadt, but the *old, pre-modern* one! Coming from a family that "was not scientifical" (45), Victor reads and studies "the wild fancies of these authors with delight" (44) and "I entered with the greatest diligence into the search of the philosopher's stone and the elixir of life" (45), believing promises of "the raising of ghosts and devils" (45), necromancy in short. It is true that Victor, while still in Geneva, becomes fascinated with electricity (cf. 47) and even attends a course of lectures on natural philosophy, but he comes only for one of the last and finds it "entirely incomprehensible to me." (47) Not a very promising start for a scientific career.

Of course, Frankenstein senior would never have sent Victor to a *German* university, if at that university these old *German* thinkers had still been taught. On the contrary, that would have been a reason *not* to send him there! At Ingolstadt, they practise a new, more empirically oriented kind of science, but within that camp there are at least two factions, personified in the contrast between M. Krempe ("You must begin your studies entirely anew." 64) and M. Waldman, who has a more differentiated outlook. Waldman, too, rejects the old philosophers and treats the 'elixir of life' as a chimera, but he believes that modern science can, because of its new tools, "penetrate into the recesses of nature, and shew how she works in her hiding places." (66) At Ingolstadt, says Victor, "I was required to exchange chimeras of boundless grandeur for realities of little worth." (65) But because of the encouragement of Waldman he eventually comes to a point where he asks himself fundamental questions like, "Whence ... did the principle of life proceed?" (76) – questions that fall into the field of a *philosophy of science* rather than into narrowly defined *empirical science* itself.

And that is where the old alchemists come in again: they stand for a *holistic worldview* in which the physical and the metaphysical, mind and matter, are related. None of Victor's Ingolstadt supervisors stands for this, although Waldman retains some residual respect for a broader, philosophical cast of mind, rather than narrow, empirical ideas of science (as Krempe).

To sum up: Victor Frankenstein is *not* sent to Ingolstadt because it would be in any way associated with the German authors mentioned as his early reading (because it wasn't), *nor* because it would be particularly famous for the *new* science (because it wasn't), *nor* because it was a hotbed of radical ideas (because it wasn't either).

It's Ingolstadt because of Weishaupt, but Weishaupt was not himself one of the new scientists, only an enlightenment philosopher who sought to bring about a non-hierarchical society, peacefully, by the dissemination of rational thought and rational debate – somebody Percy Bysshe Shelley and Mary Wollstonecraft-Godwin, as the daughter of Mary Wollstonecraft and William Godwin, would, of course, deeply sympathize with.

In his (yet unpublished) 2018 Bologna talk "*Frankenstein*: Matters of Fact", leading Romanticist Stuart Curran, while agreeing that Ingolstadt was not a hotbed of radical ideas, argues that it was indeed famous for being advanced in science, especially in anatomical studies, and he adduces as evidence Georg Ludwig Claudius Rousseau's (a famous pharmacist) "state-of-the-art chemistry laboratory near the *Hoheschule*", the two-storey anatomical theatre established in 1736 and Ingolstadt's botanical garden (cf. 6-7). But when he asks himself, "Now how did Mary Shelley know of this?" and gives himself the answer, "I have to say I have no idea." (7), he had better asked himself, I think, *did* she know this, rather than *how* did she know this? For he himself gives the evidence and the answer to the unasked question: Mary Shelley had no specific idea of Ingolstadt University whatsoever. How so?

As Curran himself mentions, Charles Clairmont, Mary's stepbrother, who then lived in Southern France without any funds, wrote to her in August 1816 (!) that he planned to go to Germany to learn German. He thinks of Frankfurt and then – of Ingolstadt. This is evidently part of a correspondence that goes back and forth and of which great parts have been lost. But there is no indication whatsoever that Mary at any point warned her stepbrother that the University of Ingolstadt had ceased to exist some 16 years ago! True, you do not necessarily have to go to university in order to learn German. In fact, in the early 1800s, that would have been the exception. But one should have thought, had she had any greater interest in or knowledge of the university of Ingolstadt *at the time when she wrote Frankenstein*, she would have mentioned this in passing to Charles: by the way, Ingolstadt university is now located in Landshut. It is very likely she had no clue. She *had* no specific idea of Ingolstadt – except that through Percy and their reading of Barruel the place was strongly associated with the Illuminati.

Apart from its association with the Illuminati, there may be only one other reason why this young Genevese gentleman is sent to a *German* university and why Percy Shelley, in his 1818 Preface to *Frankenstein*, explicitly mentions "some of the physiological writers of Germany". Richard Holmes, in his fabulous *The Age of Wonder*, wonders, "So, who had Mary Shelley been thinking of?" Johann Friedrich Blumenbach? Karl Asmund Rudolphi? Friedrich Tiedemann? – and then proffers instead the name of one of the greatest scientists of the Romantic period, then of European fame, though largely forgotten today: "The outstanding young German physiologist known in British scientific circles at this time was Johann Wilhelm Ritter (1776-1810)." (328)

3. An unusual suspect: Johann Wilhelm Ritter

Ritter was the most eminent scientist of German *Frühromantik*. His research impressed Goethe, Herder, Alexander von Humboldt and Brentano – Ritter knew Schelling, Friedrich Schlegel, and Hans Christian Örsted, and Novalis was his close friend. In fact, the two were so much alike in their thinking that the 700 fragments Ritter left behind were long thought to have been Novalis's.

Ritter was an autodidact and had no formal higher education. He never took a university degree, although because of his singularity he was allowed to lecture at Jena University as a *Privatdozent* (a kind of Associate Professor) and later became a member of the Munich Bavarian Academy of Science.

The scientific record of his short life is most astonishing: he formulated the Voltaic law in 1801, months before Volta did, and discovered ultra-violet radiation in the same year, as well as the separation of water by galvanism. Ritter is the inventor of the dry-cell storage battery and one of the pioneers of stimulation physiology. Like von Humboldt, he often used his own body to experiment with electricity and chemicals (cf. Richter 85). His early death was caused by poverty – the money he received from Jena university and from the Bavarian Academy was not enough to even pay the bills for the materials and apparatus he used in his lectures! – and by his excessive working habits, working day and night for long periods of time. Today, Ritter is widely regarded as the founder of electrical chemistry. Holmes (2008, 328-29) gives a fine summary of Ritter's outstanding achievements, but it lacks in detail (understandably so, because the best monograph on Ritter is in German, by Richter) and some of his speculations, based on what Richard Chenevix reported back to Sir Joseph Banks, go into the wrong direction: in Munich, Ritter was not into reviving dead bodies – but into astrology and occultism, divining rods ("Siderismus") and telepathy and desperately looking for a general theory of electrical chemistry that would explain all human, mental phenomena in terms of electricity. It was earlier, in Jena in the early 1790s, that Ritter had continued the experiments of Luigi Galvani (who believed there existed a 'nervous fluid' and the metals involved in his experiments functioned only as media for the transmission of that fluid: animal electricity!) and of Alessandro Volta (who believed it was only the metals reacting). Ritter elegantly reduced the processes described by both fellow scientists to electro-chemical reactions, thereby unifying and combining their contrasting theories, later claiming that there is a continuous galvanism at work in all living beings (*Beweis, daß ein beständiger Galvanismus den Lebensproceß im Thierreich begleite*, 1798). Schelling he had already met with in Jena, and it was out of his own accord that his scientific research and his philosophical speculations (interest in the mysticism of Jacob Boehme) led him closer to Schelling again when in Munich, while in between his temporary empiricism had alienated Ritter from Schelling. There is a tide in the affairs of man.

While there is no evidence for this during his Munich years (1805-1810), Ritter had indeed experimented with dead human body parts at an earlier point of his career: in February 1799, he experimented on an amputated human foot and stimulated it by electricity in various ways and with varying power for 45 minutes, until it ceased to respond. (cf. Richter 41) This precedes the better known experiments Giovanni Aldini conducted on the dead body of the executed murderer George Forster (or, Foster) in London by four years. Later in his life, Ritter became very much interested in *Mimosa pudica*, the Sensitive Plant (another Shelley reference!), experimenting upon that plant and speculating about electrical poles in plants and animals, including humans. Ritter's last publication (1806) is *Die Physik als Kunst: Ein Versuch, die Tendenz der Physik aus ihrer Geschichte zu deuten (Physics as an Art [or Craft]: An Attempt at Interpreting the Tendency of Physics from its History)*: it reminds strongly of the natural philosophy of Alexander von Humboldt's *Kosmos*. Towards the end of his short life, Ritter came to believe more strongly again in a *holistic view* of the world, one in which mind and matter are simply two aspects of one and the same thing, as expressed in Schelling's famous dictum, "[Be it posited that] Nature is the visible part of Spirit, Spirit the invisible part of Nature." (*Ideen zu einer Philosophie der Natur*, 1797)

Now, where do the Shelleys come into this? We know that Joseph Banks and Humphrey Davy (whose *Chemistry* Mary Shelley was reading in October 1816) had an eye on Ritter's work through Richard Chenevix, but also (missed by Holmes) through Volta, but probably also through no other than William Lawrence, who spent some time at Göttingen with Blumenbach, who, as we learnt, was intensely interested in Ritter's research. Lawrence is the missing link: after being sent down from Oxford, Percy Shelley attended John Abernethy's lectures at St Bartholomew's (as early as in 1811), read his work, and became a friend of William Lawrence's, formerly a student of Abernethy's. This is not the time and place to go into the so-called *Vitality Debate* of the 1810s; suffice it here to say that one camp (led by Abernethy) argued there was something ("the principle of life") that was superadded to inanimate matter so that it could live (and died, once it was withdrawn), whilst the other (led by Lawrence) argued that life was the result of a particularly complex (self-)organization of matter: life came out of matter. Not surprisingly, Shelley came down on Lawrence's side (Ruston has all the details in her formidable study) – not surprisingly, because, as I have argued elsewhere, Shelley was ontologically a materialist, epistemologically an idealist, and overall subscribing to a *holistic view*, according to which mind and spirit sprang out of matter, as he had posited at the end of his essay "On Life": "What is the cause of life? ... It is infinitely improbable that the cause of mind, that is of existence, is similar to mind." (508, 509)

It is not just probable, but highly likely that the Shelleys – through Lawrence – had heard of that young, eminent German scientist Johann Wilhelm Ritter, who, like Percy, believed that mind and matter, and life and matter, were not opposed, but simply aspects of the same thing, sections of the same continuum, and who asked himself, like Victor Frankenstein, "Whence ... did the principle of life proceed?" (76) Most likely it is Ritter whom Percy Shelley had in mind when he mentions – in the very first sentence of his Preface! – the "physiological writers of Germany".

4. What's in a name? The "Burg Frankenstein" hoax

Why did Mary Shelley give to her protagonist the German family name of 'Frankenstein'? One theory, which has been circulated since the mid-1970s, is that it derives from a medieval castle called "Burg Frankenstein", which is located some 12 km SE of Darmstadt and some 20 km NEE of Gernsheim on the Rhine. Because of the limitations of this publication, I have to keep this section extremely short –

but it is only a comic interlude anyway.

The story goes that Percy, Mary, and Claire Clairmont, on the return from their Six Weeks' Tour in the summer of 1814 and while stopping at Gernsheim for three hours, heard about the castle of that name. Others say they even went there and back within these three hours and that it was there that they learnt about a late 17th-century theologian, alchemist and medical doctor, Konrad Dippel, born on Burg Frankenstein in 1673, who was said to have carried out strange experiments in his castle, so that not only the name of Frankenstein, but somehow the whole story of Victor Frankenstein derives from Burg Frankenstein! This is all fake news, promoted by local historian Walter Scheele, who also organizes the annual Burg Frankenstein Halloween Party. The sad aspect of this hoax, based on wild speculations and fake documents, is that it has even percolated down into serious scholarly publications like Holmes (2008, 326) and Spurr (2016, 8).

The facts of the matter are: Burg Frankenstein is never mentioned in Mary's diary, never ever (see in particular her entries for 25 August – 5 September, 1814). In 1814, you could not see Burg Frankenstein from Gernsheim because its tower was ruined (only later reconstructed) and because of the woody vegetation. Next, you cannot walk 40 km in under three hours, not at nightfall and in a hilly, woody landscape, too. There is no mention at all of Dippel in Mary's diary or in her letters, nor are there any other hints to local folklore of that kind. All the documents adduced by Scheele have proved to be either fake or non-existent. The best English-language documentation of this fraud and its refutation by Michael Müller can be found on the website of the *Geschichtsverein* of Eberstadt-Frankenstein, which, although Burg Frankenstein is a big tourist magnet for the region, decided to give truth the honour. American soldiers stationed near Darmstadt started the Burg Frankenstein Halloween Party in the 1970s – the rest is (fake) history.

There is one further proof (if that was needed!) that all this is nonsense: for in 1840, Mary Shelley returned to the scene and stayed at Darmstadt – it is all in her *Rambles in Germany and Italy in 1840, 1842, and 1843*. But she makes no mention whatsoever of a "Burg Frankenstein": she, the now celebrated author of *Frankenstein*, does not even mention in passing, 'Oh, by the way, what a strange coincidence: there is a castle here nearby by the name of Frankenstein. Unfortunately, I did not have the time to go there.' No, no mention whatsoever. There is only one possible explanation: Mary Shelley simply did not know of Burg Frankenstein – neither before nor after she wrote *Frankenstein*. Why then this name? Frankly, I do not know. But not because of Burg Frankenstein.

5. German sources? The Fantasmagoriana as trigger for Frankenstein?

In her "Author's Introduction" to the 1831 edition of *Frankenstein* Mary Shelley remembers the summer of 1816 and, in particular, nights spent at the Villa Diodati, near Geneva:

> Some volumes of ghost stories, translated from the German into French, fell into our hands. There was the History of the Inconstant Lover, who, when he thought to clasp the bride to whom he had pledged his vows, found himself in the arms of the pale ghost of her whom he had deserted. There was the tale of the sinful founder of a race, whose miserable doom it was to bestow the kiss of death on all the younger sons of his fated house, just when they reached the age of promise. His gigantic, shadowy form, clothed like the ghost in Hamlet, in complete armour, but wit the beaver up, was seen at midnight, by the moon's fitful beams, to advance slowly along the gloomy avenue. The shape was lost beneath the shadow of the castle walls; but soon a gate swung back, a step was heard, the door of the chamber opened, and he advanced to the couch of the blooming youths, cradled in healthy sleep. Eternal sorrow sat upon his face as he bent down and kissed the forehead of the boys, who from that hour withered like flowers snapt upon the stalk. I have not seen these stories since then; but their incidents are as fresh in my mind as if I had read them yesterday. (292-94)

These volumes of ghost stories translated from the German have been identified as *Fantasmagoriana; ou Recueil d'Histoires, d'Apparitions, de Spectres, Revenans, Fantomes, etc., traduit de l'allemand, par un amateur* (1812), namely Jean-Baptiste Benoît Eyriès (1767-1846). The relationship, on the one hand, of this collection to its German sources and, on the other, to Frankenstein, needs some clarification. Much has already been done by Maximiliaan van Woudenberg, but regrettably his informative blog on *Fantasmagoriana* and *Frankenstein* is not entirely free from internal inconsistencies or downright mistakes and suffers throughout from a confusion of the literal and the metaphorical.

It is sometimes said that the source of *Fantasmagoriana* is the German *Gespensterbuch* (5 vols., 1811-1815). Though this is not entirely correct, let us look at the *Gespensterbuch* first. It collects Gothic tales by August Apel and Friedrich August Schulze (who wrote under the pseudonym of Friedrich Laun).

Their circle in Dresden included the painter Caspar David Friedrich, Karl August Böttiger, Ludwig Tieck, Carl Gustav Carus and Heinrich von Kleist – an assembly that lets that of the immortal dinner pale! They were all interested in ghost stories, tales from classical antiquity, séances and in the art of reading palms. The most popular of the *Gespensterbuch* stories provided the blueprint for Carl Maria von Weber's opera *Der Freischütz*, which, in turn, percolated down to *The Black Rider* by Tom Waits and Robert Wilson.

The original five volumes have 30 stories, Eyriès has only eight, and these are further reduced to just five in Sarah Elizabeth Utterson's English translation of Eyriès, *Tales of the Dead* (1813) – and curiously enough, one of them, "Portraits de famille" ("Die Bilder der Ahnen"), is not even from the *Gespensterbuch* (though it is by Apel), but was composed in 1805 and published in 1810 in *Cicaden*, volume 1. Evidently, the two tales Mary Shelley remembers in 1831 are "Portraits de famille" and "La morte fiancée" (dt. "Die Todtenbraut", by Friedrich Schulze), not, as Mary Shelley has it, "The Inconstant Lover". This is ironic: after 15 years, her memory is good enough to allow us to identify the two stories she has in mind; however, her memory is extremely faulty. It is true that in "Portraits de famille" we find the kiss of death motif and an instance of the bedside apparition convention (a convention indeed). But in her memory, Mary confuses two scenes in which the ghost appears and adds a bit of *Hamlet*. The only other conceivable parallel to *Frankenstein* (beside the bedside apparition motif) is that both fictions, as some claim (cf. van Woudenberg blog 2: 4), deal with the annihilation of an entire family, although in "Portraits" the curse is broken and the two main families are peacefully re-united in a new union, and in *Frankenstein*, the creature is, of course, *not* a member of the family. And, pace van Woudenberg, there is *no curse* in *Frankenstein*, or only in the metaphorical sense of the word – but this is important: *Frankenstein* is not a ghost story, it is not a tale of the supernatural (I will come back to this).

The second story Mary remembers is "La morte fiancée" and here, too, her memories are hopelessly garbled and confused (van Woudenberg: "not entirely accurate", 4: 7): the "Todtenbraut" is a local from the region in Germany, where the main tale is set, and has nothing to do with Count Marino's first love in Venice. Mary Shelley, in her memory, conflates two tales (if not three) – understandably so, for the narrative has a number of inlaid stories, or meta-narratives, of the same motif. The parallel scene in *Frankenstein* is supposed to be that in volume I, chapter IV, when Frankenstein, after having created his Creature, in his feverish dream in Ingolstadt, kisses Elizabeth and then holds the corpse of his dead mother in his arms. But obviously, the differences far outweigh the similarities: this happens only in a dream, there is nothing supernatural in *Frankenstein*. And there is no actual transmutation of characters in the original story, rather the ghost of the "Todtenbraut" takes on the form of Hildegarde, the dead twin sister of Marino's bride Libussa.

All other supposed parallels and motifs that van Woudenberg finds are also either far-fetched or rather general and can only be seen after some combinatorial transformations – to give but one example, the Creature's curse, "I shall be with you on your wedding-night": "It is the bride Elizabeth," writes van Woudenberg, "not the groom Frankenstein, that is the wedding-night target. This is a subtle, yet effective, gender and motif reversal as the innocent and faithful bride is punished for the deeds of the inconstant groom. In this case, the groom is also the parent who deserted his child / creation." (4: 6) Insisting upon the difference between literal and metaphorical, one should be allowed to ask, In how far is Frankenstein an inconstant lover? And in how far is he the father of his creature? Maker, yes. But father?

So, neither "Portraits de famille" nor "La morte fiancée" had any *significant* influence on *Frankenstein*, and the *Fantasmagoriana* can in no way be regarded as a *source* for *Frankenstein*. At most, there are some rather vague parallels and some (radically transformed) motifs, but there is no direct line of transmission. What can be seen, however, is that the reading of these stories was one factor in creating an uncanny atmosphere, which led, a couple of nights later, to Mary Shelley's 'waking dream' of one of the key scenes in *Frankenstein*, for which, however, there is again no direct precedent in the *Fantasmagoriana*:

> I saw – with shut eyes, but acute mental vision, – I saw the pale student of unhallowed arts kneeling beside the thing he had put together. I saw the hideous phantasm of a man stretched out, and then, on the working of some powerful engine, show signs of life, and stir with an uneasy, half vital motion. Frightful must it be; for supremely frightful would be the effect of any human endeavour to mock the stupendous mechanism of the Creator of the world. His success would terrify the artist; he would rush away from his odious handywork, horror-stricken. He would hope that, left to itself, the slight spark of life which he had communicated would fade; that this thing, which had received such imperfect animation, would subside into dead matter; and he might sleep in the belief that the silence of the grave would quench for ever the transient existence of the hideous corpse which he had looked upon as the cradle of life. He sleeps; but he is awakened; he opens his eyes; behold the horrid thing stands at his bedside, opening his curtains, and looking on him with his yellow, watery, and speculative eyes. (299)

The relation between the *Fantasmagoriana*, the *Gespensterbuch* and the *text of Frankenstein* is therefore a most tenuous one.

The point was made before, most prominently by James Rieger in his 1963 article "Dr. Polidori and the Genesis of *Frankenstein*". In this remarkable essay, he questioned not only the accuracy of Mary Shelley's memory of the two stories (as I have done), but also her time-line, and he made a case for the importance of Dr Polidori's role in the genesis of *Frankenstein*. "The received history of the contest in writing ghost-stories at the Villa Diodati", wrote Rieger, is "an almost total fabrication". (461)

Since practically nothing of the *Fantasmagoriana* percolates into *Frankenstein*, Rieger argued that his analysis enabled us "for the first time to see this novel totally divorced from and unembarrassed by the Gothic tradition, some of whose ancillary characteristics it none the less preserves." (470) "The nucleus of the story was already fully developed in her mind [because of a conversation with Percy Shelley and Dr. Polidori the previous night] when on the following evening the party read two of the eight stories in the *Fantasmagoriana* and Byron made his suggestion [of the writing contest]." (469) It is still worthwhile to read Rieger in full, because, in spite of the attempted riposte by John Clubbe (1981), we must maintain that – even if the reading of the *Fantasmagoriana* played a role in *triggering* the writing of *Frankenstein* – nothing substantial was taken from the two German stories that Mary Shelley ("their incidents are as fresh in my mind as if I had read them yesterday") misremembers so vividly in her 1831 preface to her own novel. So, how German is it? If we cite the *Fantasmagoriana* as evidence, we must say: not at all. Not at all – on the level of content and motifs, that is.

The picture looks different, however, with regard to form and narrative mediation. We find, not only in the *Gespensterbuch*, but in German Gothic tales of the late 18th and the early to mid 19th-centuries in general, a characteristic array of first-person narrators, arranged in meta- and meta-meta-narratives (frame story and inlaid stories of varying degrees and dependencies, on whose levels motifs and plot fragments are systematically mirrored or permutated), with a concomitant questioning of reality and the very media (written texts, letters, documents as well as oral stories) in which (fictional) reality is depicted. Does that ring a bell? Yes, of course, because in *Frankenstein*, too, the different discourses are not on the same narratological level (as in an ordinary epistolary novel), but rather arranged on the model of a Russian Doll or Chinese boxes: Walton's discourse contains Viktor

Frankenstein's, and Victor Frankenstein's, in turn, contains the Creature's. They are preserved – and obviously edited and translated.

Different from the German ghost stories, however, what we get in *Frankenstein* is not so much a questioning of reality within the story-world, but a questioning of the assessments and evaluations, by different characters, of certain key acts and situations within the story. We do not doubt that Victor created the Creature, but we doubt his wisdom in doing so. We doubt his judgement. Which brings me to my final part.

6. Frankenstein and the Kantian Sublime

The *Norton Critical Edition of Frankenstein* very aptly sports a detail from Caspar David Friedrich's (remember, the Dresden *Gespensterbuch* circle?) painting *Das Eismeer* (1823/24 – English title, *The Sea of Ice*, French: *Mer de glace*!), a welcome reminder of the facts

a) that most of the writing and telling in *Frankenstein* (the frame tale *plus* the recording of the meta-narratives) takes place in the Arctic Sea and

b) that two of its pivotal scenes, confronting Victor Frankenstein with his Creature – viz. at the *Mer de glace* at the foot of Mont Blanc and, towards the end, in the Arctic Sea – , are set against the hostile, non-human background of eternal ice and snow, and not coincidentally so: the central sceneries of *Frankenstein* are that of the *sublime*. They posit man and what he has created (his 'Creation') against Nature, against all that is radically non-human. It is in this most fundamental contrast between what is man-made and what is not that we are thrown back upon ourselves and have to ask ourselves, *What a piece of work is man?* This setting of *Frankenstein* answers exactly to Immanuel Kant's definition of the sublime as the confrontation of the human mind with something that is either too big to be comprehended by the senses or so powerful that it could easily annihilate our bodily frame, or both – it is in such situations that we feel there is something in human nature that surpasses our senses (namely, reason) and our individual lives (namely, the idea of humankind) and we project the quality of sublimity onto the objects that have provoked this awareness in us:

> Therefore the feeling of the sublime in nature is *respect for our own vocation*, which we attribute to an Object of nature by a certain subreption (substitution of a respect for the Object in place of one for *the idea of humanity in our own self*—the Subject); and this feeling renders, as it were, intuitable the supremacy

of our cognitive faculties on the *rational* side over the greatest faculty of sensibility. (106, emphasis added)

The final three lines of P.B. Shelley's "Mont Blanc" echo the same idea:

> And what were thou, and earth, and stars, and sea,
> If to the human mind's imaginings
> Silence and solitude were vacancy? (101)

It is the human mind and its projections that fills the universe with meaning, so that even its silence and solitude are not experienced as vacancy, as pure void. But who are we? What is man? What makes a human being? It is here that the philosophical message and the form of the novel coincide: there is no auctorially higher plane from which these questions could be answered authoritatively – only different perspectives that are ontologically all on the same level. As readers, we are existentially thrown back upon ourselves, "above us only sky" (John Lennon). The terror of *Frankenstein* originates from the insight that what makes us human is not so much a certain composition of body parts, but essentially *social relations* – company, empathy, sympathy, affection, love – and that lack of these ultimately turns us into monsters. Frankenstein's Creature becomes a monster because he is brutally rejected by society. Society creates its own monsters. In the last instance, to be a human being is not only a biological category, but more pertinently a social one.

Frankenstein can be read as a novel about lack of judgement (*Urteilskraft*), both in aesthetic and in ethical terms. What is fatally missing in Frankenstein's creation is *beauty*. Victor has thought of everything, but totally neglected this – and he only realizes this when the Creature comes alive. He has forgotten the one thing which attracts and binds and ultimately – through sympathy and love – holds society together. Beauty – obviously regarded by him as something merely superadded, superfluous, and therefore discardable – is fatally missing from Frankenstein's conception of man, as is the social dimension of our existence.

The second failure of judgement concerns the ethical implications of what we do. One message of *Frankenstein* seems to be that not everything that *can* be done *should* be done, especially if the consequences of your act are hard to predict and need some *imagination*. Less *Gothic* fiction than *Science* fiction (in the original sense of the word), *Frankenstein* explores a genre-specific 'What if?' scenario and warns of the hubris of 'makeability'.

How German is *Frankenstein*, then? It hardly is, I would say, with regard to content, sources, and motifs. However, there seems to be a strong influence with regard to narrative technique in that German ghost stories had long played with multi-layered stories that ultimately questioned the reality-status of the different stories and ultimately the status of 'reality' or the knowability of reality – the difference being that in *Frankenstein* a questioning of reality or its knowability does not take centre-stage. Rather, it poses the question of what should be allowed: *Should* it be done, if it *can* be done? *Frankenstein*, it bears repetition, is about the exercise of judgement, both in the *moral* and in the *aesthetic* sense. Viktor Frankenstein sadly lacks *Urteilskraft* in both fields, and it makes good sense, I think, to ultimately attribute both of these failures to a lack of *imagination*.

Mary Shelley gave us a fiction that offers no ulterior point-of-view. It is a curiously secular, non-supernatural tale – it throws the readers back upon themselves, thereby repeating *Frankenstein's* question, Who are we? To me, it is most German in that it is a highly *philosophical* novel – using the sublime as a counterfoil to this negotiation of the questions, Who are we? What are we capable of doing? – that radically transcends the genre limitations of Gothic fiction.

The terror that we shrink back from is entirely of our own making; there is nothing supernatural in it.

For a German of my generation this terror is, of course, of Germany.

If others say it is of the soul, they're entitled to say that. We may mean the same.

Bibliography

Curran, Stuart. "*Frankenstein*: Matters of Fact". Unpubl. ms. 2018.

Clubbe, John. "Mary Shelley as Autobiographer: The Evidence of the 1831 Introduction to *Frankenstein*". *The Wordsworth Circle* 12.1 (1981), 102-6.

Holmes, Richard. *Shelley: The Pursuit*. London: Quartett, 1976.

———. *The Age of Wonder: How the Romantic Generation Discovered the Beauty and Terror of Science*. London: Harper, 2008.

Kant, Immanuel. *The Critique of Judgement*. Transl. James Creed Meredith. Oxford: Clarendon, 1992.

Müller, Michael. "Frankenstein – the Monster's Home?" http://www.eberstadt-frankenstein.de/content/066_Any_monster_at_home_English_version.pdf. 2010. (accessed January 25, 2019)

Richter, Klaus. *Das Leben des Physikers Johann Wilhelm Ritter: Ein Schicksal in der Zeit der Romantik*. Weimar: Herrmann Böhlaus Nachfolger, 2003.

Rieger, James. "Dr. Polidori and the Genesis of *Frankenstein*". *Studies in English Literature, 1500-1900* 3.4 (1963), 461-72.

Ruston, Sharon. *Shelley and Vitality*. Basingstoke: Palgrave, 2005.

Shelley, Mary. *The Journals of Mary Shelley, 1814-1844*. Eds. Paula R. Feldman, Diana Scott-Kilvert. 2 vols. Oxford: OUP, 1987.

———. *Frankenstein: The 1818 Text, Contexts, Criticism*. Ed. J. Paul Hunter. New York/London: Norton, second edition, 2012.

———. *The New Annotated Frankenstein*. Ed. Leslie S. Klinger. New York/London: Liveright, 2017.

Shelley, Percy Bysshe. *Shelley's Poetry and Prose: Authoritative Texts, Criticism*. Eds. Donald H. Reiman, Neil Fraistat. London/New York: Norton, second edition 2002.

Spurr, David, Nicolas Ducimetière (eds.). *Frankenstein: Créé des ténèbres*. Paris: Gallimard, Fondation Martin Bodmer, 2016.

Woudenberg, Maximiliaan van. "*Frankenstein* and *Fantasmagoriana*: An Introductory Blog" (plus following entries on individual stories). *Romantic Textualities: Literature and Print Culture, 1780-1840*. 2013ff. <http://www.romtext.org.uk/frankenstein-and-fantasmagoriana-an-introductory-blog/> (accessed Apr. 27, 2017)

あとがき

　1992年12月の設立以来、四半世紀以上にわたって学会活動を行ってきた「日本シェリー研究センター」だが、この度その成果として2冊目の記念論文集を刊行することになった。記念すべき1冊目の論集『飛翔する夢と現実——21世紀のシェリー論集——』は2007年12月に上梓されているので、干支がちょうど一周りして2冊目が発表されたことになる。いわゆるゼロ年代の活動を代表する第1論集の「あとがき」には、故床尾辰男元会長の手によって、「会員数80余名のこじんまりした学会であるが、熱心な会員の参加をえて毎年充実した大会になっている」と当時の学会の様子が記されている。それから12年、令和の時代を迎えた現在、会員数はおよそ半減したものの、日本シェリー研究センターは時代の波に埋もれることなく着実にその活動を積み重ねてきた。なかでも2016年に学会の公式ウェブサイトが本格的に始動したことは特筆に値する。全国大会や入会案内の情報の掲載にとどまらず、既刊の『日本シェリー研究センター年報』がすべて電子化され、さらに、学会設立の経緯の記録として石川重俊初代会長と英米の著名な研究者たちとの往復書簡がダウンロード可能になったことで、本学会の歴史および会員たちの功績が目に見える形でアーカイヴ化されたからである。

　本書もまた、2016年以降3年間の学会活動の集大成であり、会員たちの変らぬ熱意の記録である。厳密に言えば、本論集はMary Shelleyの代表作 *Frankenstein; or, The Modern Prometheus*（1818）出版200周年を記念する企画として阿部美春現会長が科学研究費の代表者として遂行した3年におよぶ研究計画の成果物である。この計画をもとに、2016年には *Frankenstein* の着想が得られた1816年のいわゆる "Villa Diodati" の逸話をもとにしたシンポジウムが、続く2017年には Shelley 夫妻と「科学」をもとにしたセッションが開かれ、いずれも盛況となった。2018年度の第27回全国大会は、立命館大学衣笠キャンパスで開催された。*Frankenstein* 出版二百周年記念企画を締めくくる大会として、例年を上回る参加者を得ることができた。また、これは東京以外でおこなわれた初めての全国大会でもあった。Mary の伝記的映画『メアリーの総て』（原題 *Mary Shelley*, 2017）の日本公開時期とも重なったことで、大会会場では、映画の配給元であるギャガ株式会社より提供されたフライヤーも配布された。特別講演の講師 Christoph Bode 氏は、当学会そしてイギリス・ロマン派学会の雰囲気に温かな友愛の情を感じたと語っており、今後も氏と日本のロマン派研究との良好な繋がりが期待される。各大会における研究発表の詳細については、ここで縷々説明するよりも本書を紐解くことを通じて、当時の熱気を感じながらお楽しみいただきたい。

　本論集の編集を振り返るにあたり、お名前を挙げればきりがないので割愛するが、

会員ならびに非会員の皆さんによる有形無形の援助や支えのお陰でここまでたどり着くことができたことに、深い感謝の意を示したい。最後に、今回の成果を刊行するために、企画から出版社との連絡・相談、編集のスケジュール、索引作成に至るまで、阿部会長には終始 Walton 顔負けの captain として、この頼りない船員を導いていただいた。心より御礼申し上げる。

2019 年 8 月 吉日

木谷　厳

索　引

索引においては、人名、作品名の表記を統一した。本文中、執筆者によって表記が異なる場合も、すべて統一表記の項目に収めている。

【あ行】

アーサー王（King Arthur）　20
アイスキュロス（Aeschylus）　iii, 77, 78, 81, 86, 87, 88, 89, 91, 92, 93, 94-97, 100, 102, 103, 104, 106, 109, 110, 111, 113, 115, 116, 121, 126, 128
　　　『アガメムノン』 *Agamemnon*　94, 110
　　　『縛られたプロメテウス』 *Prometheus Bound*　77, 87, 92, 94, 97, 100, 102, 103, 104, 109, 110, 113, 115, 116, 121, 126, 128, 130
アグリッパ、コルネリウス（Agrippa, Cornelius）　2, 79, 150, 151
　　　『オカルト哲学について』三部作 *De Occulta Philosophia libri* III　150
アターソン、セアラ・エリザベス（Utterson, Sarah Elizabeth）　158
　　　『怪異譚』 *Tales of the Dead*　158
アデレイド、エレーナ（Adelaide, Elena）　22
アバディーン（Aberdeen）　22
アバネシー、ジョン（Abernethy, John）　155
アブディ、マライア（Abdy, Maria）　97
アペル、アウグスト（Apel, August）　157-58
　　　『怪異譚』 *Gespensterbuch*　157-58, 160
アポロ、ベルベデーレの（Belvedere Apollo, The）　131, 132, 134, 144
アメリカ・キーツ・シェリー協会（Keats-Shelley Association of America）　111
アルディーニ、ジョバンニ（Aldini, Giovanni）　154
アルニム、アヒム・フォン（Arnim, Achim von）　134
　　　『ヨハンナ教皇』 *Päpstin Johanna, Die*　134
アルベ（Albe）　24, 25, 26, 30
イエズス会士（Jesuits）　149, 150
イェーナ（Jena）　149, 153, 154
イタリア（Italy）　17, 20, 21, 24, 25, 27, 28, 156
イムレイ、ギルバート（Imlay, Gilbert）　23
イリー、ジャン・バティスト・ブノワ（Eyriès, Jean-Baptiste Benoît）　157, 158
　　　『ファンタスマゴリアーナ　幽霊、亡霊、お化けの出現の物語集、ある愛好家によるドイツ語からの翻訳』 *Fantasmagoriana; ou Recueil d'Histoires, d'Apparitions,*

　　　　de Spectres, Revenans, Fantomes, etc., traduit de l'allemand, par un amateur　iv,
　　　　15-16, 147, 157, 159-60, 164
イリュミナティ（Illuminati, the secret order of the Perfektibilisten）　148-50, 153
イングランド（England）　20, 22, 24, 26, 27, 30
インゴルシュタット（Ingolstadt）　iv, 79, 120, 147, 148, 149, 150, 151, 152, 158
ヴァイスハウプト、アダム（Weishaupt, Adam）　148-50, 152
ヴァニャカバロ（Bagnacavallo）　27
ヴァンパイア（Vampire）　ii, 17-21, 30
ウィルソン、ロバート（Wilson, Robert）　158
　　　『ブラック・ライダー』The Black Rider　158
ウェイツ、トム（Waits, Tom）　158
　　　『ブラック・ライダー』The Black Rider　158
ウェーバー、カール・マリア・フォン（Weber, Carl Maria von）　134, 158
　　　『魔弾の射手』Der Freischütz　158
ウェブスター、オーガスタ（Webster, Augusta）　104, 107, 109
ウルストンクラフト、メアリ（Wollstonecraft, Mary）　iv, 23, 92-94, 97, 103, 108,
　　　109, 110, 114, 116, 152
　　　『女性の権利の擁護』A Vindication of the Rights of Woman　92-93, 109, 114
　　　『マライア　あるいは女性の虐待』Maria, or the Wrongs of Woman　93-94, 109
運命（fate, destiny, fortune）　34, 47, 52, 53, 79, 91, 96, 102, 104, 105, 112, 113
エディンバラ大学（University of Edinburgh）　20
エピクロス（Epicurus）　45, 46, 47, 51, 56
「L.E.L.の思い出に捧げるエレジー」"Elegiac Tribute to the Memory of L. E. L."
　　　104-05
エルステッド、ハンス・クリスティアン（Örsted, Hans Christian）　153
オイディプス（Oedipus）　20
オウィディウス（Ovid, Ovidius）　iii, 78, 87, 88, 107, 111
　　　『変身物語』Metamorphoses　78, 87, 88, 107
オーガスタス（Augustus）　20
オットマン／オスマン（Ottoman）　18
オテル・ダングルテール（Hotel D'angleterre）　16

【か行】

化学（chemistry）　2-3, 11, 14, 33, 47, 48, 51, 155
化学者　ii, 47

科学（science） i, ii, iii, iv, v, 2, 4, 11, 30, 32, 37, 39, 43, 46, 47, 49, 50, 51, 53, 56, 57, 59, 60, 61, 62, 65, 71-79 passim, 86, 87, 89, 115, 117, 118, 120, 121, 124, 125, 130, 150, 151, 152, 165

科学観　59-60, 61, 71, 72, 73

科学者　i, iv, 33, 39, 49, 50, 60-66, 71, 79, 86, 87, 112, 113, 115, 117-22 passim, 123, 125, 127, 130

家族　ii, 7-10, 12, 61, 63, 66, 67, 84

カラン、スチュアート（Curran, Stuart）　91, 97, 108, 126, 128, 152, 163

カールス、カール・グスタヴ（Carus, Carl Gustav）　157

ガルバーニ、ルイジ（Galvani, Luigi）　18, 48, 50, 154

完全可能性（perfectibility）　32, 33, 34, 35, 43

カント、イマニュエル（Kant, Immanuel）　47, 119, 120, 121, 127, 128, 130, 147, 161, 163

　　『判断力批判』 Kritik der Urteilskraft　161-62, 163

キーツ、ジョン（Keats, John）　23, 28, 47, 97

ギリシャ独立戦争（Greek War of Independence）　24

近代科学　59, 120

九月虐殺（September massacres of 1792）　150

グイッチョーリ伯爵夫人、テレーザ（Gluiccioli, Contessa di Teresa）　24

グッドール、ジェイン（Goodall, Jane）　75, 148, 149

クニッゲ男爵、アドルフ・フォン（Knigge, Adolph Freiherr von）　149, 150

クライスト、ハインリヒ・フォン（Kleist, Heinrich von）　157

クラブ、ジョン（Clubbe, John）　160, 163

クリナメン（clinamen）　iii, 45, 46-50, 56, 57

クルクシャンク、ジョージ（Cruikshank, George）　105

　　『現代のプロメテウス　あるいは専制の没落』 The Modern Prometheus, or downfall of Tyranny　105

クレアモント、クレア（Clairmont, Claire）　15, 16-17, 22, 24, 26, 27, 156

クレアモント、チャールズ（Clairmont, Charles）　152

クレンケ、ヴィルヘルミーネ（ウィルヘルミーナ）クリスチアンネ・フォン（Klen(c)ke, Wilhelmine (or Wilhelmina) Christiane von）　132, 133-34, 144

決定論（determinism）　iii, 45, 46, 47, 48, 49, 50, 52-53 56, 57

決定論（necessitarianism）　iii, 31, 32-36, 38, 39, 40, 41

ゲーテ、ヨハン・ヴォルフガング・フォン（Goethe, Johann Wolfgang von）　51, 85, 87, 91, 105, 109, 110, 149, 150, 153

『ファウスト』 *Faust*　87

　　　『プロメテウス』 *Prometheus*　86, 91, 105, 109, 128, 130, 138, 165

　　　「プロメテウス」 "Prometheus"　86, 91, 105, 109

　　　『若きウェルテルの悩み』 *Die Leiden des jungen Werthers*　85

言語　ii, 4, 11

原子（atom）　46, 47, 50, 51, 55, 56

原子論（atomism）　45, 46, 47, 48, 49, 50, 51, 52, 53, 55, 56

好奇心（curiosity）　89, 117, 118, 119, 121, 122, 124, 126, 127, 130, 136

国民国家　ii, 8, 9

ゴーチエ、ジャン・バティスト（Gautier, Jean Baptiste）　105

　　　『セントヘレナ島のプロメテウス』 *Le Prométhée de L'Isle Ste Hélène*　105

コールリッジ、アーネスト・ハートリー（Coleridge, Ernest Harley）　131, 139, 144

コールリッジ、サミュエル・テイラー（Coleridge, Samuel Taylor）　15, 19, 123, 127

　　　『クリスタベル』 *Christabel*　15, 19

　　　「老水夫行」 "The Rime of the Ancient Marinere"　123, 124, 127

コールリッジ、セアラ（Coleridge, Sara）　116, 126

ゴドウィン、ウィリアム（Godwin, William）　iii, 23, 31-43 *passim*, 49, 50, 57, 93, 108, 125, 148, 152

　　　『政治的正義』 *Political Justice*　iii, 31, 32, 37, 40, 41, 43, 148

コリンソン、ジョージ・デール（Collinson, George Dale）　132, 133, 135-36, 139, 144

　　　『白痴、狂心者、その他の心神喪失者の法則に関する論考』 *Treatise on the Law Concerning Idiots, Lunatics, and Other Persons Non Compotes Mentis, A*　132, 135-36, 139, 144

ゴールドスミス、オリバー（Goldsmith, Oliver）　150

コンディヤック、エティエンヌ・ボノ・ドゥ（Condillac, Etienne Bonnot de）　5, 11

【さ行】

シェイクスピア（Shakespeare）　48, 54

　　　『ロミオとジュリエット』 *Romeo and Juliet*　48, 54

シェーレ、ワルター（Scheele, Walter）　156

シェッズィー（ヒェッツィー）、アントワンヌ・レオナール・ドゥ（アントン・レオンハルト・フォン）（Chézy, Antoine-Léonard de (Anton Leonhardt von)）　132, 134, 144

シェネヴィク、リチャード（Chenevix, Richard）　153

シェリー、パーシー・ビッシュ（Shelley, Percy Bysshe）　i, ii, iii, v, 15, 16, 17, 18, 22-

索引　　　　　　　　　　　　　　　　　　　171

30 passim, 45, 47, 53, 54, 55, 56, 59, 60, 61, 62, 63, 64, 69, 71-76 passim, 86, 87, 91, 92, 97, 100, 102, 107, 109, 110, 113, 114, 115, 116, 117, 127, 128, 130, 150, 152, 154, 155, 164, 165

　「愛について」 On Love　64

　『アドネイアス』 Adonais　71, 72

　『アラスター』 Alastor　60, 61-64

　『イスラムの叛乱』 The Revolt of Islam　113

　『縛めを解かれたプロメテウス』 Prometheus Unbound　53, 61, 68-71, 72, 74, 75, 86, 87, 91, 107, 114, 115, 117, 130

　『エピサイキディオン』 Epipsychidion　64, 72

　『クイーン・マッブ』 Queen Mab　iii, 45, 48-50, 56, 61, 62, 72

　「雲」 "The Cloud"　71

　『詩の擁護』 A Defence of Poetry　i, 46, 48, 54, 56, 62, 69

　『聖アーヴィン　あるいは薔薇十字団員』 St. Irvyne, or the Rosecrucian　149

　「生について」 "On Life"　155

　「ねむりぐさ」 "The Sensitive Plant"　154

　「無常」 "Mutability"　86

　『無神論の必要』 Necessity of Atheism　48

　「モンブラン」 "Mont Blank"　86, 162

　『レイオンとシスナ』 Laon and Cythna　113

シェリー、ハリエット（Shelley, Harriet [nee Westbrook]）　16, 22, 27, 30

シェリー、メアリ（Shelley, Mary [nee Godwin]）　i, ii, iii, v, 5, 9-10, 11-14, 15-18, 21-30 passim, 31, 32, 34-36, 37, 38, 40, 41, 42, 43, 45, 47, 50-51, 53, 54, 56, 59-61, 71-73, 74, 75, 76, 77, 78, 85, 86, 87, 88, 89, 91, 92-94, 97, 103-04, 107, 109, 110, 111, 113-14, 115-17, 119, 120, 121-24, 125, 127, 128, 130, 147, 148, 149-50, 152, 153, 155-56, 157-60, 163, 164, 165

　『最後のひとり』 The Last Man　18, 28, 53, 107

　『ドイツ・イタリア逍遥』 Rambles in Germany and Italy in 1840, 1842, and 1843　156

　『フランケンシュタイン』 Frankenstein　i, ii, iii, iv, 1, 6, 9, 10, 11, 12, 13, 14, 15, 16, 18, 22, 28, 29, 30, 31, 34, 35, 36, 37, 38, 40, 41, 42, 43, 45, 54, 55, 56, 57, 59, 60, 62, 63, 65, 66, 68, 72, 74, 75, 77, 78, 81, 85, 86, 87, 88, 89, 92, 94, 107, 111, 112, 113, 114, 115, 116, 117, 118, 119, 120, 121, 122, 125, 128, 130, 132, 147, 150, 152, 153, 156, 157, 158, 159, 160, 161, 162, 163, 164, 165

　「プロセルピナ」 "Proserpine"　104

シェリング、フリードリヒ・ウィルヘルム・ヨセフ（Schelling, Friedrich Wilhelm Joseph） 153, 154
  『自然哲学考』*Ideen zu einer Philosophie der Natur*　154
自然科学　iii, 31, 32, 33, 34, 35, 37, 38, 39, 40, 79, 150
自然哲学（natural philosophy）　33, 38, 43, 45, 118, 119, 121, 128, 150
自由意志（free will）　iii, 33, 39, 46, 47, 49, 52, 53, 56, 57
18世紀　i, ii, 1-10 *passim*, 11, 12, 87, 119, 126
受難と復活（Passion and Resurrection）　18
ジュネーヴ（Geneva）　ii, 8, 17, 19, 21, 26, 124, 125, 134, 151, 157
ジュピター（Jupiter）　68-69, 71, 76, 97, 100, 103, 110
シュルツェ、フリードリヒ・オーガスト（Schulze, Friedrich August）　157, 158
  『怪異譚』*Gespensterbuch*　157, 158, 160
シュレーゲル、フリードリヒ（Schlegel, Friedrich）　134, 153
シラー、フリードリヒ（Schiller, Friedrich）　149
  『招霊術師』*Der Geisterseher*　149
シルバー・フォーク・ノベル（silver fork novel）　101, 110
スイス（Switzerland）　15, 16, 17, 21, 22, 24, 29, 30, 116
スコットランド（Scotland）　20, 22
スタール夫人（Madame de Staël）　21
スターン、ローレンス（Sterne, Laurence）　150
スパー、デイヴィッド（Spurr, David）　156, 164
スモーレット、トバイアス（Smollett, Tobias）　150
聖餐式（Holy Communion）　18
聖体拝領（Communion）　18
生命　i, ii, iv, 3, 9, 17, 18, 34, 38, 39, 40, 45, 59, 77, 78, 79, 83, 86, 112, 113, 117, 118, 122, 123, 124
ゼウス（Zeus）　77, 78, 80, 81, 83, 84, 85, 86, 89, 91, 95, 96, 97, 100, 103, 106, 107, 110, 111, 113
摂動論（pertubation theory）　48, 50, 53

【た行】
タイ、メアリ（Tighe, Mary）　100
ダーヴェル（Darvell）　19, 20
ダンディー（Dundee）　22
タンボラ山（Mt. Tambora）　15

索 引

デービー、ハンフリー（Davy, Humphrey (Humphry)）　45, 50, 54, 56, 155
 『化学』*Chemistry*　47, 155
 『化学哲学原論』*Elements of Chemical Philosophy*　50, 54
ディオダーティ荘（Villa Diodati）　ii, 15, 17, 21, 24, 26, 27, 28, 29, 30, 116, 157, 160, 165
ティーク、ルードヴィヒ（Tieck, Ludwig）　157
ディッペル、コンラート（Dippel, Konrad）　156
ドイツ（Germany）　iii, iv, 15, 119, 134, 147, 148, 149, 152, 153, 155, 156, 158, 163
同情、憐み（compassion）　16, 83, 94-97, 103, 106, 110, 115, 122, 124, 127, 130
ドゥシミティエレ、ニコラス（Ducimetière, Nicolas）　164
道徳科学　33, 42
トランシルヴァニア（Transylvania）　18, 20
ドルバック、ポール＝アンリ・ティリ（Paul-Henri Thiry d'Holbach）　41, 50
 『自然の体系』*Système de la Nature*　50
トレローニ、エドワード・ジョン（Trelawny, Edward John）　28

【な行】

ナルシシズム　ナルシスティック　66, 70, 71
ニュートン、アイザック（Newton, Isaac）　2, 33, 34, 45, 47, 48, 50, 56, 59, 74, 75
 『光学』*Opticks*　48
 『プリンキピア』*Philosophiae Naturalis Principia Mathematica*　48
『ニュー・マンスリー・マガジン』*New Monthly Magazine*　100, 104, 106
人間科学　31-35, 38-39, 40, 41, 43
ネルヴォル、クリスタ（Knellwolf, Christa）　62, 67, 74, 75, 148, 149

【は行】

バイロン、アレグラ（Byron, Allegra）　27
バイロン、オーガスタ・マリア（Byron, Augusta Maria）　20, 22, 113
バイロン、ジョージ・ゴードン（Byron, George Gordon）（Lord Byron）　i, ii, iv, 15-17, 18-20, 21-29 *passim*, 30, 86, 87, 91, 93, 95, 97, 100, 102, 105, 106, 108, 113, 115, 116, 126, 138, 139, 144
 『貴公子ハロルドの巡礼』*Childe Harold's Pilgrimage*　iv, 22, 131, 132, 133, 138-39, 144
 『ジアウア』*Giaour*　19
 「プロメテウス」"Prometheus"　86, 87, 91, 93, 105, 106, 109, 115, 116, 126

『マンフレッド』*Manfred* 22, 86-87, 91, 105
バウデンバーグ、マクシミリアン・フォン (Woudenberg, Maximiliaan van) 157, 158, 159, 164
バーグ　フランケンシュタイン (Burg Frankenstein) 147, 155, 156, 157
ハスター夫人、ドゥ (Haster, Madame de) iv, 131-33, 136, 144
ハストファ、ギュスタフ・フォン (Hastfer, Gustav von) 144
パラケルスス、フィリップ・フォン・ホーエンハイム (Paracelsus, Philipp von Hohenheim) 150
薔薇十字団 (Rosecrucians) 149
バリー・コーンウォル ('Barry Cornwall') 132, 145
　『テッサリアの洪水、プロヴァンスの乙女、ほか』(*Flood of Thessaly, The Girl of Provence, and Other Poems, The*) 132, 145
バリュエル、オーギュスタン (Barruel, Augustin) 148, 150
　『ジャコバン主義の歴史に関する覚書』*Memoirs Illustrating the History of Jacobinism orig. Mémoires pour servir à l'Histoire du Jacobinisme* 148
バンクス、ジョセフ (Banks, Joseph) 154, 155
ハント、リー (Hunt, Leigh) 28, 150
パンドラ (Pandora) 77, 81, 82, 83, 87, 89, 91, 92, 111, 117, 122
ヒェッツィー、ヘルミーナ・フォン (Chézy, Helmina von) 132, 133, 134, 144
非決定論 (indeterminism) 47, 49, 52, 53
必然 iii, 32-40, 49
必然の法則 (the law of necessity) 32-33, 34-38, 39, 40, 43
ピネル、フィリップ (Pinel, Philippe) 133, 138, 139, 145
ヒューム、デイヴィッド (Hume, David) 33, 39, 40-41
フィールディング、ヘンリー (Fielding, Henry) 150
フォスター、ゲオルク (Foster [Forster], Georg) 154
ブラウニング、エリザベス・バレット (Browning, Elizabeth Barrett) iv, 92, 97, 100, 104, 107, 108, 115, 116, 117, 120, 121, 125, 126, 127, 128, 130
　『縛められたプロメテウスと雑詩集』*Prometheus Bound, and Miscellaneous Poems* 104
　「L.E.L.の最後の問いかけ」"L.E.L.'s Last Question" 100
　「ミス・ランドンに捧げる詩　『ニュー・マンスリー・マガジン』の「ヘマンズ夫人の死をめぐる詩」に触発されて」"Stanzas Addressed to Miss Landon, and suggested by her 'Stanzas on the Death of Mrs Hemans' From New Monthly Magazine" 100

プラトン（Plato） 46
フランクリン、ベンジャミン（Franklin, Benjamin） 48, 91, 119
フランケンリード（Frankenread） 111
フリーメーソン（Freemasons） 148, 149, 150
フリードリヒ、カスパー・ダヴィッド（Friedrich, Caspar David） 157, 161
  『氷海』 *Das Eismeer (English title, The Sea of Ice*, French, *Mer de glace)* 161
フーコー、ミシェル（Foucault, Michel） 4, 7, 9, 11, 12
プルターク（Plutarch） 50
  『対比列伝』（*Parallel Lives*） 50, 51, 54
ブルーメンバッハ、ヨハン・フリードリヒ（Blumenbach, Johann Friedrich） 153, 155
ブルワー - リットン、エドワード（Bulwer-Lytton, Edward） 106
ブレンターノ、クレメンズ・フォン（Brentano, Clemens von） 153
プロヴァンスの乙女（Provençal maiden） 131
プロクター、ブライアン・ウォラー（Proctor, Bryan Waller → 'Barry Cornwall'）
  132, 145
プロメテウス（Prometheus） iii, iv, 61-63, 68-71, 77-87, 91, 92-93, 94-97, 98-103,
  104-07, 108, 109, 110, 111-30 *passim*, 138, 165
フンボルト、アレクサンダー・フォン（Humboldt, Alexander von） 153, 154
  『コスモス』 *Kosmos* 154
ヘシオドス（Hesiod） iii, 77, 78, 81, 88, 89, 91, 92, 109, 111
  『仕事と日』 *Works and Days* 77, 81, 88, 109
  『神統記』 *Theogony* 77, 88, 109
ペスト（pest） 18, 20
ベッティガー、カール・オーガスト（Böttiger, Karl August） 157
ヘマンズ、フェリシア（Hemans, Felicia） 97-100, 108, 109, 110, 115
  「カサビアンカ」 "Casabianca"（1826） 97
  「詩人の墓地」 "The Grave of a Poetess" 100
ベール、ピエール（Bayle, Pierre） 149
  『歴史批評辞典』 *Dictionnaire historique et critique* 149-50
ヘルダー、ヨハン・ゴットフリート（Herder, Johann Gottfried） 149, 153
ポー、エドガー・アラン（Poe, Edgar Allan） 147
ボーヴォワール、シモーヌ・ドゥ（Beauvoir, Simone de） 104
  『第二の性』 *Le Deuxieme Sexe* 104
ホッブハウス・ジョン（Hobhouse, John, 1st Baron Broughton） 19
ボード、クリストフ（Bode, Christoph） iii, iv, 131, 147-64

ボード、ヨハン・ヨアヒム・クリストフ（Bode, Johann Joachim Christoph）　150
ボナパルト、ナポレオン（Bonaparte, Napoleon）　31, 91, 105
ホームズ、リチャード（Holmes, Richard）　59, 74, 153
ポリドーリ、ジョン・ウィリアム（Polidori, John William）　ii, 15, 16, 17, 18, 19, 20-21, 30, 160, 164
ボルタ、アレッサンドロ（Volta, Alessandro）　48, 154
ほんじょ、たすく（本庶佑）　iv, 118, 128, 130

【ま行】
マクガン、ジェローム・J（McGann, Jerome J.）　iv, 103, 108, 133, 144
マグヌス、アルベルトゥス（Magnus, Albertus）　150
マレー、ジョン（Murray, John）　20
ミソロンギ（Missolonghi）　26
ミュラー、ミハエル（Müller, Michael）　156
ミュンヘン（Munich）　iv, 134, 135, 148, 153, 154
ミルトン、ジョン（Milton, John）　51, 81, 89, 92, 108, 115, 117, 121, 128
　　『失楽園』 *Paradise Lost*　51, 81, 84, 89, 115, 117, 121, 128
ミルフォード、メアリ・ラッセル（Milford, Mary Russell）　116-17
ミルマン、ヘンリー・ハート（Milman, Henry Hart）　132, 136-38
　　『ベルベデーレのアポロ──懸賞詩』 *Belvidere Apollo: A Prize Poem, The*　132, 136-38, 144
ムア、トマス（Moore, Thomas）　22, 28, 126
メドウィン、トーマス（Medwin, Thomas）　116
モルダヴィア（Moldavia）　18
モンテーニュ、ミシェル・ドゥ（Montaigne, Michel de）　150

【ら行】
ラウン、フリードリヒ（フリードリヒ・オーガスト・シュルツェ）（Laun, Friedrich, pseudonym of Friedrich August Schulze）　157
　　『怪異譚』 *Gespensterbuch*　157, 158, 160, 161
ラヴェル・ジュニア、アーネスト・J（Lovell Jr., Ernest J.）　22, 23, 27, 29
　　「バイロンとメアリ・シェリー」 "Byron and Mary Shelley"　29
ラストン、シャロン（Ruston, Sharon）　155, 164
ラプラス、ピエール＝シモン（Laplace, Pierre-Simon）　45, 46, 47, 48, 49, 50, 54, 56
　　『宇宙体系解説』 *Exposition du système du monde*　48, 50, 54

『確率の哲学的試論』 *Essai philosophique sur les probabilities* 48, 50, 54
ラム、レディ・キャロライン（Lamb, Lady Caroline [nee Ponsonby]） 16
　　『グレナーヴォン』 *Glenarvon* 21, 29
ランドン、レティシア・エリザベス（Landon, Letitia Elizabeth）（L.E.L.） iv, 92, 97, 99, 100, 101, 102, 103, 104, 105, 106, 107, 108, 110, 115, 130
　　『エセル・チャーチル』 *Ethel Churchill* 97, 100, 101-03, 106, 108, 110
　　「フェリシア・ヘマンズ」 "Felicia Hemans" 97, 110
　　「ヘマンズ夫人の作品の性格について」 "On the Character of Mrs. Hemans's Writings" 100
　　「ヘマンズ夫人の死をめぐる詩」 "Stanzas on the Death of Mrs Hemans" 97, 99
『リタラリ・ガゼット』 *The Literary Gazette* 97
リーガー、ジェイムス（Rieger, James） 160, 164
リクター、クラウス（Richter, Klaus） 153, 164
理神論 36, 39, 49
理想主義 31, 61, 72, 73
リッター、ヨハン・ウィルヘルム（Ritter, Johann Wilhelm） 147, 153-55, 164
　　『あらゆる動物がその生命活動においてつねにガルバーニ電気を帯びていることの証明』 *Beweis, daß ein beständiger Galvanismus den Lebensproceß im Thierreich begleite* 154
　　『芸術としての物理学――物理学の傾向をその歴史から解釈する試み』 *Die Physik als Kunst: Ein Versuch, die Tendenz der Physik aus ihrer Geschichte zu deuten* 154
ルーヴル宮殿（Louvre, The） 144
ルクレティウス（Carus, Titus Lucretius） iii, 45, 55
　　『自然の本質について』 *De Rerum Natura* iii, 45, 53, 54, 55, 56
ルソー、ゲオルク・ルドウィック・クラウディウス（Rousseau, Georg Ludwig Claudius） 152
ルドルフィ、カール・アズムント（Rudolphi, Karl Asmund） 153
ルフラン、ジャック・フランソワ（Lefranc, Jacques François） 148
　　『好奇心の強い人々のために剥がされたベール、あるいはフリーメーソンの助けによって暴かれた革命の秘密』 *Le voile levé pour les curieux ou les secrets de la Révolution révélés à l'aide de la franc-Maçonnerie* 148
レッシング、ゴットホルト・エフライム（Lessing, Gotthold Emphraim） 150
『レディのための雑誌』 *Lady's Magazine, The* 132, 134, 135, 144
レマン湖（Lake Leman, Lake Geneva） 15, 30

錬金術（alchemy）　2, 47, 48, 51, 79, 118, 120
ロゼッティ、クリスティーナ（Rossetti, Christina）　20
ロゼッティ、ダンテ・ガブリエル（Rossetti, Dante Gabriel）　20
ロゼッティ家（the Rossettis）　20
ロビンソン、ジョン（Robison, John）　148
　　『陰謀の証』*Proofs of a Conspiracy*　148
ローマン・カトリック（Roman Catholic）　18
ローレンス、ウィリアム（Lawrence, William）　155

【わ行】
ワラキア（Wallachia）　18

執筆者紹介（執筆順）

阿尾　安泰（あお　やすよし）
　　九州大学名誉教授
　　ルソーを中心とする 18 世紀フランス思想および 18、19 世紀表象文化論

相浦　玲子（あいうら　れいこ）
　　滋賀医科大学教授
　　バイロンとヴァンパイアリズム、バイロンの人間関係

鈴木　里奈（すずき　りな）
　　同志社女子大学・同志社大学嘱託講師
　　ウィリアム・ゴドウィンの政治哲学、ゴドウィン思想のメアリー・シェリーへの影響

宇木　権一（うき　けんいち）
　　慶應義塾大学学生、物理系技術者
　　フランケンシュタインを中心とした文学と科学

新名　ますみ（にいな　ますみ）
　　慶應義塾大学・専修大学・東邦大学非常勤講師
　　Percy Bysshe Shelley の詩論、科学論について

廣野　由美子（ひろの　ゆみこ）
　　京都大学大学院人間・環境学研究科教授
　　19 世紀イギリス小説

阿部　美春（あべ　みはる）
　　立命館大学・同志社大学嘱託講師
　　イギリス・ロマン派女性詩人と神話

アルヴィ　宮本　なほ子（あるづぃ　みやもと　なほこ）
　　東京大学総合文化研究科地域文科研究専攻・教授
　　イギリス・ロマン主義、特にシェリー・サークルとコロニアリズム

Kasahara Yorimichi
   Professor at Meisei University, Tokyo.
   Studies widely on English Romanticism, with emphasis on Byron, P. B. Shelley, Wordsworth, and 18th-century poems.

Dr. Sebastian Bolte
   Teacher at Berufsbildende Schulen Soltau (Soltau Vocational Schools).
   Fields of research include the ballad, English literature of the nineteenth century and early German Modernism.

Prof. Dr. Christoph Bode
   Professor emeritus and former Chair of English Literature at LMU Munich, Germany.
   Speciel fields include Romanticism, Modernism, Poetry, Narratology, and Travel Writing.

フランケンシュタインの世紀
The Age of *Frankenstein* Bicentenary Essays

2019 年 11 月 20 日　初版第 1 刷発行

　編　者　日本シェリー研究センター
　発行者　横山　哲彌
　印刷所　岩岡印刷株式会社

　発行所　大阪教育図書株式会社
　　　　　〒 530-0055　大阪市北区野崎町 1-25
　　　　　TEL 06-6361-5936　　FAX 06-6361-5819
　　　　　振替 00940-1-115500

　ISBN978-4-271-21061-0 C3098　　　落丁・乱丁本はお取り替え致します。

本書のコピー、スキャン、デジタル化等の無断複製は著作権法上での例外を除き禁じられています。本書を代行業者等の第三者に依頼してスキャンやデジタル化することは、たとえ個人や家庭内での利用であっても著作権法上認められておりません。